佐川光晴
Sagawa Mitsuharu

あけくれの少女

集英社

あけくれの少女

目次

第一章　尾道スクール・デイズ　5
第二章　飯田橋キャンパス・ライフ　85
第三章　ハワイ・クルージング　163
第四章　利尻ホーム・カミング　239

あけくれの少女

第一章　尾道スクール・デイズ

（どこで、どうやって生きていくのか、うちは自分で決めたい）

三原《みはら》駅から乗った普通列車の先頭車両で、真記《まき》はきょうもそうおもった。つぎの糸崎《いとざき》駅をすぎると、瀬戸内海がすぐそばに見えた。五月の夕日を受けて、波頭がオレンジ色にきらめいている。釣り船が浮かび、フェリーがすべるように進んでいく。緑が濃い島々とのあいだを鳥がゆきかっている。

まさに風光明媚《ふうこうめいび》だが、真記はこのごろ見なれた景色が腹立たしくなることがあった。とくに三原の本家に泊まった帰りはいらだちをおさえかねた。

（もっと広い、大きな海が見たい。ロビンソン・クルーソーみたいに、乗った船が難破してもいいから、見知らぬ世界に行ってみたい）

真記は制服の裾を払い、視線を彼方《かなた》にむけた。

先月、中学生になって初めての身体測定で、真記の身長は百六十一・五センチだった。

この一年間で十センチ以上も伸びたことになる。おさがりの制服の丈は、母がじょうずに伸ばしてくれた。足のサイズも二センチ伸びて、二十四センチになった。

新入生歓迎会のあとに、バレー部やバスケ部からさかんに勧誘されたが、真記はかねての希望どおり英語部に入った。運動神経は悪くないが、スポーツは体育の授業で十分だ。

英語は、小学生のときから自分で勉強してきたので、英語部の顧問からも発音がじょうずだとほめられた。高校、大学でもしっかり学び、将来は英語の先生になりたい。ただし、中学での成績がいくら良くても、その進路がゆるされるかどうかはわからなかった。

（本家の養女になるんは、やっぱりいやじゃ）

列車の速度がじょじょに落ちて、尾道《おのみち》駅のホームに入ってゆく。気が立っていたせいか、降りようとしたときに足がつかえた。真新しい黒革のローファーが脱げかけたが、そのまま二、三歩進んだところで真記は踏みとどまった。

（どうすりゃえんじゃ）

靴をはき直した真記が長いホームに立ち尽くしていると、貨物列車が反対側の二番線を轟音《ごうおん》と共に通りすぎていった。

前回、三原に行ったのは春分の日だった。小学校の卒業式が終わったばかりで、うちでのんびりしていたかったが、おじさんに卒業祝いをしてあげると言われてはことわれない。真記は白のボストンバッグに卒業証書と通知表と卒業アルバム、それに着替えを入れて、尾道駅から列車に乗った。

おじさんとおばさんは、本当は真記の卒業式に出席したかったそうだ。しかし三月は年度末でいそがしくて、どうしても都合がつかなかったという。それはうそではないのだろうが、じっさいは父と母に遠慮したのだろう。

おじさんとおばさんは真記の成績をさかんにほめた。小学校の卒業式についても詳しく聞きたがったので、真記はつとめて明るく話し、卒業証書をもらうところをやってみせた。

真記の父は運送会社を経営している。社員は六人きりで、社長みずからダンプに乗り、砂利や土を運んでいる。父は自動車整備士の資格も持っていて、ダンプの修理もお手のものだ。母は経理を受け持ち、国道二号沿いの事務所でおさない誠一《せいいち》をあやしながら電卓を叩《たた》き、書類をつくる。

父と母は、四月初めの中学校の入学式にも、バシッときめた出立《いでた》ちであらわれた。八つ下の弟・誠一も式のあいだ、ぐずったりしなかった。

今年、一九八三年のゴールデンウィークは完全な飛び石だ。三連休どころか、連休さえない。中間テストも近いため、本当は三原に行きたくなかったが、おじさんの機嫌をそこねるわけにはゆかず、きのう五月七日土曜日のお昼すぎに、真記は尾道駅から列車に乗った。中学校の制服を着ていくことにしたのは、そのほうがおじさんとおばさんが喜ぶとおもったからだ。

山陽本線でふた駅、十五分ほどしか離れていないのに、尾道と三原はようすがかなりちがう。海と山に囲まれた尾道には千光寺《せんこうじ》や天寧寺《てんねいじ》といった有名な寺社もあり、風光明媚な坂の町だ。あんまり坂が急なので、桜の名所として知られる千光寺公園まではロープウェイが通っている。真記たちの家も南向きの斜面に建っていて、外出のたびに階段道をのぼりおりするのはしんどいが、そのぶん眺めはよかった。

一方、三原は尾道に比べれば平らで、工場が多い。おじさんも代々つづく鋳物工場を経営している。社員は、パートも入れれば八十人ほどというから、父の会社とはまさに桁違いだ。

真記が初めてひとりで本家に泊まったのは二年前、小学五年生のゴールデンウィークだった。一九八一年は今年とちがい、五月の三日、四日、五日が三連休で、しかも五月二日は土曜日だ。学校はお昼までだから、実質四連休といってもいいくらいだった。だからといって、真記が特別な期待をしていたわけではない。両親はふだん家にいる時間が短いせいか、休みの日に、めったに出かけないからだ。

土曜日も真記の両親が帰宅するのは午後六時すぎだったので、それも無理はない。学校や役所だけでなく、たいていの会社が半ドンなのにだ。

そのため、土曜日の午後、真記はひとりきりの家で本を読んだり、洗濯物をとりこんだりしながら、のんびりすごした。もちろん、外で友だちとあそぶこともある。友だちの家で、まんが本を読ませてもらうこともある。

両親の楽しみは晩酌だ。平日でも、かならずビールの大瓶を一本飲む。土曜日はとくに長くて、広島カープのナイター中継が終わっても、夜中までえんえんと飲んでいる。

日曜日の朝、真記が起きて一階におりてゆくと、テーブルの上こそ片づいているものの、流しには汚れたグラスやお皿がそのままだ。部屋にこもったタバコとビールの匂いもすごくて、真記は鼻をつまみながら窓を開ける。換気扇も回し、空気がきれいになったところで、洗い物をしてゆく。

そんなふうなので、夏休みも、冬休みも、真記はどこかにつれていってもらえるという期待などもっていなかった。

ところが、おととしのゴールデンウィークにかぎって、せっかくの三連休なのに、いそがしくてどこにもつれていけないと父がしきりにぼやいた。そして真記は、遠足用のリュックサックに着替えを入れて、土曜日のお昼すぎに、階段道の下までむかえにきてくれた三原のおじさんの自家用車に乗ったのだ。元日には、家族みんなで父の実家にお年始に行くのが恒例だが、真記がひとりで泊まるのは初めてだった。

三原のおじさんは父より四歳上だ。真記から見て、ひいおじいさんが大正時代におこした会社は飛行機や船の部品も製造して、ものすごく繁盛していたが、アメリカ軍のB29が落とした爆弾の直撃によって跡形もなく吹き飛ばされてしまったという。しかし志願兵として中国大陸を転戦し、敗戦後にはシベリアに抑留されていたおじいさんが復員後に鋳物工場を再建させた。そして、それを長男であるおじさんが継いだのだ。

「高炉で熱して、まっ赤《か》に溶けた鉄は、そりゃあ、すごい迫力やで。ワシのこの面《つら》の皮も、鉄の熱のせいで、こがいに厚うなったんじゃ」

夕飯のテーブルで、おじさんは自分の頬を得意げに叩いた。父のお兄さんだから、しゃべり方も声もよく似ている。ただし、おじさんは首やおなかが太くて、顔もいかつい。初めて面とむかって話した緊張で箸が進まずにいたときだったので、真記はうまく返事ができなかった。

「ほら、そげにおそろしい話をするけん、真記ちゃんがびっくりしよる」

おばさんのしゃがれ声と、きつめのパーマのほうが、じつはおそろしかったが、真記はがんばって顔にださないようにした。

三原のうちでは、真記はなにもしなくてよかった。すき焼き、トンカツ、海老《えび》フライといったごちそうが出て、テレビも好きな番組を見させてくれる。おじさんもおばさんもカープファンだが、野球にそれほど興味があるわけではないらしい。

尾道のうちでは、日曜日以外の夕飯のしたくは、真記がしていた。お米をといで炊飯器にセットし、お味噌汁《みそしる》をつくる。おかずは、お肉屋さんのコロッケや鶏のから揚げやレバニラ炒《いた》めだ。父のリクエストで、魚屋さんでお造りを買うこともある。

真記が小学二年生の冬に誠一が生まれたのだが、体重が四千グラムもあった。そのせいもあってか、母はつわりがひどいうえに、産後の肥立ちも悪かった。低血圧の体質で、真記を産んだときもたいへんだったという。

そこで父から頼まれて、真記は家のことをするようになった。すぐに勝手をおぼえて、買い物も料理もじょうずにできたが、母は体調がもどっても家事に精をだそうとしなかった。

それなのにおしゃれには気をつかい、長い髪をしょっちゅうとかしている。

（おとうちゃんも、おかあちゃんも、仕事がたいへんなのはわかるけど、うちの身にもなってほしい。手を貸してくれなくてもいいから、毎晩そんなにビールを飲まないではしい。タバコも、ぷかぷか吸わないでほしい。とくに、おかあちゃんは、大きな声で歌謡曲を唄わないでほしい。じょうずなのはわかるけど。あと、日曜日だからって、朝九時すぎまで寝ているのはやめてほしい）

初めて三原のうちに泊まったとき、真記はあんまりらくちんで気がぬけた。パジャマも枕も布団も新品で、自分がお姫さまになった気がした。おじさんとおばさんからはタバコの匂いがしたが、真記のまえでは吸わなかった。

小学五年生のクラスに、自分は橋の下で拾われたと言いはる女の子がいた。いつか本当の両親が召使の運転する外国製の黒い自動車でむかえにきて、いまとはぜんぜんちがう、ぜいたくな生活ができるのだと、まじめな顔で話す。うけねらいではなく、本気で信じていて、クラスメイトにからかわれても怒らない。

「だって本当なんだもの。みんなにごちそうしてあげたいけど、東京で暮らすことになるから、ちょっと無理ね」とすましている。

「西村のやつ、マジで頭おかしいで」

男の子たちはかげで悪口を言っていたが、真記には西村さんの気持ちが痛いほどわかった。きっと、『キャンディ♡キャンディ』のまんがやテレビアニメを夢中で見ているうちに、自分の人生にもそうした劇的な変化がおとずれると信じこんでしまったのだ。キャンディは親のいない女の子で、つらい目にもあうが、最後は幸せになる。

おじさんとおばさんはやさしくて、真記はぐっすり眠れた。

日曜日は、できたばかりだという、三原駅の海側にある大きくて立派なデパートに行った。お昼は、レストラン街でお子さまランチを食べて、ソーダ水まで飲んで、真記はこのまま三原のうちにいたいと思った。

「夏休みにまたきてくれると、うれしいがなあ。できれば、今度は二泊三日で」

デパートから帰ったあと、大きな仏壇のある座敷でおじさんが言った。

「あらまあ、そげに喜んでくれて」と、おばさんが顔をほころばせた。

ひと目でわかるほど表情にあらわれていたらしく、恥ずかしくなった真記は、つぎからは自分ひとりで列車に乗るので、三原駅までむかえにきてくれればいいと言った。

「そうかい。真記ちゃんはしっかりものじゃなあ。これは、ワシらからのプレゼントじゃや」

笑顔でさしだされたのは、リボンが結ばれた箱だった。

「それがあると、いろいろ便利じゃろう」

（きっと腕時計だ！）

感激で胸をふるわせながら、真記はリボンをていねいにほどいた。包装紙をとめているテープも爪できれいにはがしてから開けた箱のなかに入っていたのは白いベルトの腕時計だった。

「わあ」

声にならない声が出て、「どれ、ワシがはめてやろう」と、おじさんが腰を浮かせた。

「財布やバッグも買ってやりたいけど、おいおいな。浩次《こうじ》に気を悪くされても厄介やし。でも、ほしいものがあれば、遠慮せんでいいからな」

自家用車で三原駅まで送ってもらい、ひとりで乗った列車の座席で、真記はおじさんのことばをおもいかえした。そして、どうしてこんなにやさしくしてくれるのだろうと考えたが、そのわけはうすうすわかっていた。

（うちを養女にしようとしとるんじゃ。ふたりには、こどもがおらんから。おとうちゃんも、おかあちゃんも、うちより誠一のほうがだいじなんじゃ）

ひとりになって、あらためて自分がおかれた状況を意識すると、うれしさよりも、かなしさがはるかにまさった。真記は腕時計を外し、リュックサックの底に押しこんだ。

しずんだ気持ちでうつむいているうちに、真記は列車に酔った。早く尾道駅に着いてほしいとがまんしていたが、ホームにおりたとたん、胃のなかのものが逆流した。

「どうした？　おとうちゃんがきれいにしてやるから、みんなだしてしまえ」

ホームで待っていた父に背中をさすられて、真記はしゃくりあげた。

「ひとりでよそに泊まって、気疲れしたんじゃろう」

父の声はやさしくて、背中をさすってくれる大きな手も温かかった。誠一が生まれるまでは、たっぷりあそんでくれたのにとおもうと、甘えん坊の弟が憎たらしかった。弟ばかりかまっている母もいやだった。

（養女になるとしたら、何歳でなのだろう）

コンクリート製の急な階段道を父につづいてのぼりながら、真記は考えた。いま自分が三原のうちにいったら、夕飯のしたくをするひとがいなくなってしまう。

（でも、自分からは聞きたくない。おとうちゃんが三原のうちはどうじゃったと聞いてきたら、本当に養女にいくんかどうかをたしかめよう）

そう心に決めると、真記は足をとめてふりかえった。真下に見える線路と道路のむこうは瀬戸内海だ。

階段道の途中のいろいろな場所から、そのときそのときの海を見るのが、真記は好きだった。階段を二、三段のぼるだけで、目に映る島々のすがたは微妙に変わる。雨に煙る海も、見ていてあきなかった。

（せめて、中学校を卒業するまでは尾道にいたい。尾道を離れるなら、となりの三原で

はなく、どこか遠くの町に行きたい）
ふいによぎった初めての願望を、真記は頭のなかでくりかえした。
まえをむくと、少し先で待つ父が笑顔でうなずき、一段飛ばしで階段道をかけあがっていった。

父も母も三原のうちのことをなにひとつ聞いてこなかったので、真記は宙ぶらりんな気持ちのまま、三連休の残り二日をすごした。腕時計をプレゼントしてもらったことも言えず、白いベルトの腕時計は机の引き出しの奥に隠した。

ゴールデンウィークが明けると、真記はまたまじめに授業を受けて、休み時間は友だちとたっぷりあそんだ。放課後はまっすぐ家に帰り、宿題をすませてから買い物に行き、夕飯のしたくをする。

ただし、変えたこともある。日曜日のほとんどを家の外ですごすようにしたのは、誠一と一緒にいたくないからだ。

弟が生まれていなければ、養女の話が持ちかけられることは絶対になかった。それなら、ひとりっ子のままがよかったのかといえば、そんなことはない。真記はきょうだいがいる子がうらやましかったし、小学二年生の夏休みに、両親から、弟か妹ができると知らされたときは、ものすごくうれしかった。

「うちは、男の子じゃとおもう」

真記はおもいついたままを口にだした。

「そりゃあ、生まれてからのお楽しみじゃ」

父はどちらでもかまわないという口ぶりだったが、「真記のときとは、なんかちがうんよね」と母は言って、あまりふくらんでいないおなかをさすった。

「そうかい」と応じる父の声が妙にはずんでいたのを真記はおぼえていた。


初めて三原の本家にひとりで泊まってから最初の日曜日、先に朝ごはんをすませた真記はこっそり家を出た。そして、それまで通ったことのない道をぐいぐい歩いてゆく。古い石畳の道や、土を踏み固めた道をやみくもにのぼったりおりたりするうちに、真記は小さな神社を見つけた。日当たりの悪いくぼ地にあり、ひともあまり通らない。ましてや、同じ小学校の友だちはまず通りかからないだろう。

真記はその神社の境内で持ってきた縄跳びをした。交差跳びに、二重跳び、交差跳びでの二重跳び。いろいろな技をまぜながら、ひたすら跳びつづける。

これまでも、むしゃくしゃすると、真記は縄跳びをした。南向きの斜面に建つ家の庭で、海を見ながら、ひたすら縄跳びをするうちに、気持ちがいくらか晴れてくる。

ところが今回は足の裏が痛くなるまで跳んでも、やりきれなさがつのるばかりだった。それでも縄跳びをつづけたのは、ほかになにをすればいいのかわからなかったからだ。

しかし、ほどなく限界はきた。跳び疲れて、縄に足をひっかけた真記は丸めた縄を地面に投げつけた。体育の授業でも使う大切なあそび道具は土にまみれた。

「ものを粗末にするな」

「八つ当たりは最低じゃ」

父の言いつけをふたつも同時に破ってしまったが、真記はすぐには縄を拾わなかった。しかも、ようやく身をかがめてつかんだのは、足元にあった丸い石だ。

ニワトリの卵くらいの大きさで、表面がすべすべしている。真記は右手に持ったその石を、お社へとつづく長方形の敷石に押し当てた。力をこめてグイッと引くと、石と石がこすれる硬い感触が手から腕へと伝わった。

真記はすべすべした丸い石を賽銭《さいせん》箱の下に隠した。そのあとで縄を拾い、またひとしきり跳んでから、お昼ごはんを食べに家に帰った。午後は小学校のそばにある公園で友だちとあそんだ。

翌週の日曜日も、真記は小さな神社にむかい、境内で縄跳びをした。そして賽銭箱の下に隠しておいた丸い石で、先週と同じ敷石の同じ場所をこすった。

一日に一回だけと決めて、体重を乗せて、グイッと引く。強い手応えはあるのに、どちらの石にも傷あとがつかないのがふしぎだった。

つぎの週も、真記は同じことをした。そのつぎの週は、土曜日の夜からふりだした雨が、日曜日の朝になってもふりつづいていた。ただし、真記はもうおちつきをとりもどしていた。

久しぶりにあそんであげると、八つ下の弟は大喜びだった。二歳半にしては大きいし、運動神経もいいようだが、鬼ごっこではすぐにつかまえられる。いないいないばあをしてあげれば、誠一は何度でも笑いころげた。

平日の楽しみは、家に帰ってから、一階のテレビでアニメの再放送を見たり、二階の自分の部屋でまんがや本を読んだりすることだ。

家の脇を通る階段道の先に白くて四角い建物の歯医者さんがあり、あるとき、虫歯の治療に行った母が『なかよし』と『別冊マーガレット』をもらってきた。娘さんたちがとっているそうで、それからは読み終わった両方の雑誌を毎月くれるようになった。

真記よりふたつ上と四つ上の姉妹は、いかにもお嬢さまというかんじだ。登下校の途中や学校で会えば、あいさつはしても、一度も話したことはなかった。母によると、歯医者さんの家にはお手伝いさんがいて、手が空いたときに雑誌を届けてくれるのだという。

放課後に、ランドセルを背負《しょ》って階段道をのぼり、家の玄関前にデパートの紙袋がおいてあるのを見つけると、真記はぴょんとはねた。そして、その日だけは宿題をあとまわしにして、夢中でまんがを読んだ。

ところが、たまに雑誌をくれない月がある。お手伝いさんが忘れているのか、それとも娘さんたちがとっておきたいとおもっているのか。歯医者さんを訪ねて、どうしても連載まんがのつづきが読みたいので一日だけ貸してくださいと頼むわけにもいかず、それをがまんするほうが、家のことをするよりもよほどつらかった。

本は小学校の図書室で借りていた。棚を眺めていて、『ロビンソン・クルーソー』に手が伸びたのは、三原のうちの養女になるくらいなら、いっそ遠くの町に行きたいともった気持ちがつづいていたからだ。

大きな帆にいっぱいの風を受けて大海原《おおうなばら》を航海する時代に、主人公のクルーソーは危険と隣り合わせの冒険にあこがれて、栄華を誇るイギリスでの安楽な生活に別れを告げる。そして船に乗りこむのだが、あんのじょう大嵐にあって船は難破し、南海の孤島に流れつく。

真記は冒険がしたいわけではなかった。それどころか、家の手伝いをしなくてもいい、安楽な生活にあこがれてさえいた。それでも、ひとりだけ生きのびたクルーソーが知恵をしぼり、工夫をかさねて、家も布団もトイレもない場所できちんと生活してゆこうとするたくましさに感心した。

その年の七月になってすぐの夕方、真記がＮＨＫ教育テレビをつけっぱなしにして、お味噌汁をつくっていると、英会話の番組が始まった。真記は中学校で英語を教わるのを楽しみにしていた。

英語に興味を持ったきっかけは、毎週日曜日の朝に放送している『兼高《かねたか》かおる世界の旅』だ。小学五年生になるまえの春休み、例によってなかなか起きてこない両親に肚《はら》を立てながらテレビのチャンネルをかえているうちに目にとまった。

すっきりした服を着て、物おじせず、外国人たちと外国語で話す女性の姿に、真記は目を奪われた。外国語だけでなく、日本語もとてもていねいで、はっきり話す。

（わたしも外国語を勉強すれば、兼高さんのように世界で活躍できるかもしれない）

真記はそのとき標準語でそうおもい、以来中学校で英語を習うのを楽しみにしていたのだ。

「ほしいものがあれば、遠慮せんでいいからな」と、三原のおじさんに言われたときも、まっさきに頭に浮かんだのは英語のドリルだった。

小学校の図書室に英語の絵本や参考書はあったが、まだ借りたことがなかった。

ＮＨＫの英会話番組も、なんとなくつけているだけだ。

その日も見るともなく見ていたが、やがて真記はエプロンをつけたままテレビのまえにすわり、男性講師の話に聞きいった。

日本人は英語が苦手だと言われていて、学校の授業で教わってもなかなか身につかない。じっさい日本人の耳にはＬとＲの音の区別が難しいと指摘したあと、そのひとはおおよそつぎのように言った。

「外国語は、おさない年齢でおぼえるほうがいいというのは本当です。ただし、いくつであっても、おそすぎるということはありません。ことばは、その社会で暮らしている誰もがふつうに話しているものです。つまり、本気になって勉強すれば、どの外国語であってもかならず話せるようになります。逆に言えば、本気にならないかぎり、外国語をつかいこなせるようにはなりません」

（そうなんだ！）

真記はおもわず立ちあがった。勉強は好きだし、いまのところ苦手な科目もないが、中学校に進むと算数は数学になり、さらに難しくなっていくはずで、ついていけるかどうか自信はなかった。しかし英語は、本気で勉強すれば、かならず話せるようになるのだ。

（英語をやろう。本気の本気でとりくんで、英語をつかいこなせるようになろう）

自分の決意に興奮して、真記はからだがふるえた。そして、つぎの日には図書室で英語の参考書を借りて、家で自習を始めた。日めくりカレンダーの裏側や、新聞の折りこみ広告の裏側に、鉛筆でアルファベットをAから順に書いていく。

大文字はどれも見たことがあったが、Aとa、Gとg、Rとrのように、大文字と小文字で、かたちがかなり異なっているものがある。筆記体は、いかにも英語というかんじがして、真記はうれしくてならなかった。

問題は発音だ。英語の番組を見ながら、講師につづいて発音の練習をしても、それ以外のときは、自分の発音が正しいかどうかをたしかめようがない。

「ラジカセを買ってください」

夏休みに入ってすぐの金土日に泊まりにいった三原のうちで、真記はおじさんとおばさんに頼んだ。

「ぜいたくなのは、わかっています。でも、英語の勉強をしたいんです」

「そりゃあ、感心じゃあ」

さもうれしそうにうなずいたおじさんが、「よし、善はいそげじゃ」と手を打った。

小一時間後には、出入りの電器屋さんがワゴン車でやってきた。

「勉強用とはいえ、やっぱり音質がいいほうがいいですよ。それから、こっちのふたつは海外のラジオ放送も聞けます」

高校生の息子をつれてやってきた電器屋さんは、大小十台のラジカセを広い座敷に並べた。真記は一番安い小型の機種にするつもりでいたが、おじさんはテレビと同じくらい大きな、いかついラジカセを気に入っていた。

「では、そちらは旦那さま専用になさって、お嬢さまにはラジカセとは別にこういったものもいかがでしょう。ソニーが開発した新商品で、こんな具合にジャンパーやズボンのポケットに入れて、イヤホンで音楽を聴きます。テレビのコマーシャルで宣伝を始めたところ、人気に火がついて、広島や大阪や東京では手に入りづらくなっているものです。運よく、うちに一台だけ残っておりまして」

商売上手な電器屋さんのおかげで、真記は友だちがこぞってほしがっているウォークマンまで買ってもらった。おじさんも、おばさんに小言を言われたくないので新しいラジカセがほしいのをがまんしていたとうちあけて、座敷に笑い声が広がった。

電器屋さんが帰ったあとにむかった三原駅前の本屋さんで、カセットテープのついたＮＨＫラジオ講座のテキストとノート、それに『ロビンソン・クルーソー』の本も買ってもらい、真記はおじさんとおばさんにお礼を言った。そして上機嫌にまかせて、夕飯のときに、小学校での楽しい出来事や、仲良しの友だちのことなどを話した。

「やあ、おかしい。真記ちゃんは話がじょうずじゃなあ」

手を叩いて喜んでいたおじさんがしんみりした顔になった。

「このあいだ、真記ちゃんが帰ったあとは、とにかくさみしくて、火が消えたようなとはこのことだと、ふたりでなぐさめ合ったんじゃ」

おじさんはおばさんと目を見合わせてから、「少しビールを飲んでもいいかい」と真記にたずねた。

「どうぞ、めしあがってください」と応じて、真記は使いなれないフォークとナイフでおばさんの手作りハンバーグを頬張った。

おじさんはおばさんについでもらったビールの泡をおいしそうにすすり、おばさんとコップを合わせた。ふたりともよほど強いようで、見る間に大瓶が二本三本と空になった。

「どうだい、浩次たちもよく飲むだろう。うるさくて、眠れないこともあるんじゃないか。美樹《みき》さんは唄うのが好きだから」

　真記が小さくうなずくと、「小学生なのに、ご苦労さんじゃなあ」と、おじさんがなぐさめてくれた。

　そう言われて、てっきり知っているのだとおもい、真記は誠一が生まれた小学二年生の冬からずっと買い物や夕飯のしたくをしていることを話した。

「そりゃあ、まあ、なんと言ったらいいか」

　おじさんは大きなため息をついて首を左右に振り、真記はしまったとおもった。


　金曜日の晩はそれですんだが、土曜日の夕飯ではビールの酔いにまかせて、おじさんは弟の妻に対する不満をもらした。

　真記は知らなかったが、高校卒業後に鋳物工場を手伝っていた父は二十一歳になったばかりのときに、母とかけおちをした。おじさんたちによると、さそったのは母だという。

「浩次はあのとおりの男前じゃし、高校の成績も悪くなかったから、そりゃあ心配したんじゃや」

　母は家出娘で、一時は歌手を目ざしていた。久留米《くるめ》の親や親戚とは十年以上も連絡をとっていない。五つも年上だし、そんな女では嫁としてこころよくおもわれないだろうと不安を口にしたところ、父がそれならおれも家を捨てよう、誰も自分たちのことを知らない土地に行って、誰にも頼らず、ふたりで暮らそうと応じて、かけおちをしたのだという。

父と母は縁もゆかりもない北海道で所帯を持った。しかし、三年ほどで暮らしにゆきづまり、ふたりで三原にあらわれて頭をさげた。

顛末《てんまつ》を聞いた祖父はひざを叩いて喜んだ。

「えらい。浩次、それでこそ男じゃ。自分を好いてくれたおなごをちょいとつまんで捨てるなんてぇやつは、男の風上におけん。そうかといって、どの女ならいい嫁になるだろうかと、やたらとえり好みするのも、ワシは感心せん。世のなかは縁じゃ。そして人生は一度きり。なにかのきっかけ、ちょっとしたはずみで結ばれた縁を大切にして、名のないものどうしが力を合わせて時代の荒波を渡っていけばいいんじゃ」

太っ腹な祖父は、故郷にもどって詫《わ》びを入れた次男坊を手放しでほめた。そして、こういうことがあった以上、実家の鋳物工場ではたらくのは気づまりだろうからと、結婚祝いもかねて、ダンプを買ってやった。国道二号沿いに持っていた五十坪ほどの土地と、尾道の家も分け与えた。

以来十五年、浩次はよくはたらいて、数人とはいえ、若い衆の面倒まで見ているのはたいしたものだ。ただし、ここからが難しい。会社を大きくしようとすれば、どうしたって同業者と揉《も》める。生まれ育った界隈《かいわい》だから顔が利くといっても、商売となればそう簡単にはいかない。じっさい、ここにきて、業績が頭打ちどころか、下降線をたどりかけている。

　こういうときこそ女房の出番で、あちこちの集まりに顔をだし、買い物や片づけを手伝って、顔役やおかみさんたちにとりいっておくものだ。人見知りだのと言いわけをしないで、自慢の長い髪の毛も少し短くして、夫のためにひと肌もふた肌も脱げばいい。女房が内助の功をはたらかせないから、浩次はいつまでたってもまわりから一目置かれない。

　はからずも、おじさんの本音を聞かされて、真記はかなしくなった。腕時計につづけて、ラジカセとウォークマン、それに英語のテキストまで買ってもらったことが両親に対する裏切りのようにおもえて胸が痛んだ。

　それでなくても、ラジカセをおねだりすることに、真記はやましさをかんじていた。だから今回は尾道駅にむかえにきてくれなくていいと、父にことわってきたのだ。

　それに家事を娘にまかせているからといって、母は家族をないがしろにしているわけではなかった。

　毎年四月十日ごろ、国道沿いの父の会社に鯉《こい》のぼりがあがる。そして五月五日には、家族が声をそろえて『鯉のぼり』の歌を唄う。「甍《いらか》の波と雲の波」で始まる難しい詞の歌と、「屋根より高い鯉のぼり」の両方を唄うのだ。

　母は鯉のぼりを毎朝あげて、夕方にはかならずおろすのだという。雨の日や、風が強すぎる日はあげない。そのおかげで、父の真鯉も、母の緋鯉《ひごい》も、真記のピンク色の鯉も、誠一の青い鯉も、五色《ごしき》のふきながしも、色があせず、生地もほとんど傷んでいなかった。

それに母は真記のようすをあんがいよく見ていて、体調が悪いとすぐに気づく。熱をだしたときは、氷枕をつくり、枕元で子守歌を唄ってくれる。二、三曲で十分なのに、七曲も八曲も唄う。しかも子守歌から、『ブルー・ライト・ヨコハマ』や『伊勢佐木町《いせざきちょう》ブルース』といった夜の歌謡曲にうつってしまう。真記が好きな『上を向いて歩こう』も、やさしく語りかける坂本九さんの歌い方ではなく、のどをふるわせて激しく唄いあげるので、かえって休めなかった。それでも、娘のそばについていようという母の気持ちはありがたかった。

あと、料理は苦手でも、母は裁縫が得意だ。給食の袋や布巾は、鼻歌まじりで、ミシンで縫ってくれるし、糸がほつれたボタンもあっという間につけ直してしまう。

三原のおじさんとおばさんは、そんなことは知らないだろう。知ったら知ったで、なにかしらいちゃもんをつけるにちがいない。

内心で不満をおぼえながらも、真記はふたりと仲良くすごし、食事の場をもりあげた。そして、夕食のあと、おじさんがお風呂に入っているあいだに、忍び足で仏壇のある座敷に行った。

真記は、かけおちした父と母をゆるし、ダンプを買ってくれた祖父に感謝をこめて手を合わせた。祖父は、初孫である真記が生まれる前年に亡くなったという。

鴨居《かもい》にかけられた白黒写真の祖父は、あらためて見ると、父とよく似たハンサムだった。となりの祖母は度の強そうなメガネをかけていて、およそ美人とは言いがたい。ふたりがどのような縁で結ばれたのか気になったが、夫婦のあいだがうまくいっていたなら、それにこしたことはない。真記はそうおもえた自分に満足した。

その晩、真記は十時すぎまで起きて、ラジカセで英語講座のカセットテープを聴き、英単語や英文をノートに書き写した。

おじさんもまずかったとおもったのか、それともおばさんにたしなめられたのか、母の悪口は二度と言わなかった。

ふたりに請われるまま、真記はお盆にも三原に来ると約束した。三泊四日は長すぎる気がしたが、尾道に帰って父と母にそう言い、ゴールデンウィークには腕時計を、今回はラジカセやウォークマンを買ってもらったこともうちあけた。両親は浮かない顔になったが、お盆に泊まりにいくことに反対はしなかった。

八月十三日は迎え火のため、十五日には送り火のために、真記はおじさんとふたりで菩提寺《ぼだいじ》までの道を歩いて往復した。おじさんは知り合いが多くて、たびたび立ちどまる。真記は何回お辞儀をしたかわからなかった。祖父が建てたという先祖代々のお墓は大きくて、墓地のなかでもひときわ目立っていた。

十六日は、おばさんも一緒にお墓によってお線香をあげてから、三人で列車に乗って広島に行った。人気の松田聖子が主役を演じる『野菊の墓』を観《み》たいと言ったのは、おじさんだ。横長の大きなスクリーンで映画を観るのは初めてで、どこに目をむければばいいかがわからず、真記は悲恋の物語に没頭できなかった。ところが、自分で観たいと言いだしただけあって、おじさんは洟《はな》をすすり、ハンカチで涙を押さえていたので、真記はびっくりした。

そのあと、デパートのレストランで早めの夕飯を食べていると、お盆に三原に来てくれたお礼にバッグと財布を買ってあげようと、おじさんが言った。

「そんなにぜいたくをしたら、バチが当たってしまいます」

真記は一生懸命にことわったが、結局は買ってもらうのもわかっていた。ビールで顔を赤くしたおじさんは、レストランでも、こども用品の売り場でも、うれしそうにお金を払っていた。

元日に家族四人で三原の本家を訪れたとき、自分には両親がふた組いるようで、真記は居心地が悪かった。

春休みも三原に泊まり、お墓参りをして、列車で尾道に帰ると、父が改札口にむかえにきていた。三原からの帰りに、駅までむかえにきてくれるのは、去年のゴールデンウィーク以来だ。黒の革ジャンにジーパン、靴は白のスニーカー。いつもの格好だが、どこかようすがちがう。

「四月から、事務をしてくれるひとを雇うことにした。おかあちゃんがうちにいるようになるから、買い物や料理は、もうせんでええぞ」

いつもより早口で言うと、父は顔を空にむけた。

その視線を追った真記の目に、二羽のトンビが映った。一羽は大きくて、一羽は少し小さい。夫婦だろうか、親子だろうか、それともきょうだいだろうか。真記はそれぞれに弧を描いて飛ぶトンビの姿を追った。

「ながいこと、すまなかったな。土曜日以外の放課後だって、友だちとあそびたかったろうに」

大きな仕事が入っていそがしくなるから、母では事務をこなしきれないのだと、父は説明した。ただし、その口ぶりはいかにも悔しそうだったし、言い終えて先をゆく足どりにも元気がなかった。

（おじさんが、おとうちゃんに、あれこれ注意したんじゃろう）

いきさつを察した真記がしょんぼり階段道をのぼっていると、父がふいに立ちどまった。ふりかえった父に見すえられて、あとずさった真記のお尻が鉄製の柵に当たった。

「ええか、大人には大人の事情がある。多少は気になるじゃろうが、こどもは知らん顔をして、よくあそび、よく学べばいい。そして、世のなかに放りだされても生きのびていけるだけの力を、どうにかして身につけるんじゃ。それは男も女もかわらん。ぜったいに、あきらめるな」

びっくりしている真記に、「ええか」と父が念を押した。

四月がきて、小学六年生になった真記は平日の放課後も自由につかえるようになった。

ところが、三歳の誠一と母が家にいるため、かえって気ままにすごせない。

とくに英語の発音練習は聞かれたくなかったので、真記は小学校から帰って二階の部屋で宿題をすませると、ウォークマンをポケットにしのばせた。階段道の途中にあるお寺や神社にむかい、樹々《きぎ》が生い茂る境内で、イヤホンから流れる英単語や例文をそっくりに発音することをくりかえす。

テレビの英会話番組で男性講師が言っていたとおり、LとRの区別には苦労した。やがて聴き分けはできるようになったが、さりげなく、なめらかに、LとRを区別して発音するのがとても難しい。

真記は小学校への行き帰りや、お風呂や布団のなかでもLとRのつく単語をつぶやいたが、イヤホンから聞こえるテープの声と自分の発音は微妙にちがっていた。


小学六年生のゴールデンウィークとお盆にも、真記は三原の本家に泊まりにいった。おじさんとおばさんはあいかわらずやさしくて、三人で三原のデパートや広島の繁華街を歩いていると、自分たちが本当の親子であるような気がすることもあった。

おじさんは客商売について一家言があり、ラーメン屋さんや喫茶店を外から見ただけで、その店が繁盛しているかどうかを予想した。

店舗を借りている店は、電気代やガス代に加えて、家賃がかかる。そのため、よほど売り上げがなければ黒字にならない。よって商売に工夫をこらし、一風変わったメニューを考えたり、店内に席を多くおいたりする。ただし、どちらも諸刃《もろは》の剣《つるぎ》で、奇をてらいすぎても、あまり世知辛《せちがら》くなっても、固定客がつかない。

一方、土地も建物も自分の所有なら、ゆっくりかまえていられるが、知らぬ間に時代おくれになって、とりかえしがつかなくなることがある。

アルバイト募集の貼り紙を出すのも良《よ》し悪《あ》しだ。それで好《よ》いひとが来てくれればいいが、逆から見れば、自分のつてではアルバイトを集められないのを明かしていることになる。

「なにごとも案配がだいじでな。うちの工場も、代々の信用はあるけれど、それにあぐらをかかずに、世のなかの新しい流れに目を配って、いろいろにがんばっとるんじゃ。そのうち真記ちゃんに工場を見せてやろう」

そうした話をしておきながら、慎重にタイミングを見はからっているらしく、おじさんは「養女」ということばは決してつかわなかった。父の口からも、「養女」や「養女にやる」といったことばはただの一度も発せられていなかった。

おそらく、おじさんのほうはすぐにでも真記を養女にしたいが、父はできることなら娘を養女にやりたくないとおもい、話をはぐらかしているのだろう。

日中、母が家にいるようになったとき、大きな仕事が入っていそがしくなると父は言ったが、とてもそうは見えなかった。ふたりともめったにビールを飲まなくなったし、タバコもたまにしか吸わず、なにかと切りつめている。

こちらから聞くわけにはいかないが、事務員のお給料は三原のおじさんがだしているのだろう。そのほかにも、いろいろ助けてもらっているにちがいない。

こんなにかわいがってもらっている三原のおじさんとおばさんには申しわけないが、どこでどうやって生きていくかは自分で決めたいと、真記はおもうようになっていた。かなうなら、英語の力でお給料を稼ぎ、誰の世話にもならずに暮らしたい。

そう願う一方で、父とかけおちした母を、真記はひそかに尊敬していた。いまでも母は父のことが大好きなのだろう。そんなにも好きなひとと出会い、一緒になれたことがもたらす幸せはどれほどのものなのだろうか。

ただし母とは、もうずっとうちとけていなかった。娘に家事をさせているのは、やはり引け目になっていたのだろうし、それを夫の兄にとがめられたことで立つ瀬がなくなり、真記とは目を合わせなくなった。

（いまでさえ気まずいのに、おじさんたちの養女になったら、金輪際、おかあちゃんと気がねなく話せなくなってしまうけん）

三原の本家に泊まりに行くたびに、真記は自分の人生は自分で決めたいと強くおもった。しかし、どうすればその希望がかなえられるのかは、皆目わからなかった。

中学校への入学祝いとして、おじさんとおばさんは万年筆とボールペンのセットと図書券を贈ってくれた。制服も買ってくれようとしたが、母が歯医者さんの娘さんたちのおさがりをすでにもらっていたので、そちらは真記が丁重にことわった。黒革のローフアーは、父が意地を張るように買ってくれた。

中学生になった真記が、自立して生きていきたいとのおもいをさらに強くしたのには、英語部の活動も影響していた。

真記たちが入学したときの英語部の三年生は男女六名ずつ、計十二名もいたのに、二年生は男子が二名だけ。真記たちの学年は女子ばかり十名という、なんともいびつな構成だった。

二年生の男子はどちらもひょろりとして、おまけにひっこみじあんだが、九月下旬の文化祭を最後に三年生が引退したあと、部長と副部長にはふたりがついた。

もっとも、自他ともに認めるリーダーは一年生の山本ミサさんだ。真記と小学校は別々だが、中学校で同じクラスになると、背が高くて活発な女子どうし、すぐに仲良くなった。

ミサさんは学年で一、二位を争う学力だ。そのうえ、かなり派手な顔立ちをしている。スタイルもよくて、ついたあだ名は「秀才アイドル」。

休み時間には、その美形を見るために、二、三年生の男子までが廊下に詰めかけた。真記をお目当てにする男子もあらわれたが、当人たちはどこ吹く風だった。

真記も定期試験の順位は学年で十位前後と健闘していた。とくに英語は、小テストも含めてほぼ満点で、ミサさんにも一目置かれていた。

ミサさんの唯一の弱みは字がへたなことだ。筆圧の強い、右肩上がりの字で、とても女子が書いた字には見えない。板書のときにはよくチョークを折って、笑いがおきた。当人もひどく気にしていたが、真記はそうした点も含めて、ミサさんのことが好きだった。

新体制となった英語部の最初のイベントは、来年四月の新入生歓迎会だ。予算はないに等しく、体育館の舞台での上演時間はどの部も十五分以内と決まっている。

真記たちが入学したときの新入生歓迎会で、英語部はスヌーピーをはじめ『ピーナッツ』のキャラクターに扮《ふん》して、英語で部員募集をした。文化祭では、男子は『スター・ウォーズ』のキャラクターに扮した寸劇、女子はカーペンターズの歌を英語で唄った。ギターがとてもうまい先輩のおかげでそれなりにもりあがったが、不満がなかったと言えばうそになる。

「さすがは英語部って感心されるようなことをしたいよね」

三年生が引退したあと、初めての全部員での集まりで、ミサさんを中心に知恵をしぼったが、これというアイディアは出なかった。

そこで、なりゆきを見守っていた新顧問の鍋島《なべしま》京子先生が提案したのが朗読劇だった。衣装は制服、片手に台本を持ち、舞台上のマイクにむかって英語の台詞《せりふ》を朗読する。

稽古じゃないかとバカにされそうだが、そんなことはないと自信満々に語る鍋島先生は、十月一日付けで着任した女性教諭だ。まえの顧問が体調不良で、予定よりも早く産時休暇に入ったため、二年生の英語を受け持つかたわら、英語部の顧問もつとめることになったのである。

真記やミサさんよりさらに背が高く、ボブカットの髪型が決まっている。六月末までイギリスのロンドン郊外で暮らしていた。三十歳の独身、出身は佐賀県唐津《からつ》市。同棲《どうせい》していたオランダ人男性と別れたため、七月半ばに五年ぶりに帰国した。失恋のショックからまだ立ち直れていなくて、昨晩もかれとすごした甘い日々をおもいかえして涙にくれていたのだと、鍋島先生はものすごく早口の英語で自己紹介をした。

朗読劇の歴史と意味について、日本語でひとしきり説明したあとだったので、みんなはキョトンとしていたが、しっかり聞きとれた真記は胸がどきどきして、顔がほてった。

「あら、あなた、やるじゃない。でも、みんなには内緒よ。そのかわり、困っていることがあるなら、助けてあげる」

今度は、ふつうの速さの英語で鍋島先生が言った。真記は深呼吸をしてから、LとRの発音の区別を教えてほしいと、英語で頼んだ。

「LとRの発音ね。たしかに日本語を母語にしていると、LとRの区別は難しいわよね」

鍋島先生はみんなにもわかるように日本語で言った。

「でもね、そのことを意識しすぎるのも考えものなのよ。あなたはきっと、とてもまじめで、勉強熱心なのよね。そういうひとが英語の教材をお手本にして、自分の耳でばかり発音を判定していると、つい厳しくなりすぎちゃうものなのよ。会話って、相手に通じればいいわけでしょ。あなたはもうLとRをちゃんとつかいわけられているわ。さあ、自信を持って」

そして鍋島先生は自分の発音した単語をくりかえすように、真記に指示した。

"Like, lake, lady, right, write, rose, root." そして、おまけに "Hiroshima Carp"。

鍋島先生はテンポよく発音し、真記も同じテンポで発音した。

"Perfect. Excellent."

真記が発音し終わるなり、鍋島先生が見事な英語でほめてくれた。

「いいですか、みなさんもあまりナーヴァスにならずに、朗らかな気持ちで英語を話すことをこころがけてください。元気に話す、じつはこれが、英会話がうまくなる一番てっとり早い方法です」

鍋島先生は初登場で部員たちの心をしっかりつかんだ。真記も喜びに胸をはずませていたが、いまの発音を忘れまいと、LとRのつく英単語をくりかえしつぶやいた。

新入生歓迎会で上演するのは『白雪姫』に決まった。英語のタイトルは "Snow White and the Seven Dwarfs"。

提案したのは、やはり鍋島先生だ。原作のグリム童話はドイツ語で書かれているが、アメリカのウォルト・ディズニー社による世界初の長編カラーアニメーション映画としても有名だし、誰もがあらすじを知っている。七人のこびとによる『Heigh-Ho（ハイ・ホー）』の歌も軽快で楽しいから、新入生歓迎会での英語部の出しものにぴったりとの説明には納得したものの、静かなイメージの朗読劇とマッチするかどうか不安でないこともない。

部員たちの心配をよそに、鍋島先生は配役を発表した。部長と副部長は王子さまと狩人《かりゅうど》。白雪姫は山本ミサさん。真記には、台詞の一番多い魔女の役が振り当てられた。残りの八名の女子のうち一名がナレーター、七名がこびと役をつとめる。

舞台上にあるのは、マイクスタンドにとりつけられたマイクが二本だけ。どちらかのまえに進み出て、台本を見ながら、客席にむけて、英語で朗読をする。

「だいじなのは、きちんとした姿勢で立って歩くこと。そして自分なりのテンポで、英語の台詞をはっきり言うことです。役作りなんてしなくていいし、それらしい声の抑揚もいりません。表情や身振りも必要なし。お芝居は一切しないで、淡々と英語の台詞を言い、仲間の朗読をしっかり聞く。舞台上でのあなたたちの一生懸命さが、かならず感動と笑いを呼びます。ラストで、白雪姫が生きかえって、王子さまと結ばれたら、『ハイ・ホー』の曲を流します。手ぎわよく台本を片づけて、みんなでにぎやかに唄って踊れば、拍手喝采を受けることまちがいなし」

それは本当だった。稽古をしているときから、真記は自分の朗読にも、ミサさんの朗読にも、王子やこびと役の部員たちの朗読にも感動し、よく笑った。

「種明かしは、体育館での上演が終わったらしてあげます。だから、あなたたちはよけいなことは考えずに、練習の成果をぞんぶんに発揮してください」

むかえた本番、幕のうしろで真記はスカートの裾を払い、両足をそろえてすらりと立った。これまでにない緊張をかんじていたが、それに押しつぶされない自信がみなぎっているのがわかる。

やがて幕が上がり、あとは鍋島先生の言ったとおりになった。大道具も小道具も背景もなく、台本を片手に持ったセーラー服と詰襟の生徒たちがマイクスタンドのまえで英語の台詞を言うだけなのに、体育館にびっしりすわった生徒たちと、壁ぎわに立つ教員たちは大喜びだった。

「ご苦労さま。ねっ、大成功だったでしょ」

幕が下り、舞台袖にさがった真記たちを鍋島先生がほめてくれた。ただし『ハイ・ホー』の歌を全力で唄い、手足をおもいきり振って踊ったので、みんな汗だくで、息がととのわない。

「このまえは、種明かしをするなんて、エラそうに言ったけど、わたしがしたのは、舞台に立つあなたたちの姿をみんなに見えやすくしただけ」

放課後に部室でおこなわれた反省会で、鍋島先生が話しだした。真記の耳には、体育館の舞台で受けた万雷の拍手がまだ残っていた。ひっこみじあんの部長と副部長まで、自信に満ちた顔をしている。

　鍋島先生によると、これまでのようにメイクや被り物《かぶりもの》でキャラクターに扮するのはうまい手ではない。それより素顔のまま舞台にあがるほうがずっといい。表情や口の動きがよく見えるし、なにより誰がやっているのかがわかるから、在校生や先生方はおもしろがるのだ。

　そして英語による朗読劇なので、演劇で一番難しい台詞の発声を巧みにクリアできたことが、最高の結果を生んだ理由だという。

「テレビや映画は、高性能のマイクで声を拾うから、出演者はふつうに話せばいいわよね。でも、舞台では、役者たちは奥の客席にまで台詞を届かせるために、声を張らなくてはいけない。だから、どうしても台詞の言い方が不自然というか、わざとらしくなってしまうわけ。それは日本語でも、英語でも同じ。じょうずな役者さんは、そこをきりぬけるテクニックを持っているし、演劇を見なれている観客は、台詞の多少の不自然さ、わざとらしさは、芝居につきものとして見逃してくれる。だけど、中学生には、そうしたお行儀の良さは期待できないでしょ」

　鍋島先生がそこまで話すと、「わかりました」とミサさんが手をあげた。

「わたしたちは台本を見ながらでも、英語の台詞をすごくじょうずには言えない。でも、観客のほうでも、すごくじょうずに話された英語はかえって聞きとれない。ただし、それは、ふつうのお芝居にありがちな、不自然な台詞の言い方ではないから、わたしたちのがんばりがストレートに観客に伝わった」

ミサさんは話しながら、自分の解釈をたしかめるように何度もうなずいた。

「そのとおり。もう少し説明すると、素人が母語でお芝居をすると、どうしても照れてしまうものなのよ。それは観客も同じで、聞きなれている日本語でのお芝居だと、あいつらはふだん言わないようなことをおかしな抑揚で言っているって、冷めた目で見てしまうわけ」

鍋島先生は噛《か》んで含めるように話し、真記たち英語部の部員もまるで英語の話を聞くように集中して聞いていた。

「ところが、英語での朗読劇だと、それも今回の舞台のように、やさしい英語での朗読劇だと、役者たちは自分に与えられた台詞をまちがいなく伝えようと一語一語を一生懸命に話すし、観客たちも聞きもらすまいと耳をそばだてるじゃない。そうなったら、こっちの勝ちよね」

真記は、ミサさんがまた口をはさみたくてうずうずしているのに気づいていた。

「いいですか。英語を、アメリカ人のように、巻き舌でなめらかに話す必要はありません。それは、英語を話すひとたちのなかで、何年間も暮らしてようやくできることです。それよりも、たどたどしくてもいいから、相手の顔をよく見て話す。自分の言ったことが相手に伝わっているかどうかをちゃんと気にして、もしも伝わっていないようだったら、自分はこんなことが言いたいんだと、別の表現で言ってみる。そういう経験をたくさんするなかでしか、英語はうまくなりません。それは」

「なにをおぼえるときも同じだということですよね」

がまんしきれなくなったミサさんが結論を先取りした。そして、鍋島先生やみんながあきれているのに気づいて、小さくなっている。

「わたしって、でしゃばりよね。自分でもわかってて、でしゃばっちゃいけないって言い聞かせてはいるんだけど、結局はでしゃばっちゃうの」

ふたり並んで校門にむかって歩きながら、ミサさんはひたすらしょげていた。

でしゃばりでありながら、はずかしがり屋でもあるミサさんはかわいらしかった。そして、そんなミサさんや、奥深い知恵のある鍋島先生と一緒に部活動ができることを、真記はとても幸せだとおもった。

朗読劇とはいえ、主役の白雪姫を演じた山本ミサさんの人気はさらに高まった。真記も英語の発音がじつに見事だったと、たくさんの先生方からほめられた。なかでも音楽の先生は、真記の歌までほめてくれた。声もきれいだが、リズム感も、テンポもすばらしかったという。

音楽の授業のあとに、ピアノかなにか習っているのかと聞かれて、真記は首を横に振った。

「それじゃあ、生まれつきのセンスね。だいじにするといいわよ。その道に進まないにしても、芸は身を助けるから」

そう言われて、「おかあちゃんじゃ」と真記は気づいたが、口にはださなかった。歌手を目ざしていた母の歌を、おさないころから聞くともなく聞いていたおかげで、リズム感やテンポをとる力が自然に身についていたにちがいない。

いずれにしても朗読劇が大成功をおさめた効果はてきめんで、英語部には過去最高の十五人もの新入生が入った。


二年生では別々のクラスになったが、ミサさんは昼休みや放課後に真記をつかまえて、とめどなく話してくる。ミサさんの目標はアナウンサーだ。地方局ではなく、全国ネットのニュース番組でアナウンサーをつとめたい。そのためにも東京の四年制大学に進もうと考えている。

ミサさんは、こどものころから二、三年に一度は家族で東京に行っていて、やはり首都はちがうとおもってきたそうだ。ひとの多さも、街のにぎわいも、広島、福岡、大阪、神戸などの比ではない。おとうさんもおかあさんも、東京への旅行を楽しみにしているので、てっきり娘の東京行きに賛成してもらえるとおもっていた。

ところが先日、初めて両親に将来の希望をほのめかしたところ、予想外の猛反対にあった。とくに、おとうさんが強硬だった。

「たまに見物に行くならともかく、東京で四年もひとり暮らしをした蓮《はす》っ葉《ぱ》を嫁にもらう男はおらんって、おとうさんに言われてから。売りことばに買いことばで、あたしがおとうさんとどっこいどっこいの了見の狭い男と結婚するわけないが。ひとをなんだとおもっとるんじゃって、こっちも怒った怒った」

ふたりきりで話していたので、ミサさんはバリバリの広島弁でまくしたてた。おとうさんは広島市役所の職員で、五つ上のお兄さんは関西の私立大学に通っている。ふたつ上にも、お兄さんがいる。おかあさんは短大を出ていて、いまは専業主婦だ。

その話にはつづきがあって、その後、ミサさんのおとうさんが市役所の同僚や上役に相談をもちかけたところ、おおよそつぎのような返答があった。

ひと昔前は、四年制大学に進む女性はめったにいなかった。教員や公務員になるならともかく、法学部や経済学部を卒業したところで、そうした学歴の女性を総合職として雇う企業はないに等しいからだ。それに、たいていの女性は二十五歳までには結婚して、家庭に入り、こどもを産み育てる。つまり高学歴であっても、女性はほんの数年間しかフルタイムではたらけない。

やはり娘は出しても短大までだ。優秀な女性は優秀な男性と結婚して、優秀なこどもを産み育てることが両家にとってのなによりの幸せであり、ひいては社会に対する貢献でもあると、その上役や同僚たちも考えてきた。

「ところがよ、この数年で、風向きが変わってきて、広島県庁のエリート官僚や都市銀行の支店長クラスのひとたちが、娘を四年制大学に通わせるようになってきたんじゃって」

聞けば、娘さんたちの学力がそうとう高くて、四年制大学で勉強したがっている。それに四年制大学を卒業した男性たちも、自分と同等の学力を備えた女性を妻にむかえたいとおもうようになってきている。今後も増えていくはずの家族ぐるみの海外赴任は、語学力と教養を備えた奥さんの助けがなければつとまらない。だから、山本さんのところも、娘さんに意欲があるなら、四年制大学に行かせることも考えていいのではないか。

「やったとおもったんじゃけど、それでも東京はダメじゃって。地元の広島県にも、となりの岡山県にもしっかりした大学があるんじゃから、まずはそれなりの高校に入って、そこでよく勉強して、中国地方の四年制大学を目ざしなさいじゃって。ああ、ほんまにつまらん」

真記は自分の進路には話が及ばないでほしいと祈りながら、ミサさんに相槌《あいづち》を打っていた。成績からすれば、真記も県立の進学校を目ざせるが、父の会社のいまの状態では、どうやら大学進学はきびしそうだとうすうす気づいていたからだ。

それならいっそ、中学卒業後は看護学校に進もうと、真記は考えていた。寄宿舎に入り、奨学金をもらい、まずは准看護婦の資格をとる。卒業後に一定期間、特定の病院ではたらきながら、奨学金を返済してゆく制度があるのだという。

さらに勉強して正看護婦になり、持ちまえの英語力をプラスすることで自分の可能性を広げたい。どうせなら首都圏の看護学校に入りたい。

職員室のまえには看護学校のパンフレットが何種類もおかれていて、それを持ち帰って読んでいるうちにおもいついたアイディアだ。とくに群馬県高崎市にある看護学校の校長は女性がつとめていて、その方の文章には独特な迫力があった。

〈看護学校では実践的な知識を教えます。患者を自分の目できちんと見て、患部に適切な処置を施し、温かいことばによって慰撫《いぶ》するためには、看護をする者が健康でなければなりません。また、医師や同僚との関係が良好でなければなりません。さらに病院の経営も健全でなければなりません。ところが、日本の医療においては、往々にして病院は営利主義に走り、医師は看護婦を見下し、看護婦相互も協力するより敵愾心《てきがいしん》を抱く場合が多いのは、じつに嘆かわしいことです。当学校では、精神的にも経済的にも自立した看護婦の育成をモットーにしています。意欲ある女性たち、そして男性たちの入学を待ち望んでいます。〉

おおよそ、そのような内容で、真記は心を打たれた。自分が看護婦にむいているかどうかわからないが、こんな校長先生のもとで学べば、しっかりした看護婦になれるのではないだろうか。

ただし、養女の件がどうなるかで、中学卒業後の進路は大きく影響を受ける。自分は本当に三原のおじさんとおばさんの養女になるのだろうか。それとも、父が拒みとおすのだろうか。

真記は不安をかかえたまま中学校に通い、秋の文化祭では、やはり朗読劇で『The Sound of Music（サウンド・オブ・ミュージック）』を上演した。

上映時間百七十四分の長編映画を鍋島先生が巧みに縮めて、『Do-Re-Mi（ドレミの歌）』、『Sixteen Going on Seventeen（もうすぐ十七歳）』、『My Favorite Things（私のお気に入り）』、『Edelweiss（エーデルワイス）』といった有名な曲を英語で合唱する。

主人公の修道女見習いにして家庭教師のマリアは、もちろん山本ミサさんだ。真記はなんと、詰襟の制服を着てトラップ大佐を演じることになった。そう話すと父と母もおもしろがり、誠一もつれて中学校の体育館に観劇に来るという。

三人は保護者席の最前列に陣取っていたので照れくさかったが、真記は華やかなミサさんをしっかり受けとめて、堂々と英語の台詞を言った。

カーテンコールでは、真記に一番大きな拍手が送られた。得意になった父が立ちあがって指笛を吹き、万歳までして、体育館がさらに沸いた。終演後、父は鍋島先生にしきりにお礼を言っていた。誠一も大喜びで、それからは、なにかと言っては、真記に英語の歌を唄ってとせがんできた。

真記の存在は全校生徒に知れわたり、二月十四日には一年生の女子生徒たちからバレンタインのチョコレートをもらった。その数八個は、野球部のエースよりも多かったというので、当の真記ではなく、ミサさんが勝ち誇っていた。

「高校生になったら、三原で暮らさんか。高校もこっちにして」

おじさんがいかにも緊張した面持《おもも》ちで言ったのは、真記が中学二年生から三年生になる春休みだった。

「成績もいいんだから、県立高校の普通科に進めばいい」とも言ってくれて、真記は目のまえが明るくなった。

しかし、その喜びはすぐに消えた。それどころか、前途はこれまでよりも暗くなった。普通科の高校には行かせてもらえても、その後の進路まで自由に決められるわけではないからだ。

三原で暮らし、三原の高校に通うとは、おじさんとおばさんの養女となることを意味していた。そして、それはまちがいなく、いずれはお婿さんをとって鋳物工場を継ぎ、こどもを産み育てながら、ふたりに一生尽くすことも意味していた。

「折を見て、ワシから浩次に言ってやろう」

おじさんの厚意を無下《むげ》にしたら、父の運送会社への支援も打ち切られてしまうかもしれない。少なくとも、いまここで返事をためらうべきではない。

真記は座布団からおりて、畳に両手をついた。

「よろしくお願いします」

「うん、うん。ワシらこそ、よろしくの」

おじさんとおばさんはよほどうれしいようで、目をうるませていた。

その日の帰り道、三原駅から乗った列車のなかで、真記はこのまま家出をして、ひとりで生きてゆく術はないかと必死に考えた。

しかし義務教育を終えていない身では、捜索願をだされて、警察に保護されるのがオチだ。鍋島先生に助けを求めたところで、問題がややこしくなるだけだろう。

真記が右手にさげているのは、布製のバッグだ。昨年の秋に広島の街を散歩しているとき目にとまり、おじさんに買ってもらった。高いものではないが、丈夫で便利だし、プリントされたアネモネの絵がおしゃれなので、とても気に入っていた。小学五年生の夏休みに買ってもらったバッグから数えて三つ目になる。腕時計も二つ目だ。靴に至っては四足目になる。靴下とハンカチは三原に来るたびに当たりまえのように買ってもらっていたし、お小遣いやお年玉ももらっていた。

いまさらながら、おじさんたちのお世話になりすぎたと後悔したが、それならどうすればよかったというのだろう。

それからの数日、真記は小さな港町をうろうろ歩き、岸壁から身投げしようか、列車に飛びこもうかとおもいつめた。

小学五年生のときは、くぼ地の神社で縄跳びをして、手に持った丸い石で敷石をこすることで、どうにか気持ちがおちついた。しかし、いま真記が直面しているのは、まさに人生を左右する岐路であり、気持ちをおちつかせたところで、どうにもならない。

ミサさんは、東京に出ることは両親に反対されても、普通科の高校から四年制大学へと進み、結婚相手も自分で決められる。かなうなら、鍋島先生のように海外で暮らし、ハンサムな外国人と恋仲になってみたいと真記はおもった。

そんな無謀なまねは、じっさいにはしないとしても、十四、五歳で自分の将来を決められたくない。なにより結婚相手は自分で決めたい。

（ちがう。結婚どうこうより、自然に誰かを好きになりたいんじゃ。いまから、婿さんをあてがわれることが決まっとったら、高校生になって、せっかく好いひとにめぐり合っても、気持ちがすなおに動かんじゃろう）

真記は頭のなかでくりかえし嘆いた。自分の将来を閉ざされることが、ここまで苦しいとは、じっさいに直面してみるまでわからなかった。

予想できていたなら、看護学校への進学を本気で考えていただろう。いまからだって、看護学校に進むのは不可能ではないが、それはおじさんとおばさんに対して、あまりに恩知らずで、当てつけがましいふるまいだ。

（おとうちゃんとおかあちゃん、それに誠一との暮らしから引き離されたうえに、そんな枷《かせ》をはめられた高校生活をおくるくらいなら、いっそ楽しかった思い出を胸にかかえて、この世からおさらばしちゃろう）

入場券を買って入った尾道駅の長いホームの端で、真記は列車が来るのを待った。猛スピードで通過する貨物列車に飛びこめば、苦しまずにあの世に行ける。

やがて、アナウンスにつづけて、線路がきしる音が聞こえてきた。先頭の青い機関車が見えたとおもうと、警笛が鋭く鳴った。

「誠一、おかあちゃん、おとうちゃん、さようなら」

目をつむり、別れのことばをつぶやいた真記のまぶたに父の顔が浮かんだ。こわい目でにらまれて、真記は飛びだしかけた足をとめた。

青い機関車が鼻先をかすめて、黄緑色や茶色のコンテナを積んだ貨車がつぎつぎに通過していく。轟音と風圧を全身に浴びながら、真記は階段道の途中で父にかけられたことばをおもいかえした。

「世のなかに放りだされても生きのびていけるだけの力を、どうにかして身につけるんじゃ。それは男も女もかわらん。ぜったいに、あきらめるな」

父の迫力に押されてあとずさり、お尻が鉄製の柵に当たった感触までがよみがえる。あれはちょうど三年前、小学五年生から六年生になるときの春休みだった。

（そうじゃ、あきらめるのはまだ早い。高校の三年間で、三原を出るチャンスをうかがえばいいんじゃ）

真記は考えをあらためた。ただし頭は熱をおびたままで、改札口を出たあとも足元ばかりを見て、家にむかう階段道をのぼってゆく。

（なにも、いま死んでしまうことはない。死んだら、それまでなんじゃから）

ようやく顔をあげた真記の目に、茜色《あかね》に染まる空と海が映った。春の瀬戸内海を漁船や高速船がゆきかい、曳《ひ》き波が黄金《こがね》色に光っている。

(こげに美しい景色が目に入らんほど、うちは追いつめられとったんじゃ)

大きく息を吸って吐くと胸がわななないたが、真記はかろうじて涙をこらえた。

その後は、三原のおじさんからも父からも養女についての話はなく、真記は中学三年生になった。

今年の新入生歓迎会でも、英語部は『Snow White and the Seven Dwarfs(白雪姫)』の朗読劇を上演することになった。後輩の女子部員たちが、どうしてもあの劇をやりたいと言いはり、毎年新しいものに挑むのではなく、定番をつくるのもひとつの方法だと、鍋島先生が後押ししたからだ。

もっとも、その鍋島先生は三月三十一日をもって離任してしまった。カナダ在住の友人から、ペンション経営を手伝ってほしいと頼まれたのだという。

「自分で言うのは気が引けるんだけど、わたしみたいに口が達者なうえに、見栄えも好い女は、年下の同性に妙な影響を与えちゃうから、ひとところに長くいないほうがいいの。縁があったら、また会いましょう」

あらわれたときがそうだったように、去るときもあざやかな印象を残して、鍋島先生は真記たちのまえから姿を消した。

一年六ヵ月ぶりに復職した元顧問の女性教諭は活気あふれる英語部に驚いていた。そして賢明にも、もはや自分の出る幕ではないと判断したようで、最上級生となった部長の山本ミサさんと副部長の真記に部の運営をまかせて、放課後は子育てのために家路を急いだ。

ミサさんと真記は、今回は裏方にまわり、ふたりで協力して演出と進行をつとめた。ほかの部員たちもよくがんばって、新入生歓迎会の朗読劇は昨年にまさるとも劣らない出来ばえだった。

上演後の反省会で、舞台に立たなくても充実感を味わえましたと、部長のミサさんは殊勝なことを言った。もちろん本心であるはずがなく、中学生最後の舞台となる秋の文化祭では、ぞんぶんに目立とうとするにちがいない。

一方、真記は、鍋島先生にならい、部員たちの発音や発声を指導することに喜びを見いだしていた。おそらく、教師が自分の天職なのだ。三原のおじさんとおばさんの養女になったとしても、将来の希望をきちんと伝えて、県内の四年制大学に進ませてもらおう。教員免許をとり、結婚後も中学か高校の英語教諭としてはたらく道を模索しよう。

おちついた気持ちで帰宅し、夕食のあと、二階の部屋で机にむかっていた真記の耳に、

「おい、帰ったぞお」と父の声が聞こえた。

「真記、お真記。おとうちゃんを出迎えんかい」

よほど酔っているらしく、父が玄関のドアを叩いている。机においた目覚まし時計は九時半をまわったところだ。

（とうとう養女にいくことが決まったんじゃろうか）

それにしては父の声はうれしそうだとおもいながら、真記は小走りで階段をおりた。ネグリジェを着た母が袖をひらひらさせながらドアの内鍵《うちかぎ》を外している。

「おう、真記。三原の本家には、もう行かんでいいぞ」

玄関に入るなり、父が大声で言った。

「耳をそろえて、利子もつけて、借りとった金を返してやったんじゃ。兄貴のやつ、魂《たま》消《げ》て声も出なくなっていやがった。なにが本家じゃ、なにが代々の信用じゃ。えらそうに能書きをこきやがって。ひとを見る目がないのはどっちじゃ。ざまあみろ」

酔いで顔を赤くした父の声があまりに大きいので、母があわててドアを閉めた。

「おとうちゃん、もうかったん」

パジャマの誠一がすり寄ると、父が息子の頭をごしごしなぜた。

「おう、あたぼうよ。株と土地で裏ドラ満貫《マンガン》、サマージャンボ宝くじの一等に前後賞を合わせた、まさに大当たり。これで当分は枕を高くして寝られるってもんじゃ。ああ、せいせいした」

大きく伸びをすると、「三原には、もう行かんでいいぞ」と、父がまた言った。

真記はおおよその事態を理解したが、だからといって自分の希望が全面的にかなうわけではないこともわかっていた。

「あの、うちは、県立高校の普通科に進学したいとおもっていて」

自分でもあんまりだとおもうほど小さな声で真記は父にうかがいを立てた。

「おう、行きたい高校に行けばいい。ただし、うちから通える公立じゃぞ」

「あんた」と口をはさんだ母を父がにらんだ。

「行かせてやれ。世のなか、なにが役に立つかわからんと、つくづくおもい知った。情けはひとの為《ため》ならず。金は天下のまわりものじゃ」

父は白いスニーカーを脱いで廊下にあがり、革ジャンとTシャツ、それにジーパンと靴下をつぎつぎに脱ぎながら、洗面所にむかった。


三十分ほどして、お風呂からあがった父が真記を呼んだ。ふたりは縁側に並んですわった。

四月の半ばで、春の夜らしいあたたかな風が吹いている。冬のあいだは冴《さ》えていた港の灯《あか》りがぼんやり光っている。

「こいつは、おとぎ話じゃ。でもな、ホンマのことじゃ。つまり、おとぎ話っちゅうもんは、どれもホンマにあったことがもとになっとるんじゃろうよ」

六年前の年末、父はトラックの運転を頼まれた。ドライバーがインフルエンザにかかってしまったので、かわりに東京築地《つきじ》の魚市場まで行ってもらいたい。運転代ははずむからと知り合いの水産業者に拝《おが》まれて、少しでもお金がほしかった父はふたつ返事で引き受けた。

尾道港を出発したのは、十二月二十七日の午前十時だった。その日に水揚げして氷詰めにした真鯛《まだい》、黒鯛、平目といった高級魚ばかりを積んだ4tトラックのハンドルを握り、父は一路東にむかった。

帰省ラッシュとは方向が逆なので、大渋滞にはまる心配もないとあって、父は高速道路の左側車線を時速八十キロメートルほどで走りつづけた。

「おまえもいつかは運転免許をとるじゃろうが、中国自動車道には気をつけろよ。ぐにょぐにょと曲がりよるうえに、アップダウンも多い。おまけに中央分離帯がないところがあって対向車が目に入るから、とにかく運転していて疲れるんじゃ。当然、事故も多い。それも、何台もがからんだ死亡事故がな」

父が仕事のことを詳しく話すのは初めてだった。酔いは抜けているらしく、話しぶりはたしかで、ときどき顔を右にむけて真記を見る。

「そいつを乗せたのは、岡山のパーキングエリアじゃった」

おもいがけない展開に、真記はひざにおいていた手を握りしめた。

「まっ昼間じゃっちゅうのに、ベンチでめそめそ泣いていやがるから、『どうした、兄ちゃん』ゆうて声をかけたんじゃ」

紺色の背広を着て、髪を七三に分けた小柄な男性は証券会社の若手社員で、一週間前、仕事納めの二十八日までに最低二千万円分の契約をとってこいと上司に命令された。死に物狂いで駆けずりまわったが、どうしても言われた金額に届かない。営業成績は悪くないのに、上司に目の仇《かたき》にされていて、ダメならくびだとも言われた。双子が生まれたばかりで、こんな年末に失職したら、妻に合わせる顔がない。妻子ともども路頭に迷うおそろしさで、大阪にもどる夜行バスから降りてしまったのだという。

「それで、いくら足りねえんじゃと聞いたら、三百万円ときた。おかあちゃんにも兄貴にも内緒のへそくりがちょうどそのくらいあってな。しかし、べそをかいている若造にそっくりくれてやるわけにいかねえから、とりあえず大阪まで乗っけてやったんじゃ」

父は自分のダンプにヒッチハイカーを乗せたことは一度もない。社員にも固く禁じているが、そのときだけは乗せる気になった。理由は、若い会社員が手に持った缶ビールのふたを開けていなかったからだ。

飲めない酒を飲んでヤケになってやろうとおもい、バスに乗るまえに買ったものの、妻子のことを考えると、どうしても飲めなかったと泣きながら話す姿に、父はほだされた。

「他人《ひと》さまの車で、だいじな魚を運んどるんじゃから、とんでもねえ話じゃが、とにかくほうっておけなかったんじゃ」

結局、父はその男性を大阪まで乗せてやり、へそくりを全額はたいて株券を買うことを約束した。銘柄も、運用の仕方も、一切合切をまかせた。

「この御恩は忘れません。命にかえても、このお金は五倍、いや十倍に増やしてみせます。ただ十年、いや七年待ってくださいって、うそとも本当ともつかねえことを言いやがってよ。おれも、ひと助けなんて、がらにもねえと、こっぱずかしかったんじゃが、ものはためしじゃとおもったのは、ひとの一生というのは、地道にやっているだけじゃあ、運は転がりこんでこんのじゃ。いくらかあぶなっかしくても、ここというチャンスにドカンと賭けて、はずみをつけんことには、とてもやっていかれんのじゃ」

父の理屈は理屈になっていなかった。しかし父は賭けに勝ったのだ。

「こいつは、おやじから教わったんじゃ。満州（現在の中国東北部）に駐屯していたおやじたちの部隊は、日本が降伏したあと、ソ連軍に投降してシベリアにつれていかれることになった。ところが、ソ連の連中はいいかげんで、金目のものをつかませれば、逃げられたそうじゃ。じっさい、逃げた中尉もいて、少尉だったおやじもさそわれたんじゃと。でもなあ、すかんぴんの部下たちを見捨てるわけにいかんし、上官でありながら、自分たちだけ逃げたというやましい気持ちを抱えて故郷に帰ったところで、その後の人生がうまくいくわけがない。それならいっそ肚を決めて、シベリアにつれていかれよう。むこうでどんな目にあうかわからんが、どうにかしてみんなで助け合って生きのびられたら、それから先は、ちっとはいいこともあるにちがいないとおもったんじゃと」

真記はその話を初めて聞いた。そして驚きながらも潔い祖父が誇らしかった。

「もしかして、おとうちゃんは、おかあちゃんとかけおちをするよりもまえに、その話を聞いてたん」

声をひそめて、真記はたずねた。

「なんじゃ、おかあちゃんとのことを知っとったんか」

真記はしまったとおもったが、父は誰から聞いたかは詮索してこなかった。

「おう、そりゃあ聞いとった。おやじのひとつ話じゃからな。でもなあ、おかあちゃんと北海道に行っちゃろうとおもったときは、おやじの自慢話はまるで頭になかった。なにしろ二十一歳になったばかりの若造で、あるのは自動車の運転免許証と自動車整備士の資格、それに高校野球で鍛えたからだだけ。見ず知らずの土地で、その日その日の食い扶持《ぶち》を稼ぐのに必死じゃったし、果てしなく広い北海道で、来る日も来る日も土や砂利を運んどることが、五年後十年後にどうつながっていくのかなんて考える余裕は、これっぽっちもなかった」

父によれば、祖父のことばをおもいだしたのは、故郷でダンプに乗るようになってからだ。腕っぷしが強くて、気性の荒い連中の多い業界だが、五つも年上の女性に惚《ほ》れられて、かけおちまでした男はほかにいない。

「義理じゃ、人情じゃと、口じゃあエラそうなことを言っとっても、じっさいに損をかぶるかもしれんとなったら、どいつもこいつも尻込みするんじゃ。おれじゃって、北海道では三年しかもたずにおやじに泣きを入れたんじゃが、それでも一度は後先考えずに踏みだしたんじゃ。そいつは、掛け値なしの自信になっとる。逆に言えば、そこまでからだを張るやつは、めったにおらんのじゃ。つまり、おれは、おかあちゃんに惚れられたときと同じように、後先考えずに、べそをかいている若造に賭けたんじゃ」

その証券マンからは、毎年の仕事納めに電話がかかってきた。おととしの暮れには、三倍以上の一千万円ほどにまで増えたと聞き、のどから手が出るほどお金がほしかった父はそこで降りようかとおもったが、猛烈に反対された。

「景気はさらによくなります。空前の好景気がおとずれて、株も土地も、来年、再来年と、さらに値があがります。ぼくを信じてください」

そう説得されて、父はどうにかこらえた。そして、そのとおりに相場は急激に上昇し、あずけた三百万円は五年数ヵ月で十倍以上になったのだという。

「おとうちゃん、さすがじゃ。よかったね」

真記が満面の笑みでほめると、「おう、そのとおりじゃ」と父が胸を張った。

「うまいこと、ハマりよったんじゃ。正直なところ、おれには世界経済の動向も、あの若造がなにをどうやったのかも、ちいともわからねえが、とにかくそんなわけじゃ。おまえには、年端《としは》のいかんうちから家のことをやらせて、そのうえいろいろと心配をかけて、すまなかった」

偶然の出会いをきっかけに、とびきりの幸運をたぐりよせた父の勘と度胸に真記は惚れ惚れした。その父に頭をさげられて、これまでの悩みや苦労もふきとんだ。なにより、三原のおじさんたちの養女にならずにすんでホッとしていたが、真記は早くもその先のことを考えていた。

尾道市内の県立高校に進むのはいいとして、こうなったら望みは高く、東京の四年制大学を目ざしたい。大学に進学するまでの三、四年、できれば卒業するまでの七、八年、空前の好景気と父の上機嫌がともにつづいてほしい。

（うちはかわいげのない、さかしらなおなごじゃ）

布団に入った真記は、例によってきつい広島弁で自嘲した。それでもよほど安心したようで、この数年では一番熟睡した。


翌日から、真記は心機一転して受験勉強に励み、秋には中学生最後の文化祭にのぞんだ。もはや恒例となった英語部の朗読劇で、演目は去年の文化祭につづいて『The Sound of Music』だ。

鍋島先生の指導によって上演したときは、部員も観客も不慣れだったため、声の抑揚も身振りも極力おさえた。しかし、もう四回目なのだから、多少の演技は解禁にして、真記は大人数の部員たちの演出をした。

山本ミサさんは主役のマリアを朗らかに華やかに演じ、トラップ大佐を演じた二年生の男子部員と共に喝采を浴びた。ほかの部員たちも、それぞれに工夫をこらした演技を披露して、朗読劇でありながら、にぎやかな上演になった。

文化祭を花道に英語部を引退すると、真記は受験勉強に邁進《まいしん》した。年末年始も一日も休まずに机にむかった甲斐《かい》あって志望校に合格し、発表があった日のうちに三原のおじさんとおばさんに宛てて手紙を書いた。

おふたりのこれまでの援助があったからこそ、英語の力がついたこと。季節ごとに三原のうちに泊まらせてもらい、とてもよい気分転換になったことなどを、中学校の入学祝いにもらった万年筆で縦書きの便箋にしたためた。これからも勉強に励むので、今後ともよろしくお願い致しますと結び、真記は筆をおいた。

念のため、父にことわってから投函《とうかん》すると、三日後に三原から真記宛てに現金書留が届いた。父の帰宅を待ち、封を切ったなかには、一万円札が五枚も入っていた。

そのまま電話をかけて、真記はおじさんとおばさんにお礼を言った。十ヵ月ぶりに話すふたりの声は、気の毒なほどさみしげだった。しかし、なぐさめるわけにもいかず、受話器をおくと、真記は足早に二階の部屋にもどった。

高校入学後も気をゆるめることなく、真記は一年生のうちに英語検定試験の3級と2級の試験に合格した。さらに二年生のとき、その年に新設されたばかりの準1級を取得して、当面の目標を達成した。試験はいずれも広島市の会場でおこなわれたため、往復の電車賃と検定料は三原のおじさんたちからの入学祝いでまかなった。

ただし、この成果によって、父に東京行きを認めてもらえるかどうかはわからない。英検準1級というのは、かなりレベルの高い資格で、高校の先生たちはほめてくれたが、父にはチンプンカンプンだろうから、「どうせなら1級をとれよ。おれじゃて、自動車整備士の1級を持っとるんじゃから」と気軽に言いだしかねない。

自動車整備士1級はもちろん立派だが、英検1級は東大受験よりもきびしいと言われている超難関だ。もっとも、それは噂《うわさ》が噂を呼ぶたぐいの伝説にすぎないという意見もある。

大学入試とちがい、英検は1級でも、設定されている基準点をクリアすれば何人でも合格する。また意表を突く奇問珍問も出題されない。ただし語彙数は相当必要だし、リスニングもライティングもスピーキングも、五、六年をかけて鍛えていかなければ合格はおぼつかないそうだ。

つまり、真記がどんなにがんばっても、高校在学中に英検1級に合格するのは不可能と言っていい。それでも一次の筆記試験だけでも突破すれば、父を説得する手がかりになるかもしれない。挑戦しなければ、門は開かれないのだ。

「ぜったいに、あきらめるな」という父のことばを自分に言い聞かせながら、真記は地道に英語の勉強をつづけた。

広島市内にあるキリスト教系の女子校に進んだ山本ミサさんは、住まいも広島市内にうつっていた。もともと広島市の出身で、小学四年生になるときに、高齢の祖父母が暮らすおかあさんの実家に引っ越してきた。そして末っ子であるミサさんの高校進学に合わせて、もとの地所に二世帯住宅を建てたのだという。

近くに来たときは、かならず声をかけてほしいと電話でしつこく言われて、真記は大手予備校が主催する模擬テストや英検の試験で広島市に行くたびにミサさんとお茶をした。

「あなた、また身長が伸びたんじゃない」

「うん、百七十センチになったさ。でも、ふしぎなもんで、足のサイズは、中一のときと同じ二十四センチのまま」

真記がそう答えたのは高校二年生の春だった。

「身長は、そのくらいにしておきなさいよ。それにしても、あなたの向学心はすごいよね。おとろえ知らずっていうの。たぶん、わたしはもう、勉強ではかなわないんでしょうね」

標準語で話すミサさんは、会うたびにヘアスタイルもファッションも洗練されていく。なにより体形が女性らしくなっている。その一方、尾道にいたころの、むかうところ敵なしといったむやみなパワーは影をひそめていた。

そんなミサさんに比べると、真記は背が高くなっただけで、見た目も内面も中学生のときとあまり変わっていなかった。三原に行かなくなったことで服や小物を買ってもらえなくなり、おしゃれに興味がなくなった。髪もブラシでとかすだけ。ただし、母に言われて、洗顔と爪の手入れだけはまめにしていた。

持っている私服はジージャンと綿のシャツとジーパンくらいなので、全国模試や英検試験で広島市に出るとき、真記はいつも高校の制服にしていた。中学校の制服とはちがい、おさがりがもらえないので、父が奮発してくれた。黒革のローファーも新調してくれようとしたが、運動靴と併用してだいじにはいてきたし、足のサイズも変わっていないからと答えると、「物持ちがいいのはええことじゃ」とほめられた。

同じ年の秋、初めて英検1級の一次試験を受けたあとにミサさんにつれていかれたのは、古いビルディングの地下にあるジャズ喫茶だった。分厚い木製のとびらの奥はお化け屋敷のように暗くて、それに耳をつんざく轟音で、真記は足がすくんだ。

「だいじょうぶよ。五分もすれば、目も耳もなれるから」

ミサさんが言ったとおり、キャンドルが灯《とも》った小さなテーブルについてしばらくすると、真記はおちついてきた。トランペットやサックスの鋭い音が、試験で疲れた頭に突き刺さる。

予想していたこととはいえ、英検1級の問題には歯が立たなかった。準1級まであまりに順調だったので、この勢いでいけばもしかするともしかするかもしれないとおもったのだが、やはり数年をかけて挑まなければ合格はおぼつかないことがよくわかった。

(そんなに甘くないんじゃ。それが人生ってもんじゃ。それでこそ、人生なんじゃ)

はこばれてきたグラスやコーヒーカップさえ判然と見えないほど照明を落とした空間で、真記は音楽にかつてなく心を揺さぶられていた。

しばらくするとレコードがかわり、静かなピアノトリオの曲が流れだした。こちらにも味わいがあって、ピアノとベースとドラムスの繊細な絡み合いがおもしろい。

「この店は大きな声で話しちゃいけないんだけど、ここじゃなきゃ話せないほど、みっともないことなの」

そう前置きしたミサさんの唇は、ほぼ真記の右耳にくっついていた。ほのかに香水がかおり、真記はおもわずつばを飲みこんだ。

ひそめた声でうちあけられたのは、五つ上のお兄さんの不始末だった。現在、大学四年生で、関西にある私大の工学部に在籍している。指導教授のおぼえもめでたく、大学院に進む予定でいたが、この六月に家庭教師をしていた高校三年生の女子生徒を妊娠させてしまった。

去年の夏休みから、神戸のお宅に週に二度通って数学と英語を教えていて、よく夕飯もいただいていた。秋には男女の関係ができて、避妊は入念にしていたつもりだが、甘かったと言われてもしかたがない。真剣な恋愛というよりも、おたがいにセックスへの興味から、いろいろな場所で行為に及んでいたと、ミサさんの長兄は両親に事情を説明した。

女子生徒の親御さんは激怒した。こうなった以上、結婚というかたちで責任をとれ。大学院になど進まず、就職して給料を稼ぎ、生まれてくる赤ん坊と、おまえのせいで大学進学をあきらめざるをえなくなった未成年の妻を養え。もしも、それを拒み、娘が堕胎という選択をするしかなくなったら、おまえの将来をめちゃめちゃにしてやると凄《すご》んだ。

　神戸のシティホテルの一室でおこなわれた話し合いの席にいたのは、むこうの両親と、ミサさんの両親とお兄さんの五人だった。あとからおもえば、弁護士を同席させればよかったのだが、まさかそこまで強硬な要求をもちだされるとはおもわず、ミサさんのおとうさんもお兄さんもうろたえるだけだった。おかあさんは意気地のない夫と息子に愛想を尽かしてしまい、家のなかが最悪なのだという。

「もう夢も希望もないってかんじ。こっちが花の女子大生になろうっていう矢先にさ。もっと賢くやりなよって、兄貴とその子に文句を言ってやりたいけど、兄貴のしくじりを反面教師にして賢くあそぶっていうのも、むなしいじゃないねえ」

　真記は、ミサさんのお兄さんがしでかした不始末よりも、さまがわりしてしまったミサさんの話しぶりがかなしかった。

　もっとも真記だってほめられたものではない。英語の成績は抜群だが、理数系の成績は冴えなくて、定期テストのたびに、よほどがんばらないと国公立大学を目ざすのは難しいと担任教師に釘《くぎ》を刺されていた。

　ただし、それは東京の私立大学への入学をもくろむ真記の計算でもあった。都内にある国公立大学で文系の学部があるのは、東京大学、一橋《ひとつばし》大学、東京都立大学、東京外国語大学、お茶の水女子大学、東京学芸大学で、いずれも超難関だ。もともと理数系が苦手な真記の学力では、どんなに努力しても共通一次試験でハネられてしまう。そうかといって地方の国公立大学には行きたくない。

都内にある私大への進学がぜいたくな希望であることは重々承知していた。中学校の同級生には、卒業後に就職した子が何人もいた。真記にしても、看護学校に進むしかないと覚悟していた時期があった。ところが父が一山当てたことで状況は一変した。こうなったら、あこがれの東京で学生生活をおくりたい。

空前の好景気で日本中が沸き立ち、父の運送会社もかつてない利益をあげているようだった。真記が通う高校でも、昨年度の大学進学率は初めて七割を超えた。ただし、広島県内や近県の大学がほとんどで、関西の大学に進んだのは五人、首都圏はゼロなのだから、「東京の大学に行きたいだと。なにさまのつもりじゃ」と父に一喝されてもしかたがない。

東京行きは、まだ真記の胸のなかにだけあった。両親にはもちろん、高校での数少ない友人にも、担任や進路指導の教師にも話していない。話せば、かならずもれて、同級生からやっかまれるのは目に見えている。いっそ教師以外には知らせずに東京の私大に進みたい。

いずれにしても、最大の問題は、どうやって父の賛成を得るかだ。高校三年生になるまでにはこちらの希望を明かさなければならないが、どうすれば父を説得できるのか。

当然のことながら、英検1級の一次試験には落ちた。しばらくは広島市に行く用もなくなり、ミサさんとも疎遠になった。志望大学も絞れないままだが、真記は大学入試にむけての勉強は怠らなかった。

（おとうちゃんの弱みを握れたら）

真記がそうおもいついたのは、ミサさんとジャズ喫茶で話した翌月だった。夜中に目を覚ますと、母が泣きわめいている。

「うそばかりついて、女がおるんじゃろ」

母が怒鳴り、さらに父をぶとうとしたらしい。ドタバタと音がしたあと、母が泣きじゃくった。

「その女と別れてよ。別れんのなら、うちを殺して」

まさかそんな物騒なことばまでとびだすと思わなかったので、忍び足で階段をおりていた真記は息を呑《の》んだ。

「わかった、わかった。かなしませて、すまなんだ。きっちり別れるから、少し時間をくれ」

「うそ、うそ、うそ。別れる気なんてないくせに。むこうじゃて、あんたとはよう別れんわ」

母のあわれな声をこれ以上聞いていられず、階段の下まで来ていた真記は足音を立てないように引きかえした。自分の部屋に入るまえに、奥の誠一の部屋の戸をほんの少しだけ引くと、すこやかな寝息が聞こえた。

父の金づかいが荒くなっているのに、真記は気づいていた。同業者の集まりや同窓会と称して、泊まりで広島や福岡に行く。大阪や神戸にも行く。ひかえていた晩酌も再開して、ビールに舶来のジョニーウォーカーが加わった。とくに土曜日の晩は母と一緒にたっぷり飲んで、いい気持ちに酔っては、得意の話や人生訓を垂れる。

父のあこがれは西部劇のガンマンだった。小学生のうちは、駄菓子屋で売っているオモチャの拳銃で早撃ちの練習をしていたが、腕があがるにつれて、もっと本物に近い拳銃がほしくなった。しかし雑誌に写真が載っているモデルガンは値段が高くて、とても手が出ない。

そこで父が中学一年生の夏休みに、工業高校に通っていた三原のおじさんと協力して、プラモデルから型をとり、合金製の拳銃を自作した。撃鉄をおこすとシリンダーが回転し、引き金をひくと撃鉄が落ちる本格的なものだ。

「さすがは鋳物工場の息子たちじゃと、おやじが手放しで喜んどったわ」

その拳銃はどこかにいってしまったが、興が乗ると、父は最近買ったモデルガンで早撃ちを見せてくれた。革製のガンベルトも本格的だ。

ただし、撃たれる役は真記なので、そこから先は楽しくなかった。一度、誠一も父のまえに立ったが、こわがって泣きだした。母は絶対にいやだと言って、椅子にしがみついてしまう。

「さあ抜くぞって、イキって抜くのはダサいんじゃ。そうかといって、マジシャンみたいに意表を突くのもおもしろくない。鳩《はと》やコインやトランプを出すなら、それでもいいが、こっちが抜くのは拳銃じゃからな。いまか、いまかって、ハラハラさせておいて」

父の右腕がわずかに動いたとおもうと、銃口が真記の心臓にむけられている。

「もう、やっぱりやられたわ。いつもより酔ってるから、きょうこそかわせるとおもったのに」

兜《かぶと》を脱いだ真記に父がウインクをして、拳銃をくるりとまわし、ガンベルトにおさめるというのが、お決まりの一場だ。

父は高校球児で、キャプテンにして四番でキャッチャー。高校三年生の夏の県予選では、三回戦で当たったシード校のエースからレフトスタンドに先制ホームランをかっとばした。ところが、つぎの打席では、右手にデッドボールをくらい、薬指を骨折した。父が治療を受けているあいだにチェンジになると、ピッチャーの宮地《みやじ》さんが相手チームの四番バッターにデッドボールを当てかえして、あわや乱闘という騒ぎになったという。宮地さんをはじめ、高校時代のチームメイトや監督とは、いまでもつき合いがつづいている。

世のなかを渡っていくうえで大切なのは、自分にも、相手にも、正直でいることだ。浮き沈みは常なのだから、ついていないときこそ、あわてず、騒がず、つぎの波を待つ。まちがったことや、卑怯《ひきょう》なまねをしていなければ、おもいがけない場所でなつかしい友だちに再会したり、その後の人生を大きく変えたりするような出会いが、かならずおとずれる。ここが好機だとかんじたら、ためらわず勝負に出る。金儲《かねもう》けをしたいだけのやつらとは、なるべくかかわらない。

ある夜の晩酌で父が話すには、これまではいくら頭をさげても融資をしてくれなかった銀行や信用金庫の営業部員が毎日のように会社にやってきて、どうか借りてくださいと、お金をおいていこうとするのだという。先日は、どちらも支店長がやってきた。

「ひとを見くびりおって。その手に乗るほど、アホやないっちゅうんじゃ。あいつらは、だぶついた金を誰彼かまわず貸そうとしとるだけじゃ。路線価が上がった土地を担保にすればいいゆうて、ふざけたことをぬかしよる。おれはなあ、岡山から大阪まであの若造をトラックの助手席に乗せて、自分なりに相手の人品を見極めて、大枚三百万円を託したんじゃ。腰が引けて、半分の百五十万円とか、三分の一の百万円にしとったら、絶対にこうはならなかった。あいつじゃって、おれに頭から信用されたのがよっぽどうれしかったから、死に物狂いで相場を張って、金をガンガン増やしよったんじゃろうよ」

真記は、銀行や信用金庫の支店長よりも、父の考え方のほうがまっとうだとおもった。そして、それが十分わかったうえで、そのお金を借りて、大学の入学金と授業料にまわしてほしいとおもわずにいられなかった。

「おれはなあ、朝から晩までダンプで土や砂利を運んで稼いだ金をつかっとるだけじゃ。おやじが亡くなるまえに言ったんじゃ。汗水流して稼いだ金で、気前よく飲み食いするのは楽しいぞ。社員を養い、税金もきっちり納めて、やましいことなく生きるのが一番じゃって、おれと兄貴の手を握って、これからも仲良くがんばれって言ったんじゃ」

祖父は真記が生まれる前年に亡くなった。臨終の三日前、息子たちに遺言をしたくだりは何回となく聞かされていたが、やはり含蓄がある。

ところが、母は無言で立って、流しで食器を洗いだした。深夜の夫婦喧嘩《げんか》から二週間がすぎていたが、母は父の浮気をゆるしていないのだ。それとも、父はまだそのひとと別れていないのだろうか。

別れていないと、真記は直感した。そして、父が浮気相手と一緒にいるところをつかまえれば、東京にださせてもらえるとおもいついたのだ。

(うちは性根が悪いんじゃろうか)

その疑念は真記の頭にこびりついた。

(悪いのは、おとうちゃんじゃ。それに、うちはおもいついただけで、実行にうつしとらん。そもそも、どうやって浮気の現場をつきとめるっていうんじゃ。受験勉強で、うちはいそがしいんじゃ)

頭のなかで、いくら言いわけをしても、罪悪感は去らなかった。

翌朝、目を覚ました真記は鏡を見るのがこわかった。一夜のうちに人相が変わってしまったのではないかと心配になったからだ。

それは杞憂《きゆう》だったが、今度は性根の悪さを平気で隠していられる太々《ふてぶて》しさを、いずれ誰かに見抜かれるのではないかと心配になった。

「なあ、頼みがあるんじゃけど」

声をひそめた母に手招きされたのは、母が父をなじっていた夜からひと月がすぎた日曜日の午前九時すぎだった。母と一対一で話すのは、いつ以来かわからないほどだ。小学五年生のゴールデンウィークに三原の本家に泊まりに行くようになってから、ちゃんと話した記憶はない。

父と誠一は少年野球チームの練習に行っていた。小学三年生になった今年の四月、誠一はチームに入団し、父もコーチとして加わった。それ以前から親子でキャッチボールやバッティング練習をしていて、早くもチームの主力選手なのだという。誠一は生まれつき大きかったが、その後も順調に成長して、運動神経もパワーもかなりのものらしい。母もこのあと、小学校のグラウンドに応援に行くことになっている。

「こんどの勤労感謝の日、十一月二十三日に、広島に行ってくれんじゃろうか。電車賃はだすけん、ここに行って、たしかめてきてほしいんや。おとうちゃんが誰と来るのかを」

母がさしだしたのは、カープのファン感謝デーのチケットだった。どうやって調べたのかを聞く前に母が言った。

「ホンマは、ファン感謝デーの前日に、おとうちゃんが泊まる家だか、宿だか、ホテルだかをつきとめたかったんじゃけどな」

母は薄く笑い、「おかあちゃんが、なにを言うてるか、あんた、わかるな」と聞いた。

真記は母の目を見ずにうなずいた。

「これでも、がまんしてるんよ。自分で市民球場に行ったら、ひとが大勢いても、なにをしでかすかわからんけん」

もともとやせたひとだが、このところさらにやせた気がする。

「とにかく、その女と別れてほしいんよ。おとうちゃんは、あんたのことは、だいじにおもってるからな」

母に面とむかってものを頼まれるのは初めてだった。十二月の初めに二学期の期末テストがあるが、半日くらいのロスはどうにかなる。

「ええよ」

真記がそっけなく答えると、母の目が怒りに燃えた。

「かならず見つけるんよ。そして、ふたりのまえに立って、『おとうちゃん、これきりにしんさいや』って言うんじゃ。ひとが多くて見つけられんかったとかは、なしやからな。これがどんなに悔しいことか、あんたにはまだわからんじゃろ」

押し殺した声で言うと、母は長い財布から抜きだした一万円札を真記に押しつけた。

「お釣りはいらん。うまいこと、おとうちゃんがその女と別れたら、あんたの東京行きを後押ししちゃる」

真記は驚いた。しかも、それが顔に出た。

「悪いけど、机においてあった、おっきい封筒のなかを見たんよ。模擬試験の結果が送られてきたやつ。封は切ってあったしな。志望校の欄が、おかあちゃんでも名前を聞いたことのある東京の有名大学で埋まっとったから、そらあピンとくるわ。ようがんばってて、どこも合格圏内やないか。ええな、きっちりやるんよ」

母の顔から目をそらすと、「ちゃんと、こっちを見い」と叱られた。

「わかりました。でも、どんなに一生懸命にスタンドを見てまわっても、ちょっとした偶然で見つけられなかったり、おとうちゃんたちの気が変わって、球場に来ない場合もあることは、わかってください」

とっさに口をついたのは敬語、それも標準語の敬語だった。

「ふん、ハナから逃げを打ちよって、そんな根性でなにができるっていうんじゃ」

母の指摘は鋭かった。

「ファン感謝デーやからな、入場は正面入り口からだけなんよ。まあ、今年は三位やったけど、衣笠《きぬがさ》が引退するけん、よっぽど混むじゃろ。それでも、おとうちゃんは熱狂的なカープファンとちがうから、イベントが始まる九時半ごろか、それよりあとに、ふたりしてのこのこ来るはずじゃ。だから、九時より少しまえに着いて、正面入り口のそばで見張っとったら、かならず見つけられるわ」

母の本気を知り、真記は観念した。

（この役目を果たせば、東京の大学に行けるのよ）

ひとり残された家で、真記は標準語で自分に言い聞かせた。ただし、気持ちは重くなるばかりだった。

もちろん浮気はいいことではない。しかし両親の関係を長年間近で見てきた娘としては、父のしんどさも少しはわかる気がした。

自分から惚れただけあって、母はいまでも父にぞっこんだ。父が社員をつれて近くの店に飲みに行っただけで、母はおちつかなくなり、帰ってくるまで起きている。泊まりで出かけたときは、帰宅後にしつこく問いつめる。これでは誰だって息がつまるというものだ。誠一のこともかわいがっているが、母は夫が一番好きだということを隠そうとしなかった。

中学生のころ、真記は父とかけおちした母をひそかに尊敬していた。いつか、母とうちとけて話したいともおもった。

しかし、成長し学力も体力もついてきたいまは、一日も早くこの家から出て、ひとりで生きてゆきたかった。

（この機会を逃すわけにはいかない。そのせいで、おとうちゃんに嫌われても）

覚悟を決めると、真記は広島行きの電車の時刻を調べに尾道駅にむかった。

「おとうちゃん、あしたは泊まりで、そのまま、あさって、カープのファン感謝デーに行くんとね」

　夕飯の片づけをしたあと、母はゆっくりお風呂に入る。誠一は家のまえで三十分ほど素振りをする。そのときを待って、真記は父を二階の部屋に呼んだのだ。

「おまえ、それを誰に聞いたんな」

　スウェットの上下を着た父がうろたえた。気の毒になるのと同時に、真記は愉快になった。

「おかあちゃん。うちにこれをくれた」

　真記はノートにはさんでいたチケットを見せた。

「おとうちゃんも、誰かからもらって、同じのをもっとるんやろ。それも二枚」

　さらに真記は父が浮気相手と別れたら、母は東京行きを後押しすると約束したことを伝えた。

「うちは、おかあちゃんにうそを言いたくない。でも、おとうちゃんにも大勢のまえで恥をかかせたくない」

　この前の日曜日、尾道駅にむかうときにおもいついた取引を、真記は父に持ちかけた。

「市民球場に入るまえに、そのひとと会わせて。ちらっとでいいけん。おかあちゃんに、年格好を報告せんといけんからな。うちは、おとうちゃんたちを球場の入り口で見つけて、女のひとは怒って帰ったって言うわ」

　父は目をぱちくりさせているが、娘の意図はわかったらしい。

「うちは、そのあと広島の街をぶらついて、てきとうな時間に尾道に帰るわ。おとうちゃんたちも好きにしたらええけど、スタンドに仲良うすわっとると、ふたりしてテレビに映らんともかぎらんけん、気いつけてや」

真記が広島弁で話すうちに、父があきれ顔になった。

「おまえは、女だてらに、ええ度胸をしとるなあ。もとはと言えば、よそに女をつくったおれが悪い。それはまちがいないが、おかあちゃんの必死の頼みに乗じて、おれにまで東京行きを認めさせようとするとは、あっぱれな手ぎわじゃ。でもなあ、正直に言うちゃるけど、このところいくらか儲かってるというたって、おれのところは、六台のダンプで土や砂利を運んでいるだけの小さな会社やからな。おれの自由になるのは、月に五、六万円くらいなもんで」

真記は頭を素早く回転させた。月に二万円でも三万円でもいいから仕送りがほしいところだが、あまり切りつめさせては、父がかわいそうだ。それなら肚をくくって、入学金と四年間の授業料は出してもらい、あとは奨学金とアルバイトでまかなおう。ただし、それもいまここで決めてしまうことはない。

「大学進学についての詳しいことは、いずれ相談させてください。おやすみなさい」

父の顔を見ずに言うと、真記は戸を引き開けた。

（とにかく、これで東京に行ける。さあ、どの大学にしよう）

真記は夜おそくまで起きて、期待に胸をふくらませた。

十一月二十三日の午前九時まえ、高校の制服を着て、黒革のローファーをはいた真記は平和記念公園にいた。試験ではないのに制服にしたのは、そのほうが相手の女性にプレッシャーをかけられるとおもったからだ。

秋晴れで、風もない。慰霊碑を背にして立っているので、遠くまで見渡せる。遠足以外でここに来たのは初めてだ。

場所を指定したのは父だった。きのうの朝、こっそり手渡されたメモに、「二十三日午前九時、平和記念公園の慰霊碑」と書いてあったのだ。

尾道駅から広島駅までは、在来線だと二時間ほどかかる。新幹線を利用すればもっとはやいが、もちろん料金も高い。そのため真記は五時半に起きて、朝ごはんも食べずに家を出ることにした。八時半には市民球場に着いて、母に言われた待ち伏せ作戦を実行するためだ。

それはふりで、じつは平和記念公園に行くのだが、父に通じていることを母にさとられてはならない。

「ごめんな。休みの日に早起きさせて」

低血圧で朝が苦手な母が玄関で見送ってくれた。真記は静かに起きてしたくをしたので、なにも知らない誠一はまだ寝ているはずだ。

広島にむかう道中、真記は上機嫌だった。英検の試験を受けるときは、一時間ほどあとの列車に乗っていたが、毎回緊張で胃が痛み、肩がこった。三原駅が近づくと、おじさんとおばさんのことがおもいだされて、気持ちがふさいだ。

それに比べて、今回はよほどらくちんだ。しんどいのは父と浮気相手のほうだ。そのひとに、一緒に娘に会ってくれと頼んだとき、父は立場がなかったにちがいない。たくさんのひとのまえで恥をかかされるよりはましだが、面目がないとはこのことだ。

ただし、そのひとが本当に父と一緒にあらわれるかどうかはわからない。その場合、ふたりのあいだに大きなひびが入ったのだから、母の頼みは果たしたことになる。父だって、それを理由に、東京の私大への進学を認めるという約束を反故《ほご》にはしないだろう。

広島駅から平和記念公園までは市電に乗った。朝早い時間なのに、外国人観光客、それも家族連れが三組も乗っていて、みんな真記と同じ駅で降りた。

広く平らな平和記念公園では、たくさんのひとたちが散歩をしていた。お年寄りの夫婦が仲睦《なかむつ》まじくよりそい、ゆっくり歩いている。

(おとうちゃんも、その女のひとも反省して、これをきっかけに、道に外れたつき合いを解消したらええんじゃ)

慰霊碑を背にした真記はスカートの裾を払い、両足をそろえてすらりと立った。

やがて母ではない女性とつれだった父がこっちに歩いてくるのが見えた。

「えっ、京子先生」

おもわずつぶやいたのは、いまの真記と同じ百七十センチくらいある女性が、中学生のときの鍋島先生にそっくりだったからだ。

二年半ほど前、カナダに渡ったはずだが、たしかに父は鍋島先生のことをとても気に入っていた。帰国して、関係ができたのか。それともカナダに行くというのが、そもそもうそだったのか。

真記は激しく動揺したが、近づくにつれて、知らない女性であることがわかった。父は黒い革ジャンにジーパン、足元は白いスニーカーという、いつもの服装だ。鍋島先生と同じボブカットの女性はベージュのハーフコートに細身のジーンズ、オリーブ色のパンプスをはき、同系色のハンドバッグをさげている。

手はつないでいなくても、ふたりはいかにもなじんでいて、真記はかなしみにおそわれた。

父の表情は、一度も見たことがないものだった。腰のガンベルトからモデルガンを抜こうとしているときより、はるかにこわい。

（おかあちゃんが一緒にここに来てたら、大ごとになってたやろうな。そもそも、おとうちゃんは、おかあちゃんに気づくなり、大あわてで逃げだしてるわ。つまり、あのきつい目つきは、うちがさせとるんじゃ）

父は両腕を垂らし、無造作に歩いている。腰に拳銃をさげてはいないが、いつでも撃つという気迫が伝わってくる。

（おかあちゃんに言われたとおりに、市民球場の正面入り口で見張っとけばよかった。両親を手玉にとって、得意になってたうちは、ホンマのバカじゃった。うちはもう、おとうちゃんにも、おかあちゃんにも、守ってもらえんのじゃ。東京の大学に行くお金はだしてもらえても）

真記はふるえる両足を懸命に踏ん張った。そして、ふたりが五メートルほどまで近づいたところで、先に口を開いた。

「そこまでで、ええです。それ以上は、こっちに来んといてください。きょうは、すみませんでした。さようなら」

真記は右側の橋にむかって全力で走った。橋を渡り、さらに息が切れるまで夢中で走った。途中でローファーが脱げそうになったが、どうにか走りつづけた。

第二章　飯田橋キャンパス・ライフ

「おはようございます。きょうも、よろしくお願いします」

有楽町駅《ゆうらくちょう》からすぐのビルディングの一室で、真記《まき》は日本語で元気にあいさつをした。

通訳者の派遣がメインの会社で、真記は法政大学文学部に入学した去年、一九八九年の四月からアルバイトで外国人旅行者のガイドをしていた。

「ハーイ　マッキー。ザッツ　キュート。ユーアー　ベリー　ファッショナブル　ガール」

日系三世のブラジル人、ジョアン喜多村《きたむら》が英語でほめてくれた。いつものことだし、ファッショナブルとはほど遠い、古着の開襟シャツにチノパン、靴は白いスニーカー。しかもノーメイクだが、真記はその場でくるりと回ってみせた。

「いいわねえ。つっけんどんだけど、ビミョーに愛嬌《あいきょう》がある、そのかんじ」

社長の木本昭子《あきこ》さんが、わざと日本語で言った。あんのじょう、ジョアンは「つっけんどん」がわからなくて困っている。

“Tsukkendon means speaking in an unfriendly way.”

真記が教えると、ジョアンが二度三度とうなずき、自慢のアフロヘアがゆれた。きっちり着込んだサマースーツとの対照がいかしている。

八月の第二日曜日、それも午前八時すぎとあって、事務所に来ているのは木本さんとジョアンだけだ。もっとも、常勤のスタッフは社長も含めて四人しかいない。

ジョアンの身長は真記とほぼ同じだが、アフロで盛っているぶん、十センチは高くかんじられるのが、けっこう癪《しゃく》だ。母国語のブラジル／ポルトガル語はもちろん、英語、ドイツ語、スペイン語までぺらぺらなのに、日本語は片言で、知らない単語や言いまわしがかなりある。

ジョアンが来日したのはおととし、一九八八年の秋で、真記が東京に出てきたのよりも半年早い。空前の好景気に沸く黄金の国ジャポンで、五年以内にサッカーのプロリーグが発足する。しかも、ジーコに選手としてのオファーをだしたチームがある。真偽の定かでない極秘情報だが、それが本当で、ブラジル代表チーム＝セレソンに君臨した天才プレーヤーが日本でプレーすることになったら、特大のニュースだ。正真正銘のレジェンドの参加が呼び水になり、資金が豊富な新リーグに世界各国のスタープレーヤーが集まる可能性がある。

リオっ子で、ジーコが所属したＣＲフラメンゴの熱烈なファンであるジョアンはこれこそ神様がくれたチャンスと、勤めていたタブロイド紙を辞めて、二十五歳にして初めて祖父母の故国に渡った。目下、日本語を学びながら、スポーツメーカーや放送関係の人脈を築く日々だ。両親は日本語を解さないせいもあってか、しきりに心配しているが、絶対に成功してみせると意気込んでいる。

「見た目もハートも好青年だけど、とにかく手が早いから、気をゆるしちゃだめよ」

初対面のジョアンが英語で一気呵成《いっきかせい》に自己紹介をしているあいだに、木本さんが日本語で耳打ちした。その忠告を裏書きするように、ジョアンは真記とつれだって事務所を出るなり、今夜食事に行かないかと英語でさそってきた。

「マッキーはきょう、きっとうまくやれる。この会社でのきみの初仕事を祝して、とびっきりのブラジル料理をごちそうするよ」

「わたしは初めての仕事をまえにとても緊張しています。そして観光ガイドをつとめるために力を使い果たしてしまうでしょう。せっかく一緒に食事をしても、お話は耳に入らず、笑顔も見せられないと思います」

真記が英語で丁重にことわると、ジョアンが大げさにうちひしがれた。

その日は四月二十九日の祝日だった。しかも、一月七日に天皇陛下が亡くなったのにともない法律が改正されて、「天皇誕生日」から「みどりの日」へと名称が変わったこともあり、よけいに鮮明におぼえていた。

真記に袖にされても、ジョアンはめげなかった。「マッキー、マッキー」と呼んで、会うたびにデートにさそってくる。

観光ガイドの仕事は不定期で、直前に決まることが多い。真記が有楽町の事務所に来るのは九日ぶりだった。木本さんとジョアンに会うのも九日ぶりだ。

外国人を相手にガイドをするのは気をつかうし、屋外ですごす時間も長くて疲れるが、時給三千円は大きい。しかも即日払いで、食事代と交通費もつくのだ。

連絡用にポケットベルをわたされていて、二日前の金曜日にきょうの都合をたずねる通知があったとき、真記は拳を握りしめた。財布のなかは千円札が三枚と小銭だけで、月々奨学金が振り込まれる郵便局の口座には多少の残高があったが、秋学期のテキストを買うために手をつけたくなかった。

ほぼ毎日、真記は飯田橋《いいだばし》駅そばの中華料理店モモンガ亭でアルバイトをしている。平日は講義終了後から午後十時まで。土曜日と日曜日は、お昼前から午後十時まで。そして、きょうのように、ときどき観光ガイドもしている。仕送りはなく、アパートの家賃と水道光熱費も自力でまかなっているため、生活はかつかつだった。

(前回のガイドは四時間で一万二千円、そのまえは六時間で一万八千円。今度こそ、二万円の大台にのってくれんかなあ)

皮算用をしながら、こちらも支給されているテレホンカードで公衆電話からかけると、いつものように木本昭子さんが出た。アメリカ人一家四人のガイドで、午前九時からホテルに帰り着くまで。昼食と夕食もセッティングしてほしいと言われて、真記は喜んだ。

「カレッジに通っている娘さんが、ボストン美術館で観《み》た浮世絵に大感激して、広重《ひろしげ》の『名所江戸百景』でレポートを書きたいんですって」

去年の春だったら、チンプンカンプンで青くなっていたが、観光ガイドのアルバイトを始めて一年数ヵ月がたち、もはやその手の要求にひるむことはなかった。真記が在籍しているのは文学部英文学科だが、大学生になってから一番増えたのは、まちがいなく江戸・東京に関する知識だ。

大学の図書館はまさに宝の山で、古今東西のあらゆる書籍がそろっている。棚を眺めて気になった本を抜きだし、その左右に並ぶ類書もめくるうちに、知見がぐんぐん広がってゆく。真記は、講義の空き時間は図書館にこもり、観光ガイドに役立ちそうな事柄をノートに書き写した。

「先方のご要望にもよりますが、大手町のパレスホテルに宿泊でしたら、まずは江戸城、現在の皇居につづいて増上寺《ぞうじょうじ》を見学したあとに浜離宮の御茶屋で一服。水上バスで浅草に移動。貸衣装屋で浴衣《ゆかた》に着替えて、昼食はお寿司《すし》か蕎麦《そば》。仲見世《なかみせ》見物に、浅草寺《せんそうじ》参拝。隅田川《すみだがわ》の土手をぶらぶら歩き、言問《こととい》団子でティータイム。タクシーか人力車で上野山にまわり、夕食は池之端《いけのはた》界隈《かいわい》の料理屋で鰻《うなぎ》か天麩羅《てんぷら》。もしくは、もう一度隅田川に出て、屋形船でというのはいかがでしょう」

頭に地図を浮かべながら、真記がテンポよく答えると、「サイコーね。それでお願い」

と木本さんが賛成してくれた。

銀座や日本橋《にほんばし》界隈での買い物につきそうこともあるし、都電荒川線に乗って飛鳥山《あすかやま》に行きたいとか、渋谷や新宿で中古レコード店をはしごしたい、下北沢《しもきたざわ》の小劇場で芝居が観たいといった、マニアックな要求もある。夜の歓楽街を案内してほしいという外国人には、ジョアンのような男性スタッフがつきそう。

どんなにさそわれても、顧客と一緒のテーブルで飲食をしてはいけない。送るのは、ホテルのエントランスまで。相手が同性であっても、けっして部屋にあがってはいけない。チップは全額ガイドの所得になるので、正直に金額を報告すること。

三つのルールをしっかり守り、真記はきょうまで二十三組の外国人観光客のガイドをしてきた。いそがしいのは桜の季節を含む三月と四月、バカンスシーズンの七月、それに年末年始だ。ほとんどのとき、ジョアンが依頼人との待ち合わせ場所まで同行してくれた。

いくら英語が達者で、気が利くといっても、真記は二十歳《はたち》になるやならず。初対面の外国人とコミュニケーションをとるのは簡単ではない。そこでジョアンがホテルのロビーやラウンジでの打ち合わせに同席して、真記がいかに有能なガイドで、勤勉な苦学生なのかを話す。さらにアクシデントがおきた場合は、自分がサポートにかけつけると約束して、先方を安心させるというわけだ。

「じゃあ、いこうか」

ジョアンが日本語で言って、事務所のドアを開けた。真記は笑顔で応じながらも、このあとのふたりきりでの会話が億劫《おっくう》でないこともなかった。

お濠《ほり》にむかい、御城《おしろ》を左手に見ながら、内堀通りを大手御門のほうに歩いていく。八月の第二日曜日で、夏の盛りだが、ジョギングをするひとたちが皇居の周囲を左回りに走っている。

「日本人って、ホントにまじめだよね。ていうか、ジョギングなんて、おもしろみのないことをよくやるよ。ブラジル人はサッカーやバレーボールみたいに、自分のテクニックやパワーを見せびらかすのが好きなのさ。ジョギングにしても、もっと陽気に、軽やかに走るんだよね」

素足にはいた青いローファーでリズミカルにステップを踏みながら、ジョアンが英語で言った。そのすぐそばを、男性ランナーがいかにも思いつめた表情で走っていく。

「日本人は、自分に与えられた役割を果たすことに喜びを見いだすから、サッカーよりも野球がむいているのよ。ジョギングだって、ほとんどのひとは、健康のために走っているんだとおもうわ。そもそも皇居の芝生ではサッカーも野球も禁止されているし」

真記は日本語でつっけんどんに答えた。ジョアンは冷たい態度にとまどいながらも、めげずに英語で話をついでくる。

「たしかに、いまのところ、日本で一番人気があるスポーツは野球だけど、日本人にサッカーがむいていないわけじゃないとおもうよ。先週末、ぼくは静岡県清水市《しみず》でひらかれたサッカーのイベントに参加してきたんだ。大人も、こどもも、男女にかかわらずリフティングがうまいし、インサイドキックでしっかりパスをだすんで、びっくりしちゃった。さっそくリオの両親に電話で教えたら、『日本でもそんなにサッカーがさかんなら、おまえの仕事もうまくいくかもしれないね』って喜んでくれた」

そのあとジョアンは、日本では静岡、埼玉、広島の三県が「サッカー王国」と呼ばれていると言い、「マッキーも広島県の出身だよね」と聞いてきた。

「ぼくは広島県にも行ってみたいとおもっているんだ。尾道《おのみち》も、とてもいいところなんだってね。よかったら、きょうの仕事のあと、故郷のことを詳しく聞かせてよ。きみの家族のことも」

ジョアンはいつにも増して積極的に話題をふってきた。一方の真記は、どう応じるべきか、きょうも迷っていた。出身地や誕生日、それに英語を勉強したきっかけについては話してきたが、家族のことにはなるべくふれないようにしてきたからだ。

フランクなジョアンのことだから、高校球児だった父がコーチをつとめる少年野球チームで弟が活躍していると教えれば、大げさに喜んでくれるだろう。南向きの斜面に建つ家から見える瀬戸内海の美しさにも感激してくれるにちがいない。

問題は、家族について話すさいの良心の呵責《かしゃく》だ。

おさないころから、真記は両親にふりまわされてきた。家事を押しつけられて、三原《みはら》の本家に養女にいかされそうにもなった。しかし、だからといって、東京の大学に進むために両親を手玉にとろうとしたことがゆるされるわけではなかった。

にがい記憶をひた隠し、ジョアンに合わせて家族と故郷への愛を語っていたら、ついには、すっかり落ちこみ、楽しい夕食の席が台無しになってしまうかもしれない。それではジョアンにあまりに失礼だ。

無言で足を進める真記の横を、苦しげな表情のランナーたちが追い抜いていった。

高校二年生だった一九八七年の十一月二十三日、勤労感謝の日の午前九時、広島市の平和記念公園から走って逃げた真記はとても家に帰れないとおもいつめた。

（うちは救いようのない大バカじゃ）

頭のなかでくりかえしながら歩くうちに、真記は足が疲れてきた。どこかで休みたいとおもい、最初に浮かんだのは、山本ミサさんにつれていかれたジャズ喫茶だ。ビルの地下にある、まっ暗な空間なら、誰にも顔を見られることなく、じっとしていられる。ただし開店は午後二時だったはずだ。閉店が午後十一時とおそいのとあわせて記憶に残っていた。

まだ午前九時をすぎたばかりで、書店もデパートも開いていない。ひともまばらな広島の街をあてどなく歩くうちにおもいだされたのは、中学三年生になるまえの春休みのことだ。三原の本家の養女になったら、いま以上に将来が閉ざされてしまうと悲観した真記は尾道駅を通過する貨物列車に飛びこもうとした。寸前でおもいとどまったが、いまはあのときほどの絶望感におそわれているわけではなかった。

（そりゃあ、そうじゃ。すんだことを気に病んでも始まらん。あとは東京の大学に合格すればいいんじゃ）

真記はしだいにおちついてきたが、やましさが消えたわけではなかった。

ミサさんに会ったところで、いまの気持ちを話すわけにはいかない。県立か市立の図書館で勉強することをおもいついたが、どこにあるかわからないし、こんな気分では頭がはたらかない。

（船に乗ろう。ロビンソン・クルーソーみたいに）

興奮した真記は、やってきた市電に飛び乗った。たしか宇品港《うじなこう》から、呉《くれ》を経由して、四国は愛媛の松山にむかう高速フェリーが出ていたはずだ。ただし、あすは学校があるから、きょうのうちに往復しなくてはいけない。それに、お昼までに母に電話をして、首尾を報告する約束だ。

市電で広島駅にもどった真記は、観光案内所でフェリーの時刻を調べた。松山港までは片道四時間もかかる。途中の呉港までも二時間半かかる。

（どっちも無理じゃ）

それなら近場でときりかえて調べると、江田島《えたじま》の切串港《きりくしこう》までは片道三十分で行けるとわかり、真記はまた市電に乗った。母からもらった一万円の残りがあるので、いつもより気軽に移動できるのがうれしかった。

初めて来た宇品港は、尾道港よりはるかに規模が大きかった。ひとの移動にも、物資の輸送にもつかわれていて活気がある。ただし埠頭《ふとう》も建物も全体に古びていて、ペンキの色はくすみ、錆《さ》びも目立つ。

真記は東京にあこがれていたが、京都より東にはまだ行ったことがなかった。来年の三月には三泊四日の修学旅行で東京と横浜を訪れることになっていて、自由行動の日に御茶ノ水と市ケ谷《いちがや》で志望大学を見学するつもりでいた。横浜港は宇品港よりもさらに大きいのだろうか。東京の街はどれほどにぎわっているのだろう。

乗ったフェリーも古びていたが、天気は好《よ》く、真記は甲板に出て陽光と潮風を浴びた。尾道の海よりも、広島の海は広くて、世界につながっているかんじがした。

(うちは現金じゃ。もう元気になっとる)

それでも江田島が近づくにつれて緊張してきたのは、切串港に着いたら、公衆電話から母にかけるつもりでいたからだ。

「うまいことふたりを見つけて、しっかり叱ってやったけん。いいや、球場の外で。おとうちゃんは気の毒なくらいあわてとった。女のひとはそっぽをむいて、ひとりで帰っていったわ。うちはいま、江田島の切串港にいる。やっぱり、いやな役目やったからな。気晴らしに船に乗ろうとおもいついたんや。うん、せっかくやし、広島で書店によって、参考書を見たりするから、尾道駅に着くのは五時すぎになるとおもうわ」

すぐに出た母を相手に真記はすらすら話したが、受話器をおくと両手で顔をおおった。

（うそをつくのは、これきりにしよう。こんなまねをくりかえしとったら、とりかえしがつかんようになる）

帰りもフェリーのデッキで潮風を浴びて、真記は何度も深呼吸をした。そして、ゆきかう大型タンカーや貨物船を眺めているうちに、いつか船で外国に行ってみたいとおもった。飛行機のほうが断然はやいが、船にはロマンがある。

ようやく気持ちがやわらいだとおもうと、平和記念公園での父のこわい表情がよみがえった。広島駅近くの大型書店で赤本の棚を見ているときも、東京での学生生活に胸をふくらませたかとおもうと、自責の念に胸がふさがれた。

そんなふうだったので、真記は乗るつもりだった列車に乗りそこなった。尾道駅に着いたのは午後六時すぎで、日はすっかり落ちていた。

布製のバッグには明治大学と法政大学の赤本が入っていた。両方受験できるのか、それともどちらか一校にしぼるのかは、父との交渉しだいだ。

（ここでひるんだら、ホンマに負けじゃ。なんにもなかった顔で、『ただいま』って元気に言うんじゃ）

肚《はら》を決めて階段道から小道に入ると、街灯の下で素振りをしていた誠一《せいいち》が声をあげた。

「あっ、ねえちゃんだ。おとうちゃん、おかあちゃん、真記ねえちゃんが帰ってきたよ」

まさか、こんなむかえられ方をするとはおもっていなかったので、真記はその場で固まった。

「おお、お帰り。おかあちゃんに言ったっていう時間よりもおそいから、心配しとったんじゃ」

スウェットの上下を着た父がにこやかに言った。

「これで、すき焼きが食べられるね。おれ、さっきからおなかが鳴って、力が入らなくてさあ」

金色の金属バットを持った誠一が、もうがまんできないという声で言った。

真記がうつむいて玄関を入ると、醬油《しょうゆ》と砂糖と出汁《だし》の合わさったいい匂いがした。すき焼きは母の数少ない得意料理で、割り下も自分でつくる。

「きょうは悪かったね、遠くまでお使いに行かせて。でも、おじさんとおばさんも喜んだじゃろう。久しぶりに、あんたの顔を見られて」

台所から出てきた母がウインクをして、真記は事情を察した。誠一を心配させないように、父と母は口裏を合わせたのだ。

「お風呂に入っといで。でも、ゆっくりしてると、誠一がお肉をみんな食べちゃうよ。おとうちゃんが奮発して、和牛のいいところを買ってきてくれたから」

「おお、但馬牛《たじまぎゅう》の一等じゃあ」

ほがらかな両親の声を聞きながら真記は洗面所にむかい、うがいと手洗いをして、お風呂に入った。父と母のあいだでどんなやりとりがあったのか見当もつかないが、ふたりは仲直りをしたらしい。それは大いにけっこうだが、父は真記から取引を持ちかけられたことを母に話したのだろうか。話したのなら、両親は娘の悪知恵について情報を共有したうえで仲直りをしたわけで、立場がないのは真記だ。

それに対して、父が真記との取引を黙ったまま母にあやまったなら、母は娘の裏切りを知らないことになる。その場合は、父に大きな借りができる。どちらなのか、父に聞いても、正直に答えてくれるとはかぎらない。

「ええじゃろう、どっちだって」と突き放されるよりは、聞かないほうがましだ。

(まいった。こんな展開は予想しとらんかった)

湯舟のなかで、真記は頭をかかえた。

「ねえちゃん、早く出ないと、お肉がなくなるよ」

(忘れてた。そりゃあ、いけん)

誠一の呼び声で、真記のおなかが鳴った。朝は列車のなかでアンパンと牛乳。お昼は罪悪感で胃が痛み、なにも食べていなかった。さっき誠一が今夜はすき焼きだと告げたときも、ちゃんと耳に入っていなかった。

真記はバスタオルをつかむと大いそぎでからだと髪をぬぐい、階段を往復して、テーブルについた。その勢いのまま鉄鍋の牛肉を箸でつかみ、小鉢の生卵につけて頬張ると、栄養が全身にいきわたる。

「どうじゃ、うまいじゃろう」

父に聞かれて、真記はすなおにうなずいた。

「おかあちゃんの割り下は最高じゃあ」

父にほめられた母がうれしそうにビールを飲んだ。

夕飯のあと、真記は夜おそくまで赤本の過去問を解いた。採点をしてから布団に入ると、一日の疲れがどっと出て眠りに引きこまれたが、悪い夢にうなされて二度も目を覚ました。


それからというもの、テレビのニュース番組で平和記念公園が映るたびに、真記は視線をそらせた。

一方、母が父を問いつめることはなくなった。父はこれまでどおりに社員たちをつれて飲みに出かけて、たまには泊まりでの集まりにも行くが、母はジタバタしなくなった。それがどうしてなのかを気にかけつつ、高校三年生になった真記は受験勉強にさらに励んだ。

山本ミサさんから電話があったのは、赤とんぼが群れ飛ぶ十月の初めだった。久しぶりに会いたい、どうしてもと懇願されて、真記は月末の土曜日に全国模試を広島市の会場で受けると伝えた。ただし、二時間ほどですむ英検とちがい、模試は午後三時すぎまでかかる。

「それなら、その晩はうちに泊まっていけばいいさ。二世帯住宅だし、部屋も空いてるから」

そう言われて話がまとまった。ミサさんは広島市内にあるキリスト教系の女子大への推薦入学が決まっているという。

「ああ、あの派手な顔のおねえちゃんか。よろしく言うといてくれ」

父も了解してくれて、真記は筆記用具のほかにパジャマと着替えも持って電車に乗った。

英語はもちろん、国語と歴史もよくできて、広島駅前のロータリーでミサさんと待ち合わせたとき、真記は久々に上機嫌だった。

「似合っとるね、ジージャン」

これまでは模試も高校の制服で受けていたが、きょうはためしに普段着にしてみると、頭の回転が抜群によかった。ミサさんもさっぱりした格好だった。

「遠くまで来てもらっておいて、あれなんだけど、うちの両親、家庭内別居中なのよ。だから、家族そろっての食事にはならないとおもってね」

ミサさんは深刻な内容をはきはき話した。おかあさんは自分の両親が暮らす右側の世帯にうつり、おとうさんは左側の世帯に独りで住んでいる。玄関からして別々で、キッチンもトイレもそれぞれの世帯にあるため、その気になればまったく顔を合わせないですむという。

ミサさんの部屋はもともと右側の世帯の二階にあって、左側の世帯にはお兄さんたちの部屋があるが、すぐ上のお兄さんは去年の春、小樽《おたる》商科大学に合格して北海道に渡った。それ以前から両親と口をきかなくなっていて、小樽に行ったきり、一年半以上も帰省していないという。

「おまえも、親の世話なんて考えないで、好きなように生きろよって、見送りにいった広島駅で言われてさ」

路線バスのなかで、ミサさんはそんな話をした。真記は家庭教師をしていた教え子を妊娠させてしまった一番上のお兄さんがどうしたのかのほうが気になっていたが、それはバスのなかで話すには重すぎる。土曜日の夕方で、住宅地にむかう路線バスの座席はほぼ埋まっていた。

レンガ風のタイルでおおわれた二世帯住宅は左右対称で、ミサさんは右側のドアを入り、真記を母親と祖父母に紹介した。美男美女の家系で、おかあさんとミサさんは顔もスタイルもそっくりだ。

五人でお茶をしたあと、近所を散歩しながらおしゃべりをしてもどってくると、帰宅したおとうさんと家のまえで鉢合わせした。ミサさんより小柄な、ごくふつうの男性で、真記はあわててお辞儀をした。

「ああ、尾道の中学で一緒だったという」

紺の背広を着て、髪を七三に分けたミサさんのおとうさんは真記の顔から足先へと視線をうつした。そして足先から顔へと視線をもどし、会釈をして、左側の玄関に入っていった。

「なっ、ちょっと、あれじゃろ」

ミサさんは小さくため息をついた。そして右側の玄関を入り、階段をのぼって自分の部屋に真記を通した。

「わたしと、上の兄さんは母方の系統。下の兄さんは父方の系統。ただし両親の性格は似たり寄ったりで、父も母もひたすら慎重。おかあさんくらい美人でスタイルがいいなら、もっと見栄えのする男のひとからも言い寄られたはずなのに、どうしておとうさんにしたのかって、小学五年生のときに聞いたら、なんて答えたとおもう」

「ちょっ、ちょっと待って」

真記はミサさんを制して、そもそもどうしてそんな質問をしたのかをたずねた。

「わたしが小学三年生の十一月にな、この場所に建っていたまえの家が火事で焼けたんじゃ。火を出したのはとなりの家で、とにかくしばらくは住めんから、おとうさんと上の兄さんは保険会社が用意した広島市内のマンションにうつって、わたしとおかあさんと下の兄さんは尾道に引っ越したんじゃ。それで、小学四年生の五月の日曜参観でな、おかあさんが教室に入ってきたら、クラスメイトが男子も女子も沸いたんじゃ。ミサのかあちゃんは、やっぱりきれいじゃって。少しして、おとうさんが入ってきて、手招きしたおかあさんのとなりに立ったら、今度はクラスがざわついたんじゃ」

そこで口をつぐんだミサさんが肩をすくめてみせた。相槌《あいづち》を打つわけにもいかず、真記はカップの紅茶をすすった。

「転勤のない地方公務員。タバコもお酒もギャンブルもやらず、ましてや歓楽街にはけっして行かないひと。長男でなく、こちらの親の世話や同居をいやがらないっていうのが条件だったんじゃと。おかあさんはひとり娘じゃから」

ミサさんのおかあさんは短大を出たあと広島市役所の受付をしていた。交際を申しこんでくる男性が引きも切らないため、秋口に同僚を介してそれらの条件を伝えたところ、ぱったりデートに誘われなくなった。昭和三十年代の後半では、七、八割の男性がタバコを吸い、夜の街でのつき合いが職場の潤滑油となり、出世にもつながっていたからだ。

やがて、「かぐや姫気どりかよ」とか、「そういう宗派なんだろ」といった陰口が聞こえてきた。受付にすわっているのがつらくなってきた二年目の秋、仕事を終えて市役所を出たところでおとうさんから声をかけられた。

「ぼくは、あなたがだしたという条件をひとづてに聞いた去年のきょう、タバコと酒をやめました。ギャンブルはもともとしません。夜の飲み会も、どうしてもことわれない席に限っています。それを一年間つづけたら、あなたに交際を申しこもうと心に決めて、この一年間をすごしてきました」

「素敵じゃ」

真記は本心からそうおもった。

「おかあさんも、ついほだされたんじゃ。おとうさんはたしかにまじめじゃけど、マジで気が弱いんじゃや。市役所のなかではそれですんでも、生きていれば、肚を据えなくちゃいけんことだって起きるじゃろ」

そこでミサさんがトイレに立ち、もどってきてからは、上のお兄さんの話になった。お兄さんは大学院への進学をあきらめて、家庭教師をしていた女子高生と入籍し、今年の二月に女の子が生まれた。指導教官が太っ腹な方で、おそるおそる事情をうちあけたお兄さんを責めなかった。しかも就職先を紹介してくれて、そこの社長も若気の至りはやむをえないことと、成績優秀な若者の入社を歓迎した。職場も神戸なので、お兄さんは奥さんの実家で暮らしている。

「むこうのおとうさんは初孫がかわいくてしかたがないみたいで、責任をとった兄のこともすっかりゆるしちゃって、もうびっくり」

ただし、ミサさんの両親は立場がなかった。お兄さんからは、入籍したことも事後報告だったし、それも電話でミサさんに話しただけだった。

このままではまずいと、ミサさんは自分が使者になると言って両親を説得した。春休みに神戸を訪ねて、自分より一歳上の義理の姉とその両親に初めて会い、山本家を代表してお祝いを述べた。結婚祝いと出産祝いを渡し、兄と義姉と姪《めい》の写真をたくさん撮って、ビデオも撮影して帰ってきた。

「一番驚いたのは、上の兄さんがしっかりしたことでさ。予定外の出来事で、一時はうろたえてしまったけど、ここで逃げるわけにはいかないって、かえって性根が据わったみたいなんじゃ」

ゴールデンウィークには、お兄さんと奥さんが赤ちゃんをつれて広島に来てくれた。祖父母にとっては初の曾孫《ひまご》になるわけで、高齢のふたりは若い夫婦を歓迎した。

ミサさんは、この機会に両親が兄夫婦とうちとけて、それが家庭内別居の解消につながることまで期待していた。ところが両親は最後まで顔をこわばらせたままで、お兄さんたちが帰ると、おとうさんは黙って左側の世帯にもどってしまった。

「だから言ったろ。おやじはどこまでもチンケなやつで、おふくろもそういう男なら自分の言いなりにできるとおもって結婚したんだって。ミサには悪いけど、おれはこれ以上、あの了見の狭い親たちとかかわり合いたくない。もう、電話もしてこないでくれ」

遠く離れた小樽で学ぶすぐ上の兄は妹を突き放した。

「なんだか、わたしばっかり話しちゃって、ごめんね」

しょんぼりしたミサさんがあやまってきた。

「いいよ。そのつもりで来てるから」

そう応じながら、真記は近ごろ妙に仲のいい自分の両親のことを考えた。禍《わざわい》を転じて福と為《な》すというが、ミサさんの両親もなにかのきっかけで仲直りをしてほしい。

午後六時が近かったので、真記はすすめられて先にお風呂に入った。夕飯は、ダイニングキッチンのテーブルで、ふたりだけで食べた。おかあさんとおじいさんとおばあさんは若いふたりが順にお風呂に入っているあいだにすませたという。

おかあさんが手作りのビーフシチューをよそってくれたが、娘が自分にむける目のきびしさがわかっているせいか、早々に奥に下がった。

「ねえ、さっきまでのわたしの話は前振りというか、以前話したことの結果を伝えたわけで、じつは、あなたに聞きたいことがあって、うちに来てもらったの。電話じゃなくて、どうしても会って聞きたくて」

洗い髪のミサさんはぞくぞくするほどきれいだった。

「あなた、高校卒業後の進路はどうするの」

標準語で単刀直入に聞かれて、真記が正直に答えようとするまえにミサさんが言った。

「東京の大学に行こうとしてるんでしょ」

図星を指されて驚く真記に、「ねっ、そうなんでしょ。だから、英語をあんなに勉強してたんでしょ」とミサさんが重ねて言った。

「うん」と応じながら、真記はこみあげる笑いでからだをふるわせた。

「あいかわらず、でしゃばりじゃなあ」

広島弁で指摘すると、ミサさんが顔をまっ赤《か》にした。

それからは真記が三月初めの修学旅行で初めて東京と横浜に行った話をした。御茶ノ水にある明治大学を第一志望にしようとおもっていたが、市ケ谷駅と飯田橋駅のあいだの、見晴らしのいい高台にキャンパスがある法政大学がひと目で気に入ったと話すと、ミサさんが喜んだ。

「よかった。あなたが東京でがんばってくれるなら、わたしは安心してこっちにいられるわ」

　高校進学に合わせて広島市にもどってから、ミサさんはずっと調子が悪かったという。女子校では気の合う友だちもできず、東京の大学への進学も父親に反対されて、勉強に対する意欲が下がった。そこに上のお兄さんの不始末をきっかけとする家庭内の不和が重なり、本当にまいっていたそうだ。

「でも、これでようやくふっきれそう。兄がふたりとも広島を離れたせいもあるけれど、わたしはこっちに残って、大学でしっかり勉強して、アナウンサーを目ざすわ。全国ネットの番組じゃなくてもいいから、ただのお飾りじゃない、ジャーナリストとしても通用する力を持ったアナウンサーになってみせる」

　中学生のときより、ひと回りも、ふた回りも成長したミサさんの姿に真記は見惚《みと》れた。そして、気のおけない友だちと一緒にいる幸せにひたった。ただし、その時間は短かった。

「でしゃばりついでに聞くわね。あなた、今年三月の修学旅行で初めて東京に行ったって言ったわよね。首都圏に親戚もいないみたいだけど、試験の前日に泊まるところは決まってるんでしょうね」

「それは……」

「ねえ、うそは言わないで」

ミサさんの張りのある声に打たれて、真記は伏せかけていた顔をあげた。

「うちのおとうちゃんは、ちっさい運送会社をやっとってな。社員さんたちに、どうにかこうにかお給料は払ってるけど、とても羽振りがいいとは言えんのよ」

それから真記は、大学に合格しても仕送りはなく、奨学金とアルバイトで東京での生活を支えなければならないこと、受験料や入学金、四年間の学費は親にだしてもらえるが、できるだけ出費をおさえなければならないことを、まず説明した。

よって、受験にさいしては、東京にむかう父の仕事仲間のトラックに乗せてもらい、当日の早朝、東京に着く。法政大学の入学試験は市ケ谷キャンパスではなく、小金井《こがねい》のキャンパスでおこなわれる。おもに理系の学部があり、そちらのキャンパスのほうが規模が大きいらしい。そして、その日の夕方、同じトラックに乗って尾道まで帰るつもりだと話すと、ミサさんがあきれかえった。

「いくらお金がないからって、そんなの、むちゃくちゃよ。それじゃあ、どんなに勉強したって受かりっこないわ。よかった、あなたをうちに呼んで。こんな話、電話じゃできないもの」

ミサさんは、上のお兄さんの経験をもとに、大学受験において地方在住の高校生が都会の高校生に比べていかに不利かをせつせつと語った。試験会場である大学までの移動にかかる時間と交通費、なれない都会で試験にのぞむことから来る緊張。それらがストレスとなって、思考力や集中力が削《そ》がれるのだという。

「体力でまさる男子だってたいへんなのに、女子が長距離トラックの助手席で尾道から東京まで行って、そのまま試験を受けるなんて、無鉄砲にもほどがあるわよ」

広島県人のための学生寮が東京にあるが、利用できるのは男子のみ、女子は宿泊さえ認められていないことは真記も知っていた。

そこでミサさんが紹介してくれたのが木本和子《かずこ》さんだ。おかあさんの学生時代からの友人で、御茶ノ水の教会でシスターをしている。教会には、国内外のシスターや信者が宿泊する部屋があり、ミサさんもおかあさんと一緒に泊まったことがあるから、真記さえよければ頼んであげる。御茶ノ水から小金井までは、中央線の快速電車に乗れば小一時間で行けるはずだという。

「あなたの勇気ある挑戦を応援したいの」

まさか、そんなことまで心配してくれているとは夢にもおもわず、真記は友人の気づかいがただただありがたかった。

それから三ヵ月後の二月初旬、トラックの助手席に乗って東京にむかった真記は、教会の二階にある静かな部屋でゆっくり休むことができた。おかげで万全の状態で受験にのぞみ、念願かなって法政大学文学部英文学科に合格した。さらに木本和子さんの姉である昭子さんと知り合い、外国人観光客のガイドをすることになったのである。

真記が案内するのは家族づれが多かった。なかには反抗期のこどももいて、親と口論を始めることもある。本気の親子喧嘩《げんか》で用いられる英語の言いまわしを記憶に留《とど》めつつ、真記はおもに親をフォローした。

「うちの子も、あなたのようにまじめで聡明《そうめい》な学生に育ってほしいわ」

そうした嘆きには、「わたしも故郷にいたときは厄介な娘でした」と応じる。

「本当に？　信じられないわ」

「お子さんたちも、いずれ親元を離れれば、自分たちがどれほど親に支えられていたのか、自分たちの知らないところで親がどれほど苦労していたのかに気づくはずです。逆に言えば、親の世話になっているあいだは、親のありがたさは本当にはわかりません」

月並みなことを言っているという自覚はあったが、それは掛け値なしの本心だった。

ほとんどの親がしんみりした顔でうなずき、なかにはハグをしてくる母親もいた。

時間がゆるすなら、真記は尾道を離れるまえに父と母がそれぞれしてくれたアドバイスを教えてあげたいとおもうことさえあった。

もちろんそれは無理だ。山本ミサさんに、三原のおじさんたちのことまで含めた家庭の事情をひととおり話すのにだって夜中の二時すぎまでかかり、翌朝はふたりとも眠くてしかたがなかったのだから。

法政大学の合格発表のあと、ふたりきりで話す機会を先につくってきたのは父だ。日曜日の午前九時で、母と誠一は少年野球の練習に行っていた。父も八時前に一緒に出かけたのだが、ふいにもどってきて、真記をテーブルにつかせた。だからむかいにすわる父は、少年野球チームのユニフォーム姿だった。昔とった杵柄《きねづか》で、とてもよく似合っている。

「ええか、餞別《せんべつ》がわりに、ふたつだけ言っておく」

野球帽を脱いだ父が真記の目をしっかり見た。

「ひとつ、帰省はせんでいいし、電話もかけてこんでいい。東京と広島じゃあ、通話料がめちゃめちゃ高いから、小銭やテレホンカードの減りが速いのが気になって、そっちもこっちも、おちついて話せんじゃろう。あせって一、二分しゃべるより、おまえがその金で、アンパンと牛乳でも、カップラーメンでも食ってくれるほうがいい。知らせたいことは、手紙に書いてよこせ。ワシらも、まあ書かんじゃろうが、どうしても知らせんといかんことがおきたら手紙を書く。ああ見えて、おかあちゃんは字がうまいんじゃ」

母はたしかに達筆で、学校に提出する書類には、いつも母が父の名前を書いた。

「もうひとつ。金に困っても、簡単には水商売に行くな。行くなら、よっぽど性根を据えてかからんと、身も心もズタボロになる。性根を据えたところで、どうなるもんでもないし、仕送りもできん親がエラそうに言えることでもないけどな」

はいと返事をするわけにもいかず、真記はほんの小さくうなずいた。

「誰にとっても、一度きりの人生じゃ。男も女もない。自分の気がすむように、おもいきってやってみい」

真記の肩を叩《たた》くと、野球帽をかぶった父は玄関でアップシューズをはき、小走りで小学校にむかった。

その翌日には、母が真記に忠告を与えた。週が明けて父が仕事に行き、誠一も小学校に登校したあとのテーブルで、母と娘はむかい合った。

「ええか、ふたつだけ言っとくわ」

きのうの父とまるでそっくりで、真記は頬がゆるみかけた。ただし母は真剣そのもので、真記も気を張った。

「男と、鍵《かぎ》のかかる部屋で、気安くふたりきりになったらいけんで。昼でも、夜でもじゃ。車は、とくに気をつけるんよ。人里離れた場所につれていかれて、おれの言うことをきかんと、ここでほっぽりだすぞって脅されて、泣く泣くからだをゆるすなんて、最悪やからな。それがひとつ」

言いたいことはよくわかるが、真記は母の顔を見ていられなかった。

「ちゃんと、こっちを見い。男の力は強いんじゃ。おまけに女とふたりきりになったら、みるみるのぼせて、自分でもおさえがきかなくなるんよ。女だってそうよ。頭では、この男とくっつくのはうまくないと警戒してても、ふたりきりでいれば、ついつい情がうつってしまうんよ。それはもう、しかたのないことやけど、結婚の約束をかわすまでは、孕《はら》まんように、よくよく気をつけるんで。お酒の勢いでっていうんは、絶対にダメじゃけんな」

母の本気の忠告を、真記はありがたいと思った。

「女だてらに東京の大学に四年も通おうというあんたが、どんなふうに世間を渡っていくのか、学のないおかあちゃんには見当がつかん。ただなあ、どうにかして、これやっちゅう男を見つけて、一世一代の覚悟でものにするんじゃ。これが、ふたつめじゃ。まあ、おとうちゃんほどの男は、ざらにはおらんけど、あんたがどんな男とくっつくのか楽しみにしてるわ」

そう言うと、母は洗濯物を干しに二階にあがった。

高校の卒業式のわずか二日後、三月六日の早朝に、真記は尾道を発《た》った。アルバイトは早い者勝ちなのだから、一日でも早く東京に行き、卒業していく学生たちの後釜にすわるにかぎる。三原のおじさんとおばさんからもらっていたお小遣いとお年玉に高校の入学祝いも合わせると十五万円くらいあるので、とにかくそれでやってみる。

真記の考えに父と母も賛成して、ミサさんには電話で伝えると、おもいきりの良さを感心された。

一張羅のジージャンを着て、荷物はボストンバッグひとつ。高校の修学旅行のために買ったバッグに入っているのは当座の着替えと洗面用具のみ。そのほうが動きやすいし、スリや置き引きにもあわずにすむというのが父のアドバイスで、まずは受験のさいにお世話になった御茶ノ水の教会に泊めてもらう。アパートが決まったら、衣類や英語の辞書などを宅配便で送ってもらうことになっていた。

誠一が小学校に行ったあと、父と母が港で娘を見送った。尾道港から築地《つきじ》市場にむかう4tトラックの運転手は角刈りの伊藤さんだ。高校時代の父の野球部の後輩で、大学を受験するときにもお世話になっていた。父はよほど面倒見がよかったようで、伊藤さんは今回もまた浩次《こうじ》先輩のお役に立てると張り切っていた。

真記はドアのハンドルを回して助手席の窓ガラスをさげた。小さく手を振り、両親に頭をさげた。母が父に身を寄せて、その腰を左手で抱いた父が右手を振った。母も右手を振った。

真記が別れのことばを言おうとしたとき、クラクションが鳴った。長くつづいた大きな音がようやくやんだとおもうとトラックが走りだし、ふたりの姿は見えなくなった。やがて潮の匂いもしなくなり、真記は泣く間もなく故郷を離れたのだった。

けさ、真記はジョアンに大手町のパレスホテルまでついてきてもらい、ロビーで待っていたアメリカ人家族四人の観光ガイドをしたが、そのときどきに尾道を出るまでの出来事が脳裏をよぎった。

いつになく詳しくおもいかえされたのは、アメリカ人家族の姉と弟が、自分と誠一と同じ八つちがいだったからだ。しかも弟はベースボールの選手を目ざしているという。真記より二つ上の姉は浴衣がよく似合い、下駄《げた》でじょうずに歩いた。

いかにも裕福な、仲良しの一家で、真記はなにも困らされることがなかった。そのかわりに、うらやましさがどうしてもこみあげた。

東京に出てきてから、真記はお金のことが頭を離れなかった。東京に出てくるまでも、お金に翻弄されてきたわけだが、自分で稼ぐ苦労は知らなかったし、お財布のなかに小銭しかないのがどれほど心細いことかもわかっていなかった。

そして、そうした立場になってみて初めて、真記は父が負っていた責任に考えが及んだ。自分の家族だけでなく、従業員たちの生活をも担うことがもたらす心労は、よほどのものだったにちがいない。

(そのおとうちゃんを相手に、うちは悪知恵をはたらかせたんじゃ。浮気はよくないにしても)

ミサさんにも平和記念公園での一件は話していなかったし、このさき恋人ができたとしても、そのひとが夫となったとしても、けっしてうちあけないだろう。

午後五時半に出発する屋形船に乗るまえに、真記は公衆電話で木本昭子さんとジョアンに連絡をとった。隅田川に浮かぶ船で夕涼みをしながらの食事を終えたあと、娘さんの希望でもう一度仲見世を歩き、地下鉄でパレスホテルにもどると、ロビーでジョアンが待っていた。アフロヘアにサマースーツ、青いローファーをはいた姿がこれまでになく頼もしく見えて、真記はホッと息をついた。

観光ガイドを丸一日つとめたのは初めてだった。真記はとても疲れていたが、それなら、地球の反対側から日本に来ているジョアンはもっと強いストレスに耐えつづけているのだ。

「やあ、ジョアン。きみが言ったとおり、マキはベストなガイドだったよ。おかげで家族もぼくもエドの面影が色濃く残るトーキョーが大好きになった。ただし、チップは小判でなく、USドルで渡しておいた」

身なりも、気心もスマートな父親はジョアンと握手をかわしたあと、真記にむかって微笑《ほほえ》んだ。まさか百ドル札を渡されるとはおもってもみなかったので、一時間ほどまえ、屋形船のなかで真記は恐縮したのだった。

父、母、娘、息子の順で真記と握手をして、アメリカ人の一家はエレベーターでスイートルームがある階へとむかった。

「お疲れさま。おごるから、ビールで一杯やろうよってさそいたいところだけど、マッキーはまだ成人してないし、ずいぶん疲れているみたいだから、きょうはまっすぐ帰って休むといいよ。でも、きみが十一月三日の誕生日で二十歳になったら、最初のお酒の相手は、ぼくにつとめさせてくれないかな」

パレスホテルの玄関を出たところで、ジョアンが英語で言った。

「ありがとう。ぜひ、お願いするわ」

真記が日本語で答えて笑顔をつくると、ジョアンが跳びあがって喜び、アフロヘアが大きくゆれた。

朝だけでなく、夜までボディーガードを引き受けてくれたことへの感謝もあるが、真記はともに故郷を離れて東京で暮らすジョアンに同志のような感情を抱いていた。ジョアンは恋人になりたいようだが、真記のほうからすると彼氏の一歩手前というかんじだ。

それはそれとして、これまでより距離を縮めたつき合いをしてみてもいいのではないだろうか。

(でも、調子に乗ったジョアンが一緒に尾道に行きたいって言いだしたらどうしよう。おかあちゃんは、その手できたかって、喜んでくれそうじゃ。おとうちゃんは、どう言うかわからんなあ。誠一は、びっくりして、腰を抜かしそうじゃ)

きょうチップでもらった百ドル札は円に両替せずにお守りにしようと決めて、真記はジョアンと並んで夜の丸の内を歩いた。これまでは自分に縁のないハイソな街だとおもってきたが、堅牢《けんろう》でありながら、デザイン性に富んだビルディングの群れが、ジョアンと自分を引き立てる背景のようにかんじられる。

「きょうはまっすぐ帰って休むといいよ」とジョアンはさっき言った。あのことばは聞かなかったことにすると言ったら、「見た目もハートも好青年だけど、とにかく手が早い」と木本昭子さんに評されたブラジル人男性はどうするだろう。

そらきたと喜び勇んで、一夜を共にしようとするだろうか。それとも、「ぼくを試そうとしているのかい？」と肚を立てるだろうか。

（いけん、いけん。うちはあいかわらず、さかしらで、かわいげのないおなごじゃ）

真記が反省していると、「ねえ、マッキー」とジョアンが艶《つや》のある英語で呼んだ。

「来月の初めに、ぼくはブラジルに帰るんだ」

親友の結婚式に参列するためだが、心臓に持病がある母親の体調があまりよくないのだと説明されて、真記はあせった。デートの約束をしただけなのに、フィアンセとして地球の裏側までつれていかれてはたまらない。

「九月中には日本にもどってくるけれど、そのあいだはガイドの前後につきそえない」

しおれて話すジョアンをなだめながら、真記は自分の早とちりが恥ずかしかった。


九月になり、秋学期の講義が始まった。一年生の一年間と二年生の春学期が教養科目で、二年生の秋学期から本格的な学部の授業になる。

卒業論文はダニエル・デフォーに決めていた。一年生の秋学期に『ロビンソン・クルーソー』を英文で読む演習があり、真記はデフォーのバイタリティあふれる文章に魅了された。

西暦一七一九年にイギリスで刊行された世界でもっとも有名な冒険小説の一番の特色は、青年クルーソーの旺盛な行動力と、困難を生き抜くための現実的な思考力が具体的に描かれていることだ。それは作者デフォーの肉体と精神が健全かつ活発で、しかもそのバランスが絶妙だったからだというのが、特別演習を担当した鈴木賢三《けんぞう》教授の見解だった。

初老ながら、ひきしまった体軀《たいく》の教授は、自身の心身のバランスも見事にととのっているように、真記には見えた。

（ちょこっと、おとうちゃんに似とる。自分ではふつうにしとるつもりでも、いばって見えるところが）

真記は週に一度、火曜日二限の特別演習を楽しみにしていた。とくに、鈴木教授がみずから言うところの「漫談」が大好きで、興が乗ると教授は一時間近く話しつづけることがある。長年温めてきた自分の見解と、それを学生にむけて発することによって喚起される連想を楽しみながら、大海原《おおうなばら》をたゆたうように、ゆったり語るのだ。当然、英文の読解は中断されて、発表の準備をしてきた学生は肩すかしをくわされることになる。

真記も一度その憂き目にあったが、その日の漫談もとてもおもしろかった。たっぷり語った教授がおもむろに腕時計に目をやり、「もう時間ですか。これはお粗末。では、また来週」と言って軽く右手をあげたときには、こっそり拍手を送ったほどだ。

そのあと、昼休みに学食で菓子パンをぱくつきながら、真記は教授の漫談をノートに書き起こした。人名と書名とキーになるワードはメモしていたので、われながら見事に記憶がよみがえった。芝居のト書きのように、教授の仕草も書き加えた。

『デフォーの同時代人にジョナサン・スウィフトがおりまして、こちらは『ガリバー旅行記』の作者です。ふたりは人物も作品の内容も好対照でして、たとえば、クルーソーが風来坊、昨今の世で言えばフリーターという立場で、たいした覚悟もないまま船に乗りこむのに対して、船医であるガリバーは正規の船乗りです。そのガリバーが巨人国や小人国のような、よく言えばファンタジー、悪く言えば錯綜《さくそう》錯乱した妄想の世界をめぐってゆく。それは当時の腐敗しきったイギリス社会を風刺するためにスウィフトが考えだした方法というよりも、不幸な生い立ちを持ち、社会とも、女性とも、自分が望むような関係をついに築きえなかったスウィフト自身の混乱した内面の反映であると断言したい誘惑にかられますが、そこまで決めつけるのは、さすがに慎んでおきましょう」

ロマンスグレーの髪をかきあげながら、ツイードのジャケットを着た鈴木教授は辛辣《しんらつ》な見解をお茶目に語った。

「ついでに申しますと、『ロビンソン・クルーソー』は江戸時代に日本に入ってきています。興味のある方は、自分で調べてみてください。また帆船での航海について知りたければ、帝政ロシアの文豪ゴンチャロフの『日本渡航記』をおすすめします。こちらについては、一般には知られていない書名を挙げた手前、ちょっと話しますと、代表作『オブローモフ』のなかで、作者は主人公オブローモフを始末に負えない怠け者として描いていきます。自身と共通する、そうしたものぐさな資質を自覚しながらも、ゴンチャロフはロマノフ王朝の有能な官吏でした。そしてまた、第一流の文筆家でした。そのゴンチャロフは、アメリカ合衆国のペリー提督と競って幕末の日本にあらわれたロシア艦隊提督プチャーチン中将の秘書官をしていたことがあり、その航海中につけていた日記や、本国の友人たちに書き送った手紙を整理したものが『日本渡航記』です。ご存じのように、ペリーは黒船、つまり蒸気船、スチームシップによる艦隊を率いて西暦一八五三年、和暦では嘉永《かえい》六年の六月三日に江戸湾の入り口に当たる浦賀に来航したわけですが、かたや幕府の祖法にしたがい長崎湾にあらわれたプチャーチンのロシア艦隊は帆船、つまりセイリングシップが主体でした。ただし旗艦パルラダ号は老朽艦ながら、格式の高い、立派な船だったそうです。『日本渡航記』を読みますと、ぼくはロシア語ができないので、一九四一年に発行された、この岩波文庫の井上満《いのうえみつる》訳で読んだわけですが、帆船での航海というものは、十九世紀の半ばになっても、『ロビンソン・クルーソー』に描かれたころの航海、十八世紀前半の航海と基本的に変わっていないことがわかります。よくも悪くも風まかせ。それはつまり、蒸気機関の発明が、産業革命が、いかに世界を根本から変えてしまったのかということを意味してもいるわけです」

高校時代に世界史も日本史もかなりまじめに勉強したので、真記は鈴木教授の漫談をおおよそ理解できた。

博学で話術も巧みな鈴木教授の講義はとてもおもしろかったが、客員教授なので卒論の指導を受けられないのが残念だった。それに『ロビンソン・クルーソー』には星の数ほどの研究論文が内外にあり、おもなものに目を通すだけで膨大な時間がかかる。独自のアプローチを見つけられるかどうかもわからない。

そこで真記は、鈴木教授が別の日の漫談で梗概を紹介したデフォーの『ロクサナ』と『モル・フランダーズ』に目をつけた。どちらも女性が主人公で、日本語訳があるそうだが、せっかくなら英文で初読したい。

ところが、さしもの大学図書館にも原書がない。しかも、折を見て相談しようとおもっていた鈴木教授が三月末をもって客員教授を退任してしまった。だから学部生になった真記の最初の課題は、『ロクサナ』と『モル・フランダーズ』の原書を手に入れることだった。


もちろん就職にむけての活動も始めなければならない。真記の第一志望は中学か高校の英語教師で、八時半始業の科目も欠かさず受講し、教職課程に必要な単位も取得していた。

ただし八〇年代になってから、教員の採用枠は全国的にせばまる一方だ。少子化の進行で学級数が急激に減っているため、定年退職による減員分を埋める必要がなく、新規採用者の応募倍率が数十倍になっている自治体もあるという。

真記は一年か二年の就職浪人は覚悟していたし、石にかじりついても教員になるつもりでいた。教員になれば、現在貸与されている日本育英会の奨学金はいっさい返済しなくていいのだ。

伯父夫婦の養女にされかけた真記は、お金のあるなしが、人生をどれほど左右するのかを身をもって知った。だからといって、お金持ちになりたいわけでも、ぜいたくがしたいわけでもなく、お金に汲々《きゅうきゅう》としなくてすむ暮らしがしたい。

空前の好景気だって、いつまでもつづくはずがないと、真記は多少冷めた目で見ていた。繁華街で目にするひとびとはあまりにも浮かれていて、こわいくらいだったし、企業の学生に対する青田買いも異常なかんじがする。

二年生の真記のもとにさえ、頼みもしないのに、大量の就職案内が無料で送られてきていた。全頁《ページ》がカラー印刷のものや、電話帳並みに分厚いものもあり、廃品回収にだすのがもったいないほどだった。

経済学部や法学部の学生は、とくに企業からの勧誘が激しいらしい。四月に入社して夏のボーナスが百万円、冬のボーナスは三百万円といった途方もない金額を提示して、大手の都市銀行や証券会社が人材獲得を競っているというのだから、うらやましいを通り越して、開いた口がふさがらなかった。

昨年の天皇崩御の翌日に昭和から平成へと改元された日本の首都東京で、浮かれ騒ぐひとびとを横目で見ながら自力で学生生活を送ること。そして、しっかり勉強して、地道に生きてゆくための学力と忍耐力を養うことが、当面の課題だ。

「いまのところは大健闘よね。でも油断大敵」

そうつぶやいて、真記は東京大神宮の裏手にあるアパートのドアに鍵をかけた。

東京大神宮は「東京のお伊勢《いせ》さま」と呼ばれ、日枝《ひえ》神社、靖國《やすくに》神社、明治神宮、大國《おおくに》魂《たま》神社と共に「東京五社」に数えられる格式の高い神社だそうだ。たしかに本殿は小ぶりながらもじつに立派だし、ととのった境内も、生い茂る樹々《きぎ》も美しい。東京における伊勢神宮の遥拝殿《ようはいでん》であり、縁結びの御利益があるという。真記はまだ一度しかお参りしていなかったが、いつ通っても女性たちが参拝していた。

ただし、周囲の建物はみすぼらしいものがほとんどだ。なかでも真記がいるアパートは築四十年を超えていて、いつとり壊されるかわからないオンボロだった。そもそも飯田橋一帯が経済発展からとり残されたような場所で、そのぶん今後に開発が進められるらしく、いたるところで建物の解体工事がおこなわれていた。

火曜日の午前八時で、通勤通学のひとたちが街をせわしなく歩いている。きょうもきょうとて、歩道も車道も大混雑だ。この密集ぐあいは、尾道に住んでいたのでは絶対に想像できない。空気は悪いし、下水のにおいもひどい。水もおいしくない。それでも真記は東京に出てきてよかったとおもっていた。

飯田橋駅の手前を左に曲がり、ゆるく長い坂道を線路に沿ってのぼってゆく。その先で外濠《そとぼり》公園に入るや、視界が開けて風景は一変する。

真新しい遊歩道の右側は急な崖で、眼下の線路を総武線と中央線快速の電車がゆきかっている。外濠の水は完全に濁っている。そのむこうを片側二車線の外堀通りが走り、市ケ谷台の斜面には大小の建物が林立している。もともとの地形もダイナミックだが、それを十全に活用して都市を形づくっているところが圧巻なのだ。今年も外濠公園の桜並木はすばらしかった。

外国人観光客のガイドをつとめるために学び直した日本史の知識によると、かの徳川家康は、時の天下人豊臣秀吉の命により、領国だった駿河《するが》、三河《みかわ》、遠江《とおとうみ》、甲斐《かい》、信濃《しなの》の五ヵ国を召し上げられて、そのかわりに下された関八州《かんはっしゅう》二百五十万石の大名となった。そして家康と直属の家臣団は、北条《ほうじょう》氏の居城があった要衝の小田原《おだわら》ではなく、江戸を居城とすることに決める。

家康たちが江戸に入った天正《てんしょう》十八（一五九〇）年、いまの中央区や千代田区は一面の葦原《あしはら》だった。とくに城の東側、現在の大手町付近は、満潮時には潮が入りこんだ。城の西側には、武蔵野《むさしの》につづく原野が広がっていた。十五世紀半ばに太田道灌《おおたどうかん》によって築かれた江戸城は石垣をつかっていなかったこともあり、どこが城内で、どこからが城外なのかの区別もつかないありさまだったという。

鬱蒼《うっそう》とした江戸を根本からつくりかえたのが、慶長《けいちょう》八（一六〇三）年に始まる「天下《てんか》普請《ぶしん》」だ。駿河台《するがだい》のあたりにあった神田山《かんだやま》を崩し、その土で城の東側の入江や洲《す》を埋め立てたことで、日比谷や、日本橋から京橋にいたる江戸の商業地区が誕生した。外濠は、総曲輪《そうくるわ》と呼ばれた渦巻き状の掘割の一部で、寛永《かんえい》十三（一六三六）年にひとまずの完成を見た。

開発というと、公害や環境破壊や労働災害をともない、のべつ悪いことのようにあつかわれているが、それは近代以降の話であって、江戸の天下普請にケチをつけるひとはいないだろう。まさに近世のひとびとの知恵と技術を結集した一大事業だ。

そうして誕生した大江戸八百八町を礎とし、四百年近くものあいだ日本の中心でありつづけてきた東京に比べると、尾道は本当に片田舎でしかない。瀬戸内海に浮かぶ島々も美しいが、それは自然が生みだした景観に多少の手を加えただけだ。

原田知世《ともよ》さんが主演した映画『時をかける少女』の大ヒットにより、尾道はにわかに人気の観光地となった。真記が中学一年生のときのことだ。

都会や、その近郊に住むひとたちにとっては、ビルディングがほとんどなく、起伏に富んだ土地に昔ながらの家々が建ち並ぶようすがめずらしかったのだろう。

真記も尾道が大好きだし、千光寺《せんこうじ》公園の桜は外濠公園の桜並木にも引けをとらないとおもっているが、いまは大都会東京の一角で暮らすことに喜びをかんじていた。

去年の三月初め、父の高校時代の後輩である角刈りの伊藤さんが運転する４ｔトラックで上京した真記は、大学を受験したときと同じく、御茶ノ水の教会に泊めてもらった。近くにそびえるニコライ堂とは比べものにならない小さな教会だが、塔の先端には十字架がかかり、礼拝堂のステンドグラスが美しい。部屋の壁に塗られた漆喰《しっくい》はひんやりとして、初めて宿泊した日、真記は西洋に来た気がした。

信者の宿泊用に三つ部屋があって、無料で三泊までできる。応分の宿泊費を払うひとが多いそうだが、真記は出世払いということにしてもらった。ミサさんによると、料金を設定すれば旅館になってしまい、行政による防火設備の点検や税金の関係でわずらわしいことがあるのだという。

おかげで、今回もまた助けられたわけだが、シスターである木本和子さんからは寛容や鷹揚《おうよう》といったふんいきがかんじられないのがふしぎといえばふしぎだった。

いずれにしても、この教会には三夜までしか泊まれない。ころがりこめる親戚も、知り合いも、東京にはひとりもいない。尾道を出るまえから、そのことは痛いほどわかっていた。

入学試験のあとに大学生協で仕入れた情報によると、北区の十条駅界隈や板橋区の大山駅界隈がアパートの家賃も物価も安いという。どちらも初めて聞く地名で、真記は地図を見せてもらいながら説明を受けた。

たしかに市ケ谷キャンパスから遠くはないが、近くもない。交通費と移動にかかる時間を考えれば、家賃の相場は高くても、大学の近くに住むほうがいいのではないだろうか。飲食店でアルバイトをすれば、まかないを食べさせてもらえるだろうし、リーズナブルな生協食堂は強い味方だ。

よって御茶ノ水の教会に泊まっていられる三日のうちに、キャンパスの最寄りである飯田橋駅か市ケ谷駅界隈でアルバイト先を見つける。サラリーマンはもちろん、近所のひとたちも食べにくる、昔ながらの大衆食堂がきっとあるはずだ。その店のつてで、うんと家賃が安くて、どうにか住めるアパートを紹介してもらえばいい。英検準1級の資格を活用して、学習塾で英語の講師をするほうが時給はいいかもしれないが、まずは住み家と食事の確保が先だ。ただし、東京での生活がおちついたら、塾講師も考えてみよう。

合格発表後に尾道の家でそう考えたとき、真記は自分が冴《さ》えているとおもった。そして目論見《もくろみ》は当たり、上京した翌日、御茶ノ水の教会から歩いてむかった飯田橋で中華料理店モモンガ亭を見つけたのだ。

（まちがいない、この店じゃ）

正午で、店の外に十人ほどの行列ができている。真記は道路のこちら側に立ち、引き戸が開いたタイミングで身をかがめて店のなかをのぞいた。位置を変えて、何度も見た。

カウンターの奥の厨房《ちゅうぼう》で、五十歳前後のタオルを鉢巻にした店主らしい男性が顔をまっ赤にして中華鍋を振っている。二十五歳くらいの男性が寸胴《ずんどう》で麵をゆでている。お客はどんどん食べて、会計をして店を出る。頭に三角巾を巻いたおかみさんがテーブルを片づけて、つぎのお客をすわらせる。十席ほどのカウンターに、二人がけと四人がけのテーブルが合わせて八つ。テーブルどうしの間隔はけっこう広い。つまり、もうけ一辺倒ではなく、お客さんがくつろげるようにしているのだ。それができるのは、土地も店舗も自分のものだからだろう。

三原のおじさんによる商店の見立てをおもいだしながら、小一時間かけて観察した結果、真記は以上の結論に達した。

お客として店に入れば、もっと詳しいようすが簡単にわかったはずだ。おなかが空《す》いていたので、そうしたいところだったが、真記はがまんした。

もしも自分がこの店のおかみさんで、初めて来店した大学生らしい女の子がラーメンを食べ終えて代金を支払ったあとに、アルバイトをさせてくださいと言いだしたら、あきれて相手にしないだろう。せめて前日に食べて、日を改めて頼みにくるのが礼儀というものだ。しかし真記にはその時間がなかった。この店にことわられたら、すぐに別の店を探さなければならないのだ。

それにしても、外から見ているだけでも、いかにも好ましいお店だ。

「店内禁煙！　ではありませんが、タバコは控えめに」とホワイトボードに書かれているのも、ユーモアをかんじさせる。ラストオーダーは午後九時半、定休日は第二と第四の木曜日と祝日。アルバイト募集の貼り紙は出ていないが、当たって砕けろだ。

お客さんがひとりもいなくなった午後一時半すぎ、真記は意を決して店に入った。

「四月から、法政大学の学生になります。きのう、広島県の尾道市から東京に出てきました。このお店でアルバイトをさせてください」

真記は勢いよくさげた頭をすぐにはあげなかった。

「尾道かい、あそこのラーメンはおもしろいんだよな。濃い目の醬油味のスープに、平打ちの麵、具は豚の背脂を細かく切ったのと、たっぷりの長ネギのみじん切り。だから、がっと食えて、からだが芯からあったまるんだ」

「ありがとうございます」

元気に答えて真記が顔をあげると、タオルを鉢巻にした店主と目があった。

「なんだい、スタイルがいいうえに別嬪《べっぴん》さんかい。ママ、看板娘がむこうから来てくれたよ」

「かわいい娘はさあ、お客が長っちりになって困るんだけどねぇ」

渋い顔で応じながら、おかみさんが三角巾をとった。

「おや、あんた、まるきりのすっぴんかい。いくら東京に出てきたばかりだって、その年でそこまで化粧っけがないのはめずらしいねえ。近ごろは、若い女の子たちが、せっかくの柔肌にごてごてと塗りたくってさあ」

とんとんと話は決まり、真記はその日の夕方からモモンガ亭で働くことになった。

店主のことは「大将」、おかみさんは「ママさん」と呼ぶ。レジ打ちと生ビールをつぐのはママさんがするので、真記はお客さんにお水をだして注文を聞き、料理をはこぶ役をおおせつかった。

「いらっしゃいませ」と「ありがとうございました」は四人ともが言う。タイミングがずれてもかまわないし、そんなに大きな声でなくていいが、かならず顔をあげて、お客さんを見て言うように。

「けん坊、そういうことだから、よろしくな」

大将が大きな声で言うと、奥で食器を片づけていた青年がこっちをむいて手を振った。いかにもひとが好いかんじで、真記は会釈をかえした。

そのあと大将がのれんをしまった。午後二時から午後五時まで休憩で、大将とママさんは住居になっている二階でひと休みする。けん坊こと田中健太郎さんは東五《ひがしご》軒町《けんちょう》のアパートで一服してくるというが、真記はその地名も聞いたことがなかった。

勝手口の鍵を渡されて、午後五時前にそこから入ってテーブルやカウンターを拭いておくようにと大将に言われた真記はお辞儀をした。

「うがいと手洗いを忘れないでな。ママがつっかけてるのと同じサンダルと、エプロンをだしておくからよ」

時給がいくらか聞きたかったが、それはきょうから数日間のはたらきぶりしだいだとおもい、真記はぐっとこらえた。

菓子パンをかじり、紙パックのコーヒー牛乳をストローで飲みながら御茶ノ水の教会まで歩いてもどった真記は、シスターの木本和子さんにきょうの夕方からアルバイトをすることになったと伝えた。

帰りは午後十時をすぎるとおもうと話すと、それは困ると顔をしかめられた。午後七時には、教会の表門や建物の戸口をすべて施錠して、それ以降はシスター自身も外に出ないのだという。

厚意で泊めてもらっている身では文句を言うわけにはいかないが、そうかといってせっかく見つけたアルバイト先を失うわけにもいかない。今夜はカプセルホテルに泊まるにしても、すぐに見つけられるかどうかわからない。どこに泊まるかが気になって、モモンガ亭の給仕でお水をこぼしたり、お客さんが注文した料理を聞きちがえたりしたらたいへんだ。せめて今夜までは、ここに泊まりたい。

真記が黙っていると、シスターもゆずるつもりはないらしく、ふたりは礼拝堂の一角でにらみ合った。四十代なかばのシスターは依怙地《いこじ》な顔つきだが、肢体はすらりとして、グレーの修道服がよく似合っている。色白な肌とあいまって、巷《ちまた》では見かけない美しさがある。

(たしかに、こんな目立つ格好で夜の街に出かけたら、いろいろ無事ではすまんじゃろう)

出てきたばかりの東京で窮地に陥っているのに、真記の頭はあらぬ方向にはたらいた。

(いけん、いけん)

膠着《こうちゃく》した局面を打開するために知恵をしぼっていると、入り口のほうで気配がした。

「こんにちは。Hello! My Sister Kazuko」

陽気な声が響いて、シスターが眉間にしわを寄せた。

「いい、あなた。あのひとによけいなことは言わないで。ややこしくなるだけだから」

明らかに困惑しているシスターを見て、真記はチャンスだとおもった。来客が誰だかわからないが、流れはこっちにむきかけている。

そうおもった直後、「えっ？」と驚いて、真記は目をこらした。いかにも上等な紺色のコートをなびかせて歩み寄ってくる女性の姿かたちがシスターそっくりだったからだ。

「Hi! My Dear sister. わたしの愛する妹君」

そう言った女性が、「あらあら、辛気臭い場所に、こんなにイキのいい子がいるなんてめずらしい」とつづけた。

それが木本昭子さんとの出会いで、聞かれるままに真記が事情を話すと、モモンガ亭は知るひとぞ知るお店だという。レバニラ炒《いた》めがすばらしくて、常連になると、メニューに載っていない内臓料理を食べさせてくれる。友人に何度かつれていってもらったが、まだ大将やママさんと懇意というところまではいっていないそうだ。

「あなた、自力でモモンガ亭を見つけるなんて、若いのに見る目があるわよ」

真記をほめたあと、昭子さんは妹を問いつめた。

「和ちゃんさあ、女性どうしは助け合わなくちゃ。この子がここを追いだされて、モモンガ亭の大将にもそのことを言えなくて、今夜、あぶない目にあったらどうするのよ。同じ広島県出身者として、それはゆるされないんじゃないの。しかも、知り合いの娘さんの親友なわけでしょ。わたしは、この子と同じで、大学進学を機にこっちに出てきたから、心細さがわかるのよ。あなただって、わたしが東京に出てきていたから、夏休みに気軽にあそびに来られて、この教会との縁ができたんじゃないの」

一方的に叱ってから、「シスターに教会でお説教をしちゃった」と昭子さんはおどけた。そして、これだけ言ったからには責任はとると、午後十時前にモモンガ亭まで真記をむかえにきてくれることになった。

「わたしがつれてくるんだから、この子を今夜もここに泊めてあげてよ。さもないと」

昭子さんがおもわせぶりに言うと、「お姉ちゃん」と和子さんが制した。「わかったから、もう帰って」

和子さんのあまりの剣幕に昭子さんは退散した。真記もあとを追いたかったが、少しでも休まないとアルバイトにさしさわりが出る。しっかりはたらいて、大将とママさんに認めてもらわなければならない。ここでしくじったら、東京で自活していくメドが立たなくなってしまうのだ。

こんどは歩きではなく、黄色い総武線で飯田橋駅まで行き、午後四時半にモモンガ亭の勝手口から入った真記は洗面所でうがいと手洗いをした。小ぶりな木製のサンダルをつっかけて、白いエプロンをつける。しっかり絞った台布巾でテーブルとカウンターを入念に拭いていると、小学生のころに買い物や夕飯のしたくをしていたことがなつかしくおもいだされた。おとうちゃんの長くて太い箸、おかあちゃんの細い箸、それに自分用のプラスチックの箸をテーブルに手ぎわよく並べていると、こどもながら好い気持ちになったものだ。

つづいて真記はカウンターの上にかかったメニュー札を順に見ていった。定番の品ばかりなのは、味に自信があるからだろう。レバニラ炒めにだけ「おすすめ」とあって、真記はつばを飲みこんだ。

「ただいま」の声と共に勝手口から入ってきた田中さんが厨房でなにかつくりだした。ほどなく、ものすごくいい匂いがしてきて、立って待つ真記のおなかが何度も鳴った。ただし、レバニラ炒めではないらしい。

「できたよ」

威勢のいい声に、「はい」と応えて、真記はカウンターに歩みよった。大きなお玉で丸く盛られた四つのチャーハンから湯気がのぼっている。つづいてスープが並べられると、匂いをかぎつけたように、大将とママさんが二階からおりてきた。

「けん坊。おまえ、真記ちゃんが来たもんだから、エビまで入れやがって。しかも、ちゃんと背ワタをとって、塩と酒で洗ってから、ぶつ切りにしてやがらあ」

大将に見破られて、田中さんが照れた。細身だが、骨格がしっかりしていて、白い厨房服がよく似合っている。

田中さんの両親は麹町《こうじまち》で中華料理屋を営んでいる。あととりをよその店で修業させるのは、料理界ではふつうにおこなわれている慣習だという。大将とママさんの息子さんは、銀座の有名店ではたらいているそうだ。真記は、あと継ぎのいない三原のおじさんたちのことをおもいだしながら、おいしいチャーハンをぱくぱく食べた。

午後五時ちょうどに大将がのれんをだすと、すぐにお客さんが入ってきた。「いらっしゃいませ」と真記は元気な声で言った。

六時をすぎてからはひっきりなしで、「おっ、新人さんかい。かわいいねえ」と声をかけられても、真記は笑顔をかえす余裕がなかった。それでも、「いらっしゃいませ」と「ありがとうございました」は、しっかり言った。

八時をまわると、生ビールやホッピーを飲みながらゆっくりしていくお客さんが多くなった。一番人気は、レバニラ炒めだ。たっぷりのモヤシとニラの上に、厚切りのレバーが十個のっている。あんまりおいしそうで、つまみ食いしたい衝動をおさえながら、真記はテーブルにはこんだ。

ママさんのビールつぎも名人の域で、泡の厚さが常に同じだし、お客さんが飲みきるまでしっかり泡が残っている。父がビールのつぎ方にうるさくて、母もかなりじょうずだったが、ママさんのほうが数段上だ。

「ビヤホールより、ここのほうがよっぽどうまいよ」とほめるお客さんもいる。

「なにか、こつがあるの」と、おかわりを頼んだお客さんに聞かれて、ママさんが答えた。

ジョッキはきれいに洗い、布巾で磨いて艶をだし、専用の冷蔵庫で適温に冷やしておく。なめらかに、ひと息にそそぐのがこつで、納得できるまでになるのに六年かかったというので、真記はまちがっても手だしをしないことに決めた。

「真記ちゃん、こっち来て、これ食べな」

手が空いたタイミングで田中さんに手招きをされて、厨房に入ると、小皿に春巻きとシュウマイがひとつずつのっている。どちらも熱々ではなくて、さっと食べられた。おかげで元気が出て、真記はまた背筋を伸ばしてはたらいた。

九時十五分をすぎてからはお客さんが来なかったので、九時半をまわったところで大将がのれんをおろした。

「真記ちゃん、あんた、飲食店の店員は初めてだって言ってたけど、本当なら大したもんだ」

注文を一度もまちがえず、お水もこぼさなかったことを大将がほめてくれた。

「いい娘さんをお育てになりましたねって、親御さんに言ってやりてえや。一年早く来てくれてたら、頭をさげて、康介《こうすけ》の嫁さんになってもらったんだけどなあ」

「それは言いっこなし。梨花《りか》ちゃんだって、いい娘だよ」

ママさんに釘《くぎ》を刺されて、首をすくめた大将がトイレにむかった。話の流れで、家族について聞かれるのを覚悟していた真記は胸をなでおろした。いつか話すことになるかもしれないが、いまは疲れすぎて、頭も口も動かない。

厨房の掃除は田中さんがして、真記は店内につづいて店のまえをホウキで掃いた。

「ご苦労さま」と呼ばれて顔をあげると、昼間と同じ紺色のコートを着た木本昭子さんが立っていた。

そこに大将が顔をだし、「真記ちゃん、ちょっと」と呼んだ。

「お世話になっております。わたくし、その子をむかえにまいりまして」と昭子さんが慇懃《いんぎん》な態度であいさつをしたので、大将が目をパチクリさせている。

それから小一時間後、御茶ノ水の教会でベッドに横たわった真記は小学生のときの西村さんをおもいだした。自分は、本当は大金持ちの娘で、じつの両親がいつかむかえにくると信じていた西村さんだ。小学校で一度同じクラスになっただけで、その後のことはまるでわからないが、忘れられないキャラクターだ。

モモンガ亭の大将は、木本昭子さんの只者《ただもの》ではない物腰から、真記のことを家出してきた良家の子女ではないかと一瞬疑ったのだという。

大将は、真記につづいて店内に入ってきた昭子さんからふたりの関係を聞くと、「そうでしたかい」と江戸っ子のような口調で応じた。

「いや、真記ちゃんに、時給や交通費について話すのを忘れていましてね。それに、どこまで帰るのかも聞かずにこんな時間まではたらかせて悪かったと、いまごろになっておもいいたるありさまで、まことにお恥ずかしいかぎりです」

しきりに恐縮する大将を昭子さんがなだめて、「わたくし、外におりますね」と言って引き戸を出た。

時給は七百円、食事はのれんをだすまえに提供する。交通費は実費を払う。

「大学の講義が始まるまでは、昼も夜も店に出てくれるとありがてえなあ。休憩中も勘定に入れるから、午前十時から午後十時までってことでさ」

大将が言って、ママさんも笑顔でうなずいてくれた。

「ありがとうございます」

お辞儀をした真記はあまりにホッとして、そばのテーブルにもたれかかった。木本昭子さんと飯田橋駅まで歩くあいだも足が何度ももつれた。


中華料理店モモンガ亭ではたらきだして三日目、真記は同じ飯田橋四丁目にあるアパートにうつった。東京大神宮のすぐそばで、大将の口利きにより、敷金と礼金なし。ただし、いられるのは二、三年で、急に退去を求められても居住権は主張しないという約束だ。

「このあたりは、池袋と共に、戦後の闇市の気配が一番色濃く残ってるんじゃねえかなあ。おれは飯田橋で生まれ育ったから、最近の様変わりした渋谷なんかは、逆の意味でおっかなくて、おいそれとは近づけねえよ」

大将は陽気で、スープを仕込んだり、チャーシューを煮たりしながら、真記に東京のことを教えてくれた。

でも、一番先に教えてくれたのは護身術だ。

「いくら用心してたって、悪いやつはいるからよお。うちではたらいてもらってる娘《こ》を、つまらねえ目にあわせるわけにはいかねえもの」

真記はかつて父にも同じ心配をされて、高校生になるときに、背後から抱きついてくる相手の撃退法を教わった。

「びっくりして当たりまえじゃが、覚悟を決めて、足を踏んばる。つまり、しゃがまずに、立ったまま抱きつかせておいて、相手の足先を靴のかかとで踏みつけるんじゃ。容赦はするな。つづいて、ひじ打ちを一発。そこで相手の腕をふりほどき、ふりむきざまにひざに蹴りを入れたら、足音を立てないように静かに逃げるって寸法よ」

大将が教えてくれたのは、ポケットに金属製のボールペンを入れておき、それで相手を攻撃するという、より過激な技だった。シャツの袖から出ている手首や、首元などが狙いどころだという。相手が痛がって倒れたら、ひざの皿を踏みつぶす。数年前、同業者の女性店員が暴漢に襲われたことがあり、その際に警備会社の講習を受けたのだという。

父と母もそうだが、大将も自分なりの流儀で心配をしてくれたのが、真記はとてもうれしかった。そして、そのことを含むもろもろの出来事を、尾道の両親に宛てた手紙に書いた。

アパートの紹介を頼んだときに、真記は父の仕事と自分の懐事情を包み隠さず話した。大将も、ママさんも、いまどきめずらしい苦学生ぶりにしきりに感心するので、照れくさくなった真記は話題を変えようと、父と母はかけおちして一緒になったのだと言った。

「そいつはすげえや、詳しく教えてくれよ」

食いついてきた大将に求められて、真記はひととおりのことを話した。

「おれたちも、おもいきって逃げとけばよかったな。そうすりゃ、一生語り草にできたのによお」

大将が強がると、ママさんが鼻で笑った。

「なに言ってんのさ。先代と一緒に飯田橋でやってきたからこその、うちの味じゃないか」

「まあ、そうだけどよお。かけおちってのはロマンだよ」

真記は父の浮気は黙っていることにした。そして、アルバイトはモモンガ亭一本に絞ろうと、胸のうちで決めた。


尾道から上京してひと月がすぎ、飯田橋の町になれてきた四月の第一週、日本武道館で大学の入学式がおこなわれた。真記は一張羅のジージャンにジーンズで参加して、スカジャンにリーゼントで決めた三人組の男子たちと共に不本意ながら注目を浴びた。

大半の学生はスーツで、男子も女子も流行《はや》りの肩パッドが入っている。四年後の卒業式には自分もびしっと決めてやろうとおもったが、そのお金も自力で工面するのだともうと気持ちが沈んだ。

木本昭子さんがモモンガ亭にお昼を食べにきたのは四月半ばの土曜日だった。暖かい日で、タンポポのような黄色いワンピースを着ている。

真記がそう言ってほめると、「わたしはミモザ色って呼んでいるんだけど、タンポポ色もいいわね」と喜んでくれた。

昭子さんの注文はレバニラ炒めだった。真記もすでにまかないで何度か食べていたが、初めて食べたときは、あまりのおいしさに黙ってしまった。厚みのある豚レバーには特有の臭みがまるでなくて、スフレケーキのようにふっくらしている。

大将によると、先代からのつてで、新鮮な豚レバーを毎日仕入れているそうだが、秘密は秘伝の下ごしらえとタレにある。息子の康介さんにも、弟子である田中さんにも、その一部しか教えていない。万が一、大将が不慮の死を遂げた場合に備えて、血抜きの手順とタレの配合を記した紙を遺言書に添えて弁護士に託してあるという。

「わたくしね、こちらの豚レバーをいただいてから、ほかの店では豚レバーを食べられなくなってしまって、とても困っているんですよ」

カウンターの椅子にかけた木本昭子さんが言って、大将が恐縮している。午後一時半を回っていて、昭子さんが少しずつ食べているあいだに二時が近づいた。

「ねえ真記ちゃん。あなた、英検の準1級を持っているんですってね」

ほかにお客さんがいなくなったのを見はからって、昭子さんが聞いてきた。数日前に和子さんから聞いたという。

「あっ、はい」

真記があわてて応じると、「大将とママさん、ちょっとごめんなさい」と言った昭子さんが英語で話しかけてきた。

「わたくしね、他人のプライバシーを詮索する趣味はないけれど、あなたを和子に紹介したお友だちと、そのご家族のことを教えてちょうだい」

昭子さんの英語は堂々としていて、真記は自然に頭がきりかわった。

「わかりました。でも、そのまえにエプロンを外させてください。そして、できれば、むかいの喫茶店で話しませんか？　きょうのお昼もお客さんがたくさんいらして、ずっといそがしかったのです。この木製のサンダルは清潔感がありますし、気持ちが張って、仕事をするのにはとてもいいのですが、まだなれないせいか、足の裏や腰に負担がかかって」

真記は英語で答えながら自分がおちついていくのがわかった。必修の授業以外にも、雑誌『ザ・ニューヨーカー』を読むというユニークな英語の演習に出ていて、有名作家の短編小説やエッセイ、ブロードウェイで人気の戯曲を原文で読んでいた。

「いいえ、もう十分。とっさにそれだけの英語が口をつくなら、これ以上のテストはいらないわ」

そこまでを英語で言うと、昭子さんは大将にむかって日本語で話しだした。

自分は通訳者の派遣や、外国人観光客のガイドを斡旋《あっせん》する会社を経営している。モモンガ亭に迷惑をかけないようにするので、真記にうちでもアルバイトをしてもらっていいだろうか。

「本人の希望もまだ聞いていないけれど、大将のご意向をうかがうのが先だとおもいまして」

「そりゃあ困ります、と反対したいところですが、そちらの仕事のほうが時給はいいでしょうからね。それに真記ちゃんの行動範囲が大学とこの店の往復だけになっちまっているのは申しわけねえなって、うちのヤツやけん坊と話してたところなんです。でもよお、真記ちゃん、なにがどうなっても、学生のあいだはうちではたらいてくれよな」

真記が笑顔で大きくうなずくと、きびすをかえした大将が神棚にむけて柏手《かしわで》を打った。


観光ガイドのおかげで、真記はみるみる東京に詳しくなった。新宿や渋谷といった流行のエリアだけでなく、日本橋、上野、浅草、月島《つきしま》といった江戸情緒が残る場所もくりかえしめぐるうちに、東京の成り立ちをおおよそ理解できるようになってきた。

徳川家康によって開府され、二百六十年の長きにわたって形づくられた江戸の町並みは、明治維新を画期とする近代化の波によって一変し、さらに関東大震災と東京大空襲による破壊によって、この世から消え去ってしまったように見える。しかしながら、江戸城の区域は皇居として、ほぼそのまま保存されている。現代の東京人がファッションに敏感で、食に一家言を持ち、花火と祭りと旅が大好きなところも、江戸っ子の気質そのままだ。

明治新政府が首都の名称を「江戸」から「東京」へと変えたのは、天皇を京都からうつすための方便だったという。平安京遷都以降、天皇は京の都をほとんど離れたことがない。それどころか、御所《ごしょ》から出たことすらめったにない。そこで「江戸」を「東京」へと改名して、「京」がつく場所なのだからとの屁理屈《へりくつ》により、御年十七の明治帝を禁《きん》裏《り》御所から引っ張り出すことに成功した。そして五箇条の御誓文に基づき、西洋の文明を貪婪《どんらん》にとりいれて、東京を中心とする日本の近代化を急速に推し進めたのである。

　徳川幕府が瓦解しても、首都の名称が江戸のままだったら、日本の近代化はちがった様相を呈していたはずだ。明治以降の日本人は、歴代の徳川将軍による泰平の世をもう少し肯定的にとらえていただろうし、一足飛びの近代化＝西洋化に踏み切れない清国《しんこく》や朝鮮をああまで見下すことはなかったのではないだろうか。

　木本昭子さんの持論に、図書館で借りたいろいろな本からの受け売りをミックスした我流の見解だが、真記はおおよそそのように考えていた。

　高校の歴史の授業で習った、封建制からの脱却を成し遂げた明治維新を持ち上げる定説を疑うようになったのは、外国人観光客の影響だ。明治政府を主導した薩長閥《さっちょうばつ》は、自分たちが打倒した徳川幕府とのちがいをことさら強調する必要があったのだろう。しかし明治元年から百二十年がたってみると、江戸時代に形づくられた生活や文化の意義はむしろ濃くなっている。俳句、歌舞伎、浮世絵といった世界に冠たる文化は、江戸の町人たちが生みだしたものだ。外国人たちは、江戸と東京のあいだに断絶よりも連続を見ていて、それは尾道から出てきた真記にも納得がいく見方だった。

要は都会的ということなのだ。都会では、たがいに素性を明かし合うことはまれだが、だからといって、かかわり合いが希薄だというわけではない。お金がすべてで、他人をかえりみないわけでもない。

げんに真記は木本姉妹とモモンガ亭の大将夫妻に大いに助けられていた。なにかのきっかけで信頼関係が結ばれれば、どこの誰であるかにかかわらず、気持ちよくつき合っていこうとする。そのまっとうな心性は、同時代のロンドンやパリをも凌《しの》ぐ大都会だった江戸で育まれて、東京に引き継がれている。

そうした見解を抱く真記から見ても、日々のニュースで報じられているように、都会における孤独がさまざまな病理や犯罪を生んでいるのはたしかだ。ただ、否定的な側面ばかりを強調して、都会であるからこそ成立している風通しのよい関係もあることを見逃しては本末転倒というものだ。

アルバイトをかけもちしているおかげで、真記は服を買えるようになった。空きの祝日には高円寺《こうえんじ》界隈の古着屋をめぐる。ジーンズやチノパン、開襟シャツや綿のシャツが入った紙袋をさげて、お店でトンカツ定食を注文する。モモンガ亭の料理はどれもおいしいが、毎日中華料理ではさすがに飽きてくる。トンカツのあとには、おしゃれな喫茶店でケーキやパフェも食べる。

（おじいちゃんが、おとうちゃんたちに言ったとおりじゃ。自分で稼いだお金を気前よくつかうのは、ホンマにうれしい）

かつかつながらも東京で自活する真記が、この夏の終わりに立てた計画は、来年の二月に初めての帰省をすることだ。大将に相談して三、四日の休みをもらい、二年ぶりに尾道に帰るのだ。故国ブラジルに二年ぶりに帰っているジョアンに触発されての決心で、五ヵ月も先のことだが、真記は尾道に帰れるとおもうだけでうきうきした。

モモンガ亭でしっかりはたらき、年末年始は観光ガイドの仕事でたっぷり稼ぎ、一月の試験で単位を取って、三月で小学校を卒業する誠一になにかプレゼントをしてあげたい。

電話はかけなくていいと父に言われたが、真記は月に一度、第一日曜日の朝八時に、もよりの公衆電話ボックスにむかった。テレホンカードだと話しすぎてしまうため、百円玉を二枚入れて、それが切れるまでの約六分間、故郷の家族と話すのだ。

その時刻、父と誠一は少年野球チームの練習に行くしたくをしているため、受話器をとるのは決まって母だ。しかも母はどうでもいいことばかり話してくる。今月、九月の初めにかけたときは、庭に野良猫が入ってきてうるさいのと、歯医者さんの長女がお婿さんをもらったことをくどくど話すので弱った。そしてお決まりで、彼氏はできたかと聞いてくる。

「とても、それどころじゃないけえん」とこれまでは答えていたが、いまはジョアンがいる。ただし、まだデートの約束をしただけのあいだがらだ。いまから五ヵ月後、来年の二月に帰省するとき、ジョアンとの交際はどこまで進展しているのだろう。

「ほら、あと百円じゃ。おとうちゃんにかわって」

「おう、お真記」

父の声を聞くと、真記はいつも胸がいっぱいになった。

「おとうちゃん、うち、どうにかこうにかやっとるよ」

「おう、大したもんじゃ。大将とママさん、それに木本さん姉妹によろしくな。こっちはだいじょうぶじゃ」

もっと話したいのに、「ほれ、誠一。姉ちゃんじゃ」と父はすぐにかわってしまう。

「まき姉、おれ、先週の試合でもホームラン打ったよ。しかも二打席連続」

誠一は野球の話ばかりで、スポーツに興味のない真記はいつも相槌に困るのだが、どうやらすごい選手になりつつあるらしい。

真記が尾道を離れると、誠一はつかえがとれたように背が伸びて、小学六年生になった今年の四月には百六十センチに達したという。

父と同じくキャッチャーで四番。少年野球とはいえ、打率六割五分、出塁率八割という驚異的な成績で、噂《うわさ》が広まり、甲子園常連校の野球部コーチが早くも試合を見にきた。そのときにも大活躍をしたそうだが、父も弟もいたって冷静なのが、かえって自信をかんじさせた。

「おれの高校時代にも、天才だの、神童だのと評判の高い選手が県内に何人もおった。その後に甲子園でホームランを打ってプロ入りしたやつもいるが、ひとりとしてものにならんかった。でもなあ、それでええんじゃ。高校球児が、みんながみんなプロ野球の選手になって成功したら、世のなかがまわらんで困るじゃろう」

父がそう言ったのは二ヵ月前、七月の初めに電話をかけたときだ。誠一が中学でさらに実力をつけても、スポーツ推薦で私立高校に入学させるつもりはないという。

「ケガをして、肩身が狭くなって、中退したやつを知っとるんじゃ。本当にプロでやっていくだけの力があるやつは、無名の公立高校を出たってプロ野球選手になる。なまじ強豪校に入って、猛練習でひざや腰を痛めて、力仕事につけんようになるほうがよっぽどこわいわ。おまえもなあ、仕事の候補はふたつみっつ考えておけよ」

そこでブザーが鳴って、電話は切れたのだった。

これからも誠一の背丈はぐんぐん伸びるのだろう。姉の身長を抜くなら抜けばいい。そうして、からだも心も大きな男の子に育ってほしい。

東京に来てから、真記は家族とかえってうちとけた。身の回りのことをすべてひとりでしていると、親とはじつにありがたいものだとおもわずにいられなかった。

来年の二月、尾道駅に着いて、階段道を家にむかってのぼっていったら、どんな気持ちになるのだろう。それを知るためにも帰省したい。

その日、九月十八日、四コマ目が急に休講になった。真記は図書館で英語の予習をしたあと、キャンパスから市ケ谷駅まで外濠公園の遊歩道を歩いた。いつもは飯田橋駅界隈と高台のキャンパスを往復しているだけなので、たまには市ケ谷駅まで足をのばしてみたくなったのだ。

日中の気温は三十度に達しているが、あと数日で彼岸の入りとあって、日が傾くのが早くなった。ときおり風が吹き、樹々の葉が音を立てる。紅葉はまだずっと先だが、空気がだいぶ軽くなった気がする。

途中のベンチで、真記はおととい届いたジョアンからのエアメールを読みかえした。成田空港から乗った飛行機のなかで書きだされて、アラスカのアンカレッジを経由し、ロスアンジェルスで飛行機を乗り換えて、リオ・デ・ジャネイロの空港に到着するまでの二十七時間に及ぶ道中が臨場感たっぷりに英語でつづられている。さらに実家で両親や親戚たちに歓迎されるようすも、わかりやすい表現で描写されていて、計八枚の便箋による手紙はつぎのことばで結ばれていた。

【マッキー、いつかふたりで太平洋と赤道を越えて、このリオの家でキュートなきみを家族に紹介したい。】

「なにを気の早いことを言っとるんじゃ。ちゃんとしたデートもまだしとらんのに」

もう十回以上も読んでいて、そのたびに真記は同じ文句を言っていた。

「それにしてもブラジルと日本はホンマに遠いんじゃなあ」

手紙のなかでジョアンも書いているが、日本にいて長方形の世界地図を見ると、どうしても太平洋の大きさに目が行ってしまう。しかし、地球儀で見れば、東京とロスアンジェルスよりも、ロスアンジェルスとリオ・デ・ジャネイロのほうが、ずっと離れている。空路だと倍以上の時間がかかるのは、赤道付近のほうが地球のふくらみが大きいからだ。

「この一年半で、東京の大きさはおおよそわかるようになったつもりじゃけど、地球の大きさがわかるようになるのには、何年かかるものやらじゃ」

身の丈にそぐわない空想を小声で唱えていると、崖の下から電車が通過する音が聞こえてきた。飛んできたセミが近くの樹にとまり、何度か鳴いて、またよそに飛んでいった。

ふたたび歩きだした真記はちょくちょく足をとめて、高台からの見晴らしを楽しんだ。外濠の水はあいかわらず濁っている。外堀通りに沿って、真新しいビルディングがいくつも建っている。

やがて遊歩道が終わり、並木も尽きて、夕日が顔に当たった。遊具がおかれた公園を抜けると、そこはJR市ケ谷駅の一帯だ。

国鉄が分割・民営化されて、名称もJRに変わったのは一九八七年の四月だから、三年半もたっている。「国鉄」と言ってしまうことこそなくなったが、いま自分がいる東京がJR東日本の管区内で、尾道はJR西日本の管区内だということは、実感として、よくわかっていなかった。

　市ケ谷駅周辺の街並みは飯田橋駅界隈よりもすっきりしている。飯田橋方面から来て、左手の坂をのぼっていった先は麴町だ。そのせいか、市ケ谷駅周辺には身なりのいいサラリーマンが多い気がする。

　こちらも混み合っているが、たった一駅でもふんいきが随分ちがうもので、ママさんが言ったとおり、モモンガ亭は飯田橋の店なのだろう。

「リオじゃって、ロスじゃって、きっと同じようなもんじゃろう。なじんでみなければ、ちょっとしたちがいが見えてこんゆうことじゃ」

　今度は自分の感想に納得がいき、真記はガードレールに腰かけた。古着のジーンズをはいた脚をぶらぶらさせて、腕時計を見ると午後四時五分だった。途中で何度も足をとめたり、ジョアンからの手紙を読んだりしたので、キャンパスを出てから三十分近くたっている。

　モモンガ亭には五時前に入ればいいから、遊歩道を歩いてもどっても間に合うが、いそげば汗をかく。長袖のシャツで、脇がすでに汗ばんでいた。

　アパートに寄って着替えるのは面倒だ。それなら奮発して、一駅でも電車に乗ろう。

（いいや、どうせ運賃を払うなら、まだ一度も乗ってない有楽町線にしちゃろう。ホームも、地下鉄のほうが涼しいはずじゃ）

　頭のなかで勢いをつけて、真記は階段をおりた。明るい場所を歩いてきたので、瞬間的に目の調整が追いつかない。

地下道もひとでいっぱいで、案内の標示を頼りに地下鉄の改札口にむかった真記は柵のそばに立つ男性に目がとまった。

身長が百八十センチ以上あって、周囲から頭ひとつ抜けている。盲人らしく、うすく開いたまぶたの奥には黒目が見えない。白い杖《つえ》を持ち、白い盲導犬をつれている。

（誰かと待ち合わせじゃろうか。こんなに混んどっても、あれだけ背が高ければ、相手が見つけるじゃろう）

そうおもって、真記は男性のまえを通りすぎた。そして二、三十歩進んだとき、少し先の壁ぎわに盲導犬をつれたおさげ髪の女性が立っているのに気づいた。こちらも、いかにも誰かを待っているようすだ。

（もしかして、というか、それ以外にありえんじゃろう）

声にはださずに合点したときには、女性のそばに歩み寄っていた。

「あの、もしかして、待ち合わせですか。あなたと同じように盲導犬をつれた背の高い男性が、あちらの柵のところに立っています」

真記が言うと、女性が恥ずかしそうに身を縮めて、小さくうなずいた。

「よかった。あちらの方も、誰かを待っているようでしたので」

おさげの女性が顔をほころばせて、頰が赤く染まった。

「行き来しているひとが多いので、わたしがあちらまでおつれしようとおもいますが、どうすればいいでしょう？　手をつなげばいいですか」

「いいえ、あなたの右ひじに、わたしが左手をそえます」

「わかりました。こうですか？」

真記は右手を腰に当てて、右ひじを突きだした。シャツの袖のうえから、女性の手の感触が伝わる。

「お願いします」と言われて、真記はゆっくり男性のもとにむかった。地下道をゆきかうひとたちが左右によけて、束《つか》の間《ま》生じた広い空間を一歩一歩進んでゆく。

五メートルほどまで近づくと、盲導犬どうしがたがいの気配をかんじたようで、それがハンドルを持つ主《あるじ》たちにも伝わったのだろう。男性が上半身をこちらにむけて微笑んでいる。

真記はひじを引き、「よかったですね」と女性に言った。

「ありがとうございます」と会釈した女性はそのまま進んでゆく。

目の見えないふたりが、どんなふうにやりとりするのかを見たい気もしたが、のぞき見はよくないととっさにおもい、真記はきびすをかえした。

（それにしても、ええことをしたもんじゃ）

市ケ谷駅から飯田橋駅まで地下鉄に乗っているあいだも、モモンガ亭で給仕をしているあいだも、真記は何度も自分をほめた。

大学では、さまざまなボランティア団体が参加者を募集していた。署名やカンパを求めている団体もあったが、真記は懐が寒いのを理由に、ハンドマイクで演説する学生たちに近づかないようにしていた。サークルにも入らないままだったし、それ以前にクラスのコンパにさえ一度も参加していなかった。

(しかたがないいんじゃ。ホンマにお金も時間もないいんじゃけん)

モモンガ亭でも、木本さんの事務所でも、ひとづき合いは十分にしていたが、やはり学生どうしの交際がしたい。

(もうすぐ、ジョアンが日本に帰ってくる。そうしたら、おもいきりデートをするんじゃ。手をつないで、一緒にステップを踏んで、渋谷や銀座を歩くんじゃ。いっそ、ふたりで撮った写真を、おとうちゃんたちや、ミサさんに送っちゃろうか)

いつになく浮かれていても、真記は用心して仕事帰りの夜道を歩いた。もっとも、モモンガ亭からアパートまでは百メートルほどだし、街灯が道路を照らしている。おかげで今夜もあぶない目にはあわなかった。

「あれ、めずらしい」

期待せずに目をやった錆びだらけの郵便受けに、封筒らしきものが入っている。

(噂をすれば影が差すで、ミサさんからじゃろうか。それとも、またジョアンからじゃろうか)

真記は郵便受けを開けて白い封筒を手にとった。

（速達？　おとうちゃんからじゃ）

母の手になる自分の名前と、封筒の裏にしるされた父の名前に不吉な予感がよぎる。部屋に入り、ハサミで封を切って、真記は三つに折りたたまれた便箋を広げた。

【真記へ　すまんが、学費を払えんようになった。三日前に破産して、六台のダンプも、会社がある土地も、この家と土地も、管財人に処分される。連帯保証人になってやっていた宮地《みやじ》の会社が潰れて、そのあおりを食って、うちも潰れた。足らない分は、兄貴に頼んだ。そのかわり、誠一を養子にとられた。ほんまに、すまん。】

そこまでを読んで、真記は頭のなかがまっ白になった。

（なんで？　うちはきょう、あんなにいいことをしたのに。それに、東京でこんなにがんばってるのに）

手紙のつづきを読みながら、真記はやりきれなさで何度も叫びそうになった。高校の野球部でバッテリーを組んでいた宮地さんは福山市にある中堅建設会社の長男で、父親のあとを継ぎ、父は仕事をまわしてもらっていた。空前の好景気で建設業界はのべつ大《おお》儲《もう》けをしているようにおもわれているが、じっさいは資材価格と人件費の高騰で赤字におちいっている会社のほうが多いというのは、真記も聞いていた。

「ひとつまちがったら大やけどをするぞ」と、父は宮地さんに再三忠告してきた。ところが宮地さんは、株や土地に多額の投資をする一方で派手にあそびまわっていた。そのつけで、ついに不渡りを出し、銀行からも見放されて、倒産する破目になった。負債総額は十億円を下らない。

　そこまでを読んで、真記は母の文字にわずかの乱れもないことに気づいた。誠一を養子にださざるをえなくなったというのに、このととのった筆致はどういうことなのだろう。もしや、父と母は心中をしようとしていて、この手紙は遺書なのだろうか。

（それはない。おとうちゃんにかぎって、心中なんて、絶対にない）

　不安がやりきれなさをうわまわり、真記はふるえる手で便箋をくった。

【この手紙は、おれが話したことを、おかあちゃんに書いてもらっている。いつか言ったとおりの達筆じゃろう。今度の件じゃあ、さすがのおれもよっぽど落ちこんだ。一番迷惑をかけたのは、社員たちじゃ。ありがたいことに、兄貴が六人全員の就職先を見つけてくれた。誠一も気丈にふるまって、「本家を継ぐのは、出世みたいなものだから」と言ってくれた。それよりすごいのは、おかあちゃんじゃ。「あんたと一緒におれるなら、家なんてなくてもかまわんよ。これで、女ともすっかり切れるじゃろうから、かえってうれしいくらいじゃ」と言いおった。女が男に惚《ほ》れるのは、十年も二十年も惚れつづけるというのは、すごいことじゃなあ。おれは今回のことで、おかあちゃんに本気で惚れたよ。お真記は自分が惚れて男と一緒になるか、それとも惚れられて一緒になるのか。どっちにしても、ひとりの相手と長い年月をおくるといい。おれとおかあちゃんは、当分のあいだ、長距離トラックで寝泊まりしながら食いつなぐ。一年半しか、おまえを東京の大学に行かせてやれなかった。十年後か、二十年後か、おたがいどうにかこうに

か生きのびて、ひと息つくときが来たら、みんなで会おう。】

ふっきれた内容の手紙を読み終えた真記は力なく畳にすわり、ちゃぶ台に突っ伏した。

「おとうちゃん、そりゃあない。そりゃあ、ないわ」

かなしいが、かなしすぎて涙が出ない。それに、かなしんでいるひまはないと真記はおもい、腕時計に目をやると午後十一時になるところだった。

今夜もモモンガ亭は大繁盛で、休む間もなく動いてへとへとに疲れていたが、眠っている時間はない。このアパートですごすのも今夜かぎりだ。あすの朝早くには、ここを出てゆかなければならない。

(うちはまた、早とちりをしようとしとるんじゃろうか)

中学三年生になるまえの春休みに、尾道駅を通過する貨物列車に飛びこもうとしたときのことがおもいだされて、真記は気持ちをおちつけようと室内を見まわした。

六畳間に流しとコンロ台があるだけの部屋で、エアコンなど付いていないから、今年も夏の夜は寝苦しかった。大将の息子さんが使っていた扇風機をもらっていたが、用心で雨戸を閉めて眠るので、大して涼しくならないうえに電気代がかさむ。そこで真記は、モモンガ亭の冷蔵庫でアイスノンを冷やしておき、それを持って帰って、枕にして眠るという方法を編みだしていた。

近所に銭湯があるが、お金も時間もないので、入りにいくのは週に二、三度だった。

たいていの日はヤカンで沸かしたお湯にタオルを浸してからだをぬぐい、髪を洗う。古道具屋で買ったシュラフに包《くる》まり、冬はその上から毛布をかける。節約に節約を重ねて、この一年半をどうにか送ってきたのだ。

父の破産を知った瞬間、真記は大学を中退するしかないと覚悟した。秋学期の授業料の納入期限は今月の末日、九月三十日だ。せっかくうまくいっている人間関係をお金で壊したくない。

モモンガ亭の大将も、ママさんも、田中さんも、真記の不遇に本気で同情してくれるだろう。木本昭子さんと和子さんの姉妹も、ジョアンも、どうにかして卒業までがんばれと言ってくれるにちがいない。でも、今期の授業料を無理やり工面したところで、これまでのはたらき方であと二年分を納めるのはまず無理だ。しかも、卒業後に教職につけるかどうかわからないのだし、その可能性に賭けて失敗したら、山積みになった奨学金の返済に追われて目も当てられない。

(からだを売るのはいやじゃ。大学を卒業するのと引きかえに、親からもらったからだを、どこの誰とも知れない男になぶらせてたまるか)

地方の国公立大学に進んでいたなら、父の破産を理由に授業料免除を受けて、学業をつづけられたかもしれない。その点からすれば、進路の選択をまちがったわけだが、真記は一年半でも東京のまんなかで学生生活をおくれたことに感謝していた。

日本に逃げ帰れたのに、部下たちと一緒にシベリアにつれていかれた祖父、そして五つ上の母に頼られてかけおちをした父のことが頭をよぎり、真記は奥歯を噛《か》みしめた。

（看護学校に入ろう。まずは准看護婦になって、正看護婦を目ざそう。食いっぱぐれのない仕事について、とにかく生きのびるんじゃ）

中学二年生のときに考えていた進路で、双六《すごろく》なら何マスかあともどりするかんじだが、ぜいたくは言っていられない。

（だいじなんは、すぐに動きだすことじゃ。大将やママさん、それに木本さんたちになぐさめてもらっても、決意がにぶるだけじゃ）

「高崎」の二文字が、真記の頭に浮かんでいた。中学二年生のとき、山本ミサさんの恵まれた境遇をうらやみながら首都圏の看護学校を調べていて、第一候補に考えていた場所だ。パンフレットに迫力のある文章を寄せていた校長先生はまだ在任しているだろうか。退任していても、薫陶は生きているにちがいない。

おそらく入学するのは来年の四月だが、それまでの六ヵ月をこのまま飯田橋界隈ですごすのは耐えられない。モモンガ亭にも、木本さんの会社にもたいへんな迷惑をかけてしまうが、夜逃げ同然に高崎に行き、看護学校の門を叩こう。住みこみで、病院の清掃でも、食堂の調理員でもさせてもらい、来年四月の入学にそなえるのだ。

不意におちいった不測の窮地で、真記は懸命に頭をはたらかせた。そして、それ以外に道はないと覚悟を決めると、手紙を二通書いた。万年筆がふるえそうになると、指にいっそうの力をこめた。ジョアンには、木本昭子さんから伝えてもらうことにした。そうでないと、朝までに書き終わらない。

（ごめんな、ジョアン。うちの二十歳の誕生日を一緒に祝ってもらうはずじゃったのに）

万年筆をおいたときには午前一時をまわっていたので、日付は正確に一九九〇年九月十九日としるした。

（モモンガ亭、有楽町駅前の会社の順に、自分で郵便受けに入れて、東京を離れよう。でも、いつか東京に帰ってきて、みなさんにあやまろう。そして、おとうちゃんとおかあちゃんにも会って、誠一にも会うんじゃ。それが何年先になったとしても、絶対にあきらめずに、なんとしても生きのびるんじゃ）

胸のうちで誓うと、真記の目から涙があふれた。しゃくりあげそうになったが、それはこらえて、真記は手早く荷造りをしていった。

第三章　ハワイ・クルージング

二〇〇三年三月二十八日の午前十時、三十二歳になった真記《まき》は晴海埠頭《はるみふとう》にある客船ターミナルの送迎デッキに立っていた。このあと、看護師として豪華客船グランドオーロラ号に乗りこみ、あすの午前十一時に出航して、ハワイまで行くのだ。片道十日ほどかかり、ハワイ諸島に十日間滞在して、晴海埠頭に帰ってくるという、都合三十日間の船旅だ。

グランドオーロラ号は今回と次回の航海を最後に引退するそうだが、真記の目にはこのうえなく立派な客船に見えた。まっ白な船体には、オーロラを模した紫、青、水色の帯が描かれている。送られてきたパンフレットの写真によれば、反対側の左舷にも同じ帯が描かれている。

グランドオーロラ号は総トン数二万トン、全長百五十メートル、全幅二十四メートル、喫水六・五メートル。これほど大きいのに、中型の旅客船だというのだから、驚かされる。船客定員は五百名、乗務員は百名、あわせて六百名が乗りこみ、太平洋を行くのだ。

搭乗ゲートのある一階の甲板をメインデッキと呼び、その上に七層のデッキが載っていて、上層階にいくほど客室＝キャビンのグレードがあがる。最上部の船首側には、大きなアンテナのついたレーダー装置があり、最後尾にはまっ赤《か》な煙突が突きだしている。

あすから勤務する船内クリニックはメインデッキの左舷側にあって、この場所からは見えない。居室はひとつ下の階の個室が与えられる。ほかの乗務員たちと一緒の区域で、トイレとバスは男女別に共用。各部屋に窓がついているというのが、とてもうれしい。

着古したジージャンにジーンズ、白いスニーカーの真記が右手をそえている銀色のスーツケースは、上州総合病院の看護師長中川周子《しゅうこ》さんが貸してくれたものだ。終末期医療をおこなう緩和ケア病棟で四年間勤務した真記に、旅客船での看護師＝シップナースをすることをすすめてくれたのも中川さんだった。

中川さん自身、十五年ほど前、心身に疲労がたまり、体調を崩した。そのとき看護大学時代の先輩の紹介で豪華客船のシップナースをしたところ、とても好《よ》い気分転換になったという。

「わたしはあなたを二十歳《はたち》のときから知っているわ。いろいろな境遇の女性がはたらいている業界だけど、東京六大学を中退して、しかも清掃員から始めて、准看、正看と進んでいくひとなんて初めてだもの。でもね、いくら元気なあなたでも、このあたりで一度しっかり休んでおかないと、からだをこわすか、なにかのきっかけで心がぽっきり折れちゃうわよ」

真記が前方の道路を見つめたまま小さくうなずいたのは、そのときすわっていたのが猛スピードで走る車の助手席だったからだ。車高の低いスポーツカーは冬枯れの木立に囲まれた坂道をぐいぐいのぼってゆく。

昨年、十二月中旬のことで、直属の上司に折り入って話があると声をかけられた真記は、病院の駐車場でエメラルド色に輝く車の助手席におそるおそる乗った。

「シートベルトを調節して、きつめにしめて。それと、山路《やまみち》に入ったら飛ばすから、しっかり足を踏ん張って」

「は、はい」

真記が言われたとおりにすると、車は駐車場を出て、住宅地を走ってゆく。車高が低いし、シートも薄いので、お尻が地面のすぐ上にあるようだ。

やがて山が近づき、真記は言われたとおりに足を踏ん張った。

「それじゃあ、いくわよ。3、2、1、ゴー!」

掛け声と共に車は猛烈な勢いで走りだし、真記は硬いシートに押しつけられた。野太いエンジン音がおなかに響く。

カーブのたびに左右に激しく振られて、真記はからだをこわばらせていたが、中川さんにとって、この程度のスピードはいつものことらしい。

看護師長さんの愛車はいたるところに改造が施されていて、医師たちが乗る高級外車よりお金がかかっている。九歳と七歳になるお子さんがいて、その子たちが保育園に通っていたときも、あの目立つスポーツカーで送りむかえをしていた。若いころは自動車レースに出場していて、サーキットのレースで優勝したこともある。ご主人はメジャーなレーシングチームのメカニックをしている。

一風変わった噂《うわさ》の数々を真記はおもいだしたが、この状況ではとても口がきけなかった。

ところが、中川さんは平気な顔で、自分がシップナースとして乗船した豪華客船の旅についてうれしそうに話していく。

当時は、バブル経済の絶頂期だったこともあり、なにもかもが豪勢だった。進水式を終えたばかりの超大型客船で横浜港を出航し、神戸港と博多《はかた》港に寄港して関西圏と九州圏の乗客を乗せる。廈門《アモイ》、シンガポール、ボンベイに四、五日ずつ碇泊《ていはく》して、市中を観光。スエズ運河を通って地中海に入り、トルコ、ギリシア、イタリア、フランス、エジプト、チュニジア、スペインなど、地中海沿岸諸国の観光地をたっぷりめぐる。スエズ運河を往《い》きとは逆向きに北から南に抜けて、インド洋を西から東に渡り、日本に帰ってくるという、六ヵ月におよぶ船旅だ。乗客はおおよそ千五百人、乗務員は二百人、あわせて千七百人ほどをひとりの医師とふたりの看護師でケアした。

「そのころはまだ『看護婦』って名称のほうが一般的で、『おい、看護婦』っていばって呼ぶ男の医者がうちの病院にもいたのよね。さいわい、もう引退されて、先年亡くなられたけれど」とハンドルを握った中川さんは肩をすくめて、シップナースに関する説明をつづけた。

「船旅で一番多いのは船酔いね。それから不眠症と便秘。乗客は退職した年配の方がほとんどだったから、糖尿病や不整脈といった持病があるひとも多かったわ。旅のあいだに心臓発作と脳梗塞を発症したひとがひとりずついたけれど、運よくどちらも港に碇泊しているときだったから、現地の病院で専門の医師が診察してくれて、入院もさせてもらえて助かったのよ」

船長も医師も、もうひとりの看護師も日本人だったが、乗客の二割ほどは外国人だった。それが事前にわかっていたので、中川さんは短期間だが英会話教室に通った。おかげで問診のさいに困ることもなかったし、寄港した各国の町で現地のひとたちと会話ができて楽しかった。医師や船長をはじめとする乗務員との関係も良好で、なにより船から見る景色がすばらしかった。

大海原《おおうなばら》は刻々と色を変えて、数日見えなかった陸地がしだいに近づき、見知らぬ異国の港に入ってゆくときの安堵《あんど》と高揚、そして十日から二週間ほど碇泊していた港から去ってゆくときのさみしさは、飛行機の離着陸とはまったくの別ものだという。

帰国後、中川さんは旅行会社から継続的な勤務を求められた。医師も看護師も、船に乗ってくれるひとが少なくて困っている。一年のうち三分の二ほどを洋上ですごし、それ以外の日の行動はなにも規制されない。給与も好条件を提示されたが、すでに結婚していて、そろそろこどもをほしいとおもっていたこともあり、丁重におことわりした。

「でもね、そんな仕事は誰だって一度か二度はしてみたいじゃない。おまけに群馬は海なし県で、海へのあこがれが強いわけでしょ。だから、うちの理事長と院長に話を持ちこんで、医師も含めて旅行会社と業務提携したらってすすめたのよ」

給与や健康保険などの問題があり、正式に契約するのは難しい。とくに医師は慢性的な人材不足なので、一時的にでもよそにだしたくないが、看護師がシップナースをするために最長で半年ほど休職することは認める。ただし病院での仕事に支障が出ないように留意すること。中川さん自身も、病院としても、リベートを一切とらないとの約束を口頭でかわし、旅行会社からの依頼に応じてきた。

その後の日本経済の低迷により、その旅行会社では、バブル期のような豪勢な船旅は企画できなくなってしまった。それでも、いまもハワイへは年に三、四回、中型の客船によるツアーをおこなっている。

「誰に行ってもらうのか、わたしの一存で決めていると角が立つでしょ。だから各部局の看護師長さんたちに協力してもらって、本人の希望も聞いて決めてきたんだけど、あなたについては、わたしの指名。ちょうどいいタイミングだとおもうから、気分転換に、大手を振って行ってらっしゃい」

ひとしきり話した中川さんにそう告げられて、真記は目をぱちくりさせた。いくら県内有数の総合病院とはいえ、そんなご褒美があるとはおもってもみなかったし、まとめて休息をするのはまだずっと先のことだと肚《はら》をくくって日夜はたらきつづけてきたからだ。

ただ、自分の身辺にひと区切りがついたのもたしかだった。今期もボーナスのほぼ全額をあてることで、真記はついに奨学金を完済したのである。

（やった、やったでえ。おとうちゃん、おかあちゃん、これでうちは晴れて借金なしじゃ）

病院のむかいにある郵便局の窓口で振り込みを終えて通りに出ると、真記は右手の拳を握りしめた。本当は雄たけびをあげて、飛び跳ねたかったが、看護服だったこともあり、それはがまんした。

看護学校の授業料と寄宿費は、系列の病院に一定の年月勤務することで減免される。正看護師の資格も、准看護師としてはたらきながら取得したので、真記は奨学金の額を最少にとどめた。そして正看護師になってからもただひたすらにはたらきつづけて、稼いだお金のほとんどを奨学金の返済にあててきた。その甲斐《かい》あって、法政大学時代の分まで含めて、すべての奨学金を返し終えたのである。

それが、シップナースをすすめられた日の三日前で、きょとんとしたまま返事のできない真記に、中川さんが質問をむけてきた。

「あなた、わたしが知るかぎり、かぜを十年以上ひいていないわよね。しかも、みんなが休みたがるクリスマス前後や年末年始、それにお盆やお彼岸の勤務も皆勤賞」

てっきりほめられているのだとおもい、真記は運転席にむけて笑顔をつくった。

「逆よ。不摂生や自堕落は問題外だけど、あなたみたいに気を張りつづけているのも、あぶないのよ。わたしも若いころはそうだったから」

それから中川さんは、車の事故について話しだした。タクシーやバスやトラックの運転手で、無事故無違反を誇っているひとたちがいる。安全第一は、すべてのドライバーにとって大切な心がまえではあるけれど、完全な無事故無違反というのは、かえってあぶない。ガードレールにバンパーをこするといったちょっとしたミスなら、二、三年に一度しているほうがいい。自分の腕を過信せずにすむし、厄落としにもなっている。じっさい、会社から無事故無違反を表彰された運転手が、その後に大きな事故を起こした例をいくつか知っている。レースの世界でも、トップクラスのドライバーがレース中の事故によって死亡したり、瀕死《ひんし》の重傷を負ったりしている。

「あのアイルトン・セナが、まさにそう。予選でトップのラップタイムを叩《たた》きだして、決勝ではポールポジションからスタート。レースの前半で後続車を大きく引き離し、そのままチェッカーフラッグを受けるというパーフェクトウィンを好んでいたのは、接触事故を起こしがちなドッグファイトを嫌っていたからなのに、それがあんなことになってしまって」

真記が相槌《あいづち》を打てずにいると、「あなた、ひょっとしてセナを知らないの？　ブラジル人のＦ１ドライバーで、史上最速と謳《うた》われたアイルトン・セナよ。一九九四年五月一日にレース中の事故で亡くなった」と、中川さんが早口で聞いてきた。

「すみません。その一九九四年前後は、准看護師としてはたらきながら、正看護師を目ざして勉強している最中だったもので」と答えて、真記は助手席で小さくなった。

「それじゃあ、Jリーグにも興味なし？」

その質問にも答えに詰まったのは、真記にとってはJリーグ＝ジョアンだからだ。一九九三年五月に開幕したサッカーのプロリーグには、ジョアンが言っていたとおり、ジーコをはじめとする世界各国のスター選手が集結した。

Jリーグの中継や、その試合結果を報じる番組をテレビで見かけるたびに、真記はジョアンの先見の明に感心し、かれの成功を信じて疑わなかった。どこかのチームスタッフになっているのか、それともサッカー雑誌のライターや編集部員になっているのか。本気で探せばわかるかもしれないが、わかったところで、こちらから連絡できるはずもない。いずれにしても、日本語を含む多言語を使いこなし、世界のサッカー事情に精通した日系三世のブラジル人・ジョアン喜多村《きたむら》は重宝されているにちがいない。

黙ったままの真記を問いつめることなく、中川さんはさらに車を走らせた。そして、ふいにウインカーをだして減速すると、白樺《しらかば》に囲まれた喫茶店の駐車場に入った。

「とにかく、この機会に息抜きをしてらっしゃいよ」

湧き水で淹《い》れるコーヒーが絶品だという人里離れた喫茶店で、中川さんは真記のこれまでの健闘をほめたたえた。

「ふつうの病院とはまるでちがう環境で、いろいろ気づかされることもあるはずよ」とも言われて、真記はシップナースをすることを承知したのだった。

それから三ヵ月あまりがたち、真記はいよいよハワイにむかうことになった。このあとグランドオーロラ号に乗りこみ、船長にあいさつをして、船内クリニックの設備や物品を点検する。前回の航海で使用した医薬品と医療品は補充してあるというが、もしも足りないものがあれば、きょうのうちに手配しておくためだ。

総合病院とちがい、船内クリニックの待合室が来診者でいっぱいになることはない。入院患者もいないのだから、深夜に病室を巡視する必要もない。同じ患者からナースコールでくりかえし呼ばれることもない。救急車で運ばれてきた急病人や重症者の対処に追われることもない。それでも晴海埠頭とハワイ諸島のあいだに立ち寄れる港はひとつもないわけで、出航前日の早い時間に確認をしておくほうがいい。とくに点滴バッグはいくらあっても多すぎることはない。海が荒れれば船酔いになって、食事がとれなくなるひとが続出するからだ。

中川さんのアドバイスにしたがい、真記はけさ七時前に上州総合病院の寄宿舎を出て、高崎駅から電車に乗った。そして東京駅八重洲《やえす》北口発の路線バスで晴海埠頭に到着したのである。

春の東京湾はのんびりしていて、そよそよと吹く風も暖かい。ウミネコやユリカモメが飛びかい、ときどき魚が跳ねる。

「まだ手袋とマフラーがいる高崎とは、えらいちがいじゃ」

尾道《おのみち》を出て丸十四年になるが、いまでも真記は広島弁で独り言をつぶやくことがあった。

「やっぱり、海はええのお。瀬戸内海とはぜんぜんちがっても、海は海じゃ」

法政大学文学部英文学科の学生だったとき、真記は外国人観光客のガイドとして、東京湾を遊覧する船に何度か乗った。その当時、晴海埠頭は大規模な工事中で、レインボーブリッジも建設途中、お台場のフジテレビ社屋にいたっては影も形もなかった。あすはあの大きな橋の下をくぐり、太平洋を東にむかって進むのだ。

「わたしもそうだったけれど、あなたも最初の数日は手持ち無沙汰で調子が狂うはずよ。でもね、人生にはそういうひまなときも必要なのよ。月並みだけれど、自分の来し方を見つめ直して、今後について考えるいい機会になるはずよ」

ふたりでおいしいコーヒーを飲みながら中川さんが語ったことばを、真記はおもいかえした。たしかに、けさ早く高崎駅のホームに立ったときから、真記の頭にはさまざまな思い出がよみがえった。逆に言えば、十二年半前、一九九〇年九月十九日の明け方、封をした二通の手紙をたずさえて飯田橋《いいだばし》四丁目のアパートを出たときから、真記は思い出にひたったことがなかった。ずっとかぜをひいていないことも、中川さんに指摘されて、初めて気づいたほどだ。それほど必死に勉強し、それほど懸命にはたらいてきたわけで、なるほどこのあたりで少し休息すべきなのだろうと納得しながらも、真記は一抹の不安をかんじていた。

おとといの午前二時すぎ、担当していた八十二歳の男性が亡くなった。肺がんの末期で、一週間前から娘さんが個室の病室で寝泊まりをしていた。母親は二年前に亡くなったという。

むこうが二十歳近くも上だが、なんとなく気が合い、点滴を替えたり、おむつを替えたりするときにちょくちょく話をした。小学校の先生をしていて、ご両親も教員だったという。ひとり娘で、独身を通したため、父親を亡くしたら、ひとりぼっちになってしまうそうだ。

「ずっとまえから、わかっていたんですけどね」

真記より少し背が低いが、百六十五センチはある大柄なひとで、とびきりやさしくて、優秀な先生だという気がした。

医師も看護師も猛烈にいそがしくて、しかも日勤と夜勤が組み合わされているため、担当している患者の家族と交流があっても、臨終のさいに勤務しているとはかぎらない。患者が亡くなったら、ご遺族に葬儀会社と連絡をとってもらい、できれば一時間以内、おそくとも二時間以内にご遺体を病院の外に運びだしてもらう。非情なようだが、致し方ない。入院の順番を待っている患者がたくさんいるのだ。ご遺族にお悔やみを申し上げずに別れてしまうこともしょっちゅうだった。

それが今回は臨終のさいのお世話ができて、娘さんにもお悔やみを言えた。ご遺体を運びだすときも、葬儀会社の車に乗せるところまでつきそえたので、真記はいくらか気持ちが救われた。

もっとも、唯一の肉親を失った娘さんはとてもさみしそうだった。夫やこどもがいて、一緒にみとってくれたなら、泣き崩れていたかもしれない。しかし、自分ひとりでは気丈にふるまうしかないのがあわれでならなかった。

「うちの病棟で患者の死にばかり立ち会っていると、感情が鈍るというか、かなしみが深い場所に蓄積されていってね。いつか飽和状態に達して、こちらの気持ちがもたなくなるときがくるの。そうなるまえに、少し休むといいんじゃないかとおもって。それと、この本は、ハワイからの帰りに読むといいわ」

三ヵ月前、中川さんは、白樺に囲まれた喫茶店を出たところでそう言い、紙のカバーがかかった文庫本をさしだした。その文庫本は、ほかの本と一緒にスーツケースに入れてきたが、まだ一度も開いていないので、題名も作者もわからないままだ。

晴海埠頭客船ターミナルの送迎デッキに立つ真記は、先輩看護師の配慮にあらためて感謝しながらも、ひょっとするとこの遠出が仇《あだ》になり、看護師をつづけることがいやになったらどうしようと心配になった。奨学金は返済してしまったのだから、これまでのように汲々《きゆうきゆう》とはたらかなくてもいいのだ。そのうえ、豪華客船での旅と、南洋の楽園を満喫したら、緊張の糸が切れて、それきりもとにもどらなくなるかもしれない。

「大学をやめざるをえなかったのは不本意だったとしても、あなたにとって看護師は天職よ」とも中川さんは言ってくれたが、真記はそれを信じたくなかった。

ベテランの看護師長さんが明言するのだから、看護師がむいていないことはないのだろう。事実、自分のケアによって、心身が弱った患者が一時的にでも小康を得たのがわかったとき、真記は充実をかんじた。また、ひと当たりは好く、スタミナも抜群で、同僚たちの疲労が濃いときこそ、真記は気力が湧いた。

医療はまさに日進月歩で、看護師も新たな治療法や薬剤に対する知識が欠かせない。なかには音をあげる同僚もいたが、真記は製薬会社や医療機器メーカーが開く勉強会に積極的に参加した。いつしか後輩もできて、頼りになる先輩として慕われていた。なにより、このまま看護師としてはたらきつづければ、将来にわたって安定した生活を送ることができるのだ。

そう考える一方、もしも時を遡ることができるなら、モモンガ亭でアルバイトをしながら大学に通っていたころにもどりたいとのおもいを完全に消し去ることはできなかった。

いまさら英語の教員になりたいのではなく、あのあと、もう一年、もう半年だけでもいいから、自分が何者になるとも決まらない日々のなかで、さまざまにおもい悩みながら、見晴らしのいいキャンパスで学びたかった。アフロヘアのジョアンと手をつないで、東京の街を歩きたかった。尾道に帰省して、おとうちゃんとおかあちゃんと誠一《せいいち》と、家族四人でごはんが食べたかった。

十八歳で尾道を離れて以来、真記は父にも母にも弟にも一度も会っていなかった。いつか、家族四人が顔をそろえる日は来るのだろうか。がんばりつづければ、いつかかならずその日が来ると信じて、真記は看護師としてたゆまずはたらいてきたのだ。

「おとうちゃんに会いたい。おかあちゃんに会いたい。誠一に会いたい。瀬戸内海が見えるあの家に帰りたい」

おさえつづけてきたおもいが湧きあがり、両手で顔をおおうと、真記はその場に泣き崩れた。


翌日、三月二十九日の午前十一時前に汽笛が鳴った。係留のためのロープがとかれて、錨《いかり》が引きあげられているのだろう。船と陸を結んでいた縛りがなくなり、船体が海に浮かんだのがわかる。総トン数二万トンの豪華客船が自分の大きさと重みだけでバランスをとっている。

やがて、もう一度汽笛が鳴り、グランドオーロラ号が数艘《そう》のタグボートに曳《ひ》かれてゆっくり進みだした。クラッカーなのか、爆竹なのか、大量の火薬の破裂音が立てつづけに鳴っている。歓声があがり、指笛も鳴っている。

もっとも、埠頭と反対側の左舷にある船内クリニックからは、見送りのようすは見えなかった。

「きっと紙テープもたくさん投げられているんでしょうね」

真記のことばに返事はなかった。節賀《せつが》あや子医師は一心に紙の束をめくっては、そこに記載された内容を指と目で追っている。すべての乗客と乗務員に提出が課された『健康に関するアンケート』で、真記もひと月以上前に顔写真を貼り、旅行会社に返送していた。

ただし、事前に目を通していないドクターが怠慢なわけではない。今回の勤務が決まったのはほんの三週間前で、きのうも午前と午後に一件ずつ、予定されていた手術をしたという。

それにしても六百枚のアンケートというのは膨大だ。節賀あや子医師はすでに二時間近くも机にむかいっぱなしだが、まだ百枚ほど残っている。それでも一定のペースを崩さず、ときおり自分で書きこみを入れたアンケート用紙を別の山にうつしては、つぎのアンケートを指と目で追っていく。その集中力とスタミナには感心するしかなかった。

真記が節賀あや子医師と初めて会ったのは、昨夜の九時すぎだ。グランドオーロラ号の船室で休んでいると内線電話が鳴り、船医だと名乗る女性の声で、一階の船内クリニックに来てほしいと言われた。ラフな服装になっていたので、少し待ってほしいと頼んだが、そのままでかまわないという。

余裕のない声に、真記はカンフーシューズをはいて階段をのぼった。非番のときも、船内をサンダルやスリッパで歩いてはならない。船はふいに大きくゆれることがあるし、そもそもすべりやすい履物で室外を歩くのはよいことではないと、中川さん作成の『シップナースの心得』にしるされていたからだ。

「すみません。お出迎えもせずに」

クリニックのドアを押し開けて、真記はお辞儀をした。

「こちらこそ、申しわけありません。わたしの到着がおくれたせいで」

照明のついた診察室に立っていたのは、真記よりも若い女性だった。身長は百五十センチあるかないか。目鼻立ちのととのった、聡明《そうめい》な顔立ちをしているが、よほど疲れているらしく、顔色がよくない。それに、とても緊張している。口紅はごく薄い色で、肩までの髪を無造作に垂らしている。どちらの手にも指輪はしていない。

真記が椅子をすすめると、小柄な医師はベージュのスプリングコートを着たまま腰かけた。そこでハッと気づき、真記にも椅子をすすめた。

「ありがとうございます」とお礼を言った真記は立ったまま名乗り、「こんな格好で申しわけありません」とつけたした。

黄色のコットンパンツはインド製だ。木本昭子《あきこ》さんの黄色のワンピースがとてもすてきだったので、大学生だったときに高円寺《こうえんじ》のエスニックショップで見かけて、迷わず購入した。合わせて買った、同じくインド製の長袖シャツのボタンは木の実を削ったものだ。看護学校に入学してからは着る機会がなかったので、どちらも生地は傷んでいないし、色もあせていない。カンフーシューズも同じ店で買ったもので、こちらはちょくちよくはいていた。

あいさつを終えた真記が患者用の丸椅子にすわると、「医師の節賀あや子です。『節分』の『節』に、『年賀状』の『賀』で、『せつが』と読みます。『あや』はひらがなで、『子』だけが漢字です」と律儀な自己紹介をした女性医師はひと呼吸おいて、「専門は形成外科です」と告げた。

形成外科は、顔やからだの表面にできた傷やあざ、やけどなどの治療をおこなう。ホクロやイボなどの切除もおこなう。ていねいな縫合や処置が求められるため、医師のなかでもとくに手先の器用なひとがつく。

真記は平静をよそおっていたが、節賀あや子医師の登場にかなりとまどっていた。今回のツアーの船医はベテランの男性内科医だと中川さんに言われていたからで、きっと中川さんもこの変更は知らされていないにちがいない。それはしかたないにしても、昼間にあいさつをした船長もこの件についてなにも言っていなかったのは、どうしてなのか。

医師は大学の医学部ですべての疾病と、その治療について学ぶ。おのずと専門は分かれるが、どの科の医師であっても基本的な知識は備えている。よって、形成外科の医師だからといって、いわゆる内科の診察と治療ができないわけではないが、なれていないのはまちがいない。節賀あや子医師の緊張は、自分の守備範囲を自覚しているためにちがいない。それとも、ほかに不安があるのだろうか。

「本来は、わたしの父のいとこが船医としてこの船に乗るはずだったんです。それなのに、無責任にも北海道にスキーに行って、不注意にも脚を骨折してしまったので、急遽《きゅうきょ》、わたしがかわりに行くように、やはり医師である父に言われました。でも、手術の予定がびっしり入っていたものですから、なかなか準備ができなくて。船長、いいえ、キャプテンにも、先ほどお目にかかったばかりです」

疲れを押して事情を話す節賀あや子医師に真記は好感を抱いた。

「ドクターは、おいくつですか。わたしは三十二歳で、誕生日は十一月三日、文化の日です」

先生ではなく、ドクターと呼んだのは、節賀医師が船長をキャプテンと言い直したからだ。このことも『シップナースの心得』にあって、船内では役職を英語で言う場合が多いという。

航海に関する用語や船内の設備も英語で言い、甲板はデッキ、操舵《そうだ》室はパイロットハウスかホイールハウス、客室はキャビン。

年齢と誕生日を話題にしたのは、会話のきっかけづくりだ。真記は人見知りではないが、誰とでもうちとけられるわけでもない。しかし看護師である以上、自分が担当する入院患者やその家族との意思疎通は欠かせない。

あれこれ試行錯誤していたとき、たまたま自分と同年同日生まれの患者の担当になり、話がはずんだ。おもえばカルテには年齢と生年月日がかならずしるされているのだから、そこから楽しいほうに話をむけてゆけばいい。

以来、真記は初対面のひとと話すのが苦でなくなった。それに女性どうしなら、年を聞いてもそれほど失礼ではないだろう。

「三十二歳ですか。では、わたしは三つ年下になります」

小声で答えたあと、視線を落とした節賀あや子医師はしばし黙った。そして伏せていた顔をあげて言った。

「でも、この航海中に三十歳になります。予定どおりなら、ハワイに着く前日に」

「あら、素敵。それでしたら、キャプテンに伝えて、その日の晩に盛大にバースデーパーティーをしてもらいましょうよ」

患者を相手にしているときの調子で大げさに反応してしまい、真記はしまったとおもった。ところが、年下のドクターは怒るどころか、困ったように顔をうつむかせている。

「ごめんなさい。わたし、そういうことは、とても苦手なんです」

（このひと、ひっこみじあんなんじゃ。ひっこみじあんな医師に会《お》うたのは初めてじゃ）

心のなかでつぶやきながら、真記は頭をすばやく回転させた。ひっこみじあんなのに、節賀あや子医師はどうして航海中に自分の誕生日が来ると明かしたのか。こちらの反応も予想できたはずで、自分が困惑するハメになるのは目に見えている。にもかかわらず、あえて明かしたのは、この場にいるふたりを、医師と看護師という立場で区別するのではなく、ともにはたらく年齢の近い女性どうしとしてとらえようとしているからではないだろうか。そう理解して、真記はうれしくなった。

当たりまえのことだが、医師は学力がきわめて高い。大学の医学部に合格するのは至難の業だし、単位を取得して卒業するのにもたいへんな努力を要する。さらに国家試験を経て医師免許を取得し、晴れて医師となるわけだが、患者を診察して治療するという行為には、常に大きな責任がともなう。しかも医師は、診察結果と治療方針を患者にわかりやすく説明しなければならない。

しかし、なかには、頭から医師を疑ってかかる患者もいる。なかなか理解してもらえず、説明に手間がかかる患者もいる。治療に要する日数や費用が心配で、気もそぞろな患者もいる。

多種多様な患者とその家族の相手をくりかえすうちに医師の精神は鍛えられて、物腰はやわらかく、話し方も巧みになり、自信と謙虚さを兼ね備えた人柄が育まれてゆく。それに対して、そうした試練に耐えられず、患者に横柄な態度をとってしまう医師も少なからずいる。

ところが、節賀あや子医師はそのどちらでもないらしい。ひっこみじあんな性格は克服されていないのに、勇気をふるって話そうとする。まるで出来のいい小学生がそのまま大人になったようだ。そのうえ、年齢の近い看護師に親近感を抱いてくれているらしい。

それならなおのこと、節賀医師を早く休ませなくてはならないと真記は考えた。あすの午前七時から、二階のメインダイニングで全乗務員による出発式がおこなわれる。節賀医師も承知しているはずだが、今夜はとにかく熟睡して、心身をととのえてほしい。

「ドクター、わたしは准看からの叩きあげで、そのまえは手術室の清掃もしていました」

「えっ？」

関心を示した節賀あや子医師に真記は言った。

「ハワイまでの旅のまにまに、お話しするかもしれません。でも、今夜はもう休みましょう。ここの戸締りはわたしがしますから、ドクターはお部屋に行かれてください」

真記は慇懃《いんぎん》な態度で医師をうながした。きっと仲良くなれるはずだが、それならなおのこと、いきなり距離を縮めないほうがいい。

「ありがとうございます。では、おことばに甘えさせてもらいます。おやすみなさい」

またしてもていねいに応じて、節賀医師はクリニックをあとにした。部屋は二階で、荷物はすでにおいてきたという。

狭い歩幅で足早に歩み去る小柄な医師を見送る真記の頭に、中学で同級生だった山本ミサさんの派手な顔が浮かんだ。

(なんで？)

そう自問したとたん、答えがわかって、真記はひとり笑いをした。

（ミサさんはでしゃばり。節賀先生はひっこみじあん。正反対の性格じゃが、どっちも自分に正直なんじゃ。どうりで初対面なのに気がおうたはずじゃ）

真記は久しぶりに友人ができそうな喜びで胸がはずんだ。看護学校では、こちらがあまりにも一心不乱だったせいで、同期生たちとゆっくりおしゃべりすることもなかった。それは准看護師のときも、正看護師になってからも、基本的に変わらなかった。ましてや恋人をつくる余裕などあるはずもない。

（うちも早く寝よう。この船旅で一番したいのは、ハワイの浜辺を散歩することよりも、たっぷり寝ることじゃ）

部屋にもどり、パジャマに着替えてベッドに入るや、真記は深い眠りに落ちていった。

節賀あや子医師も昨夜は早めに休んだらしく、しかもよく眠れたらしく、けさの六時五十分に一階の船内クリニックで待ち合わせたときには顔色もよかった。

全員が制服で出席するため、ドクターはおろし立ての白衣を羽織っている。真記の看護服も旅行会社が用意してくれた新品だ。こちらが希望したとおり、スカートでなく、ズボンなのがとてもうれしい。ナース用の白いシューズのサイズもピッタリだ。

予想していなかったのは、ナースキャップもセットでおいてあったことだ。とりあえずピンで髪にとめたが、上州総合病院では四年ほど前に廃止されていたので、なつかしいというよりも、違和感のほうが大きかった。

「その帽子を見るのは久しぶりです」と節賀あや子医師も言って、ひとしきりナースキャップの話になった。

「わたしが看護学校に通っていたころが端境期《はざかいき》で、正看になったあとに原則廃止になったんです」

「帽子が気になるのでしたら、わたしからキャプテンに話しましょうか。髪をまとめているほうが衛生的だというのが着帽派の言いぶんでしたけれど、医師は帽子をかぶっていないのに、看護師にだけキャップをかぶらせるのは理不尽なんですから」

「ご配慮くださり、ありがとうございます。ただ、郷に入っては郷に従えで、まずはこの格好でやってみます」

　そんなやりとりをしながら階段で二階にのぼると、広いメインダイニングはさまざまな制服姿の乗務員たちでいっぱいだった。総勢百名のほとんどが男性で、肩の張ったジャケットを着て、黒い鍔《つば》のついた帽子をかぶっているひとも多い。壮観ではあるが、威圧感もある。

　グランドオーロラ号のパンフレット掲載の写真では、メインダイニングのテーブルには優雅なクロスがかかり、いかにも高級な食器がおかれていた。もちろんそれはお客様用なので、いまはシンプルな紙のマットが敷かれているだけだ。

　席は決まっているとのことで、黒服の男性に案内されて、節賀あや子医師と真記は前方のテーブルについた。各自の皿にはハムエッグとサラダ、スープカップにはミネストローネがそそがれている。パンはバスケットからとり、飲み物は自分でグラスやカップにそそぐ方式だ。

真記が視線をうつしていくと、奥のほうでウエイトレスたちも席についている。その数、十二名。ほかにも十五名ほどの女性たちがいて、真記はホッと息をついた。

「お礼がおくれましたが、きのうはお気づかいくださり、ありがとうございました」

声をかけてきた節賀あや子医師は小声でつづけた。

「じつは、あのあと、すぐに眠ってしまったので、わたしの部屋におかれていた『健康に関するアンケート』もまだ見ていないのです。スイートルームのお客様と、キャプテンを含むオフィサーのぶんだけは、けさがた目を通したのですが」

「オフィサー、士官の方々ですね」

真記も小声で応じると、「とてもきれいな発音」と節賀あや子医師が感心した。

オフィサーとは、一等＝チーフ、二等＝セカンド、三等＝サード以上の航海士、機関士、通信士、事務長などの上級乗組員のことで、船長と副船長、それに医師も含まれる。それ以外の運行セクションの乗務員をクルーと呼ぶ。オフィサーを含む運行セクションの乗務員を総称してクルーと呼ぶ場合もある。

〈病院と同じく、船ではたらくひとたちも役職や階級の区別にうるさいので留意すること。〉との記述が、中川さんによる『シップナースの心得』にあった。

ほかにも、シェフが率いる料理・給仕セクション、キャビンアテンダントによる接客・客室清掃セクション、クルーズディレクターが率いるイベントやレクリエーションを企画するセクションがある。

　そこでキャプテンと各セクションのチーフたち、あわせて九名が正面に並び、テーブルについていた全員が一斉に起立した。まるで兵隊のようで、あいさつも退屈なうえに長いのだろうと覚悟していると、マイクを持ったキャプテンの訓示は簡潔だった。

「出発式のたびに言っていることですが、いくら気象衛星やレーダーの技術が発達しても、海ではいついかなることが起きるのか、完全には予測できません。だからこそ、あらゆる事態に対応できるように、心身の状態をととのえておくことが大切です。しかし、海は、われわれの敵ではありません。各自、手が空いたときは、デッキに出て、大海原と大空を眺めてください。わたしは十五歳で商船学校に入り、カッターで海に漕《こ》ぎだしてから四十年になりますが、はるかに広がる海と、青い空に、いつも心をうばわれます。その気持ちが、旅を安全なものにし、お客様の安心につながると信じています」

　示唆に富んだ見事な訓示で、真記は胸が熱くなった。拍手をしたかったが、みなすぐに着席して食事になった。ただし、これからセクションごとに名前を呼んでいくので、起立して四方に顔をむけるようにとの指示が黒服の司会者からあった。

「それでは最初に、ドクターとナースを紹介します」

　まさかいきなり呼ばれるとおもっていなかった真記は、パンに伸ばしかけていた手をあわてて引っこめた。節賀あや子医師も椅子から立つのに手間どっている。

順に名前を呼ばれて、みなさんに顔をむけていると、キャプテンがふたたびマイクをとった。先ほどの訓示に感心したせいもあるが、豪華客船の総指揮官にふさわしい沈着な顔つきで、金糸の飾りがついたクリーム色のジャケットがよく似合っている。

「ドクターとナース、おふたりとも若く、しかも客船に乗務するのは今回が初めてとのことですが、その力量は折り紙付きとうかがっております。ハワイまでの十日間、ハワイでの十日間、そしてハワイからの十日間、五百名の乗客と、われわれ乗務員百名の命は、おふたりにあずけると言っても過言ではありません。プレッシャーをかけて、まことに申しわけありませんが、くれぐれもよろしくお願い致します」

まさか、そんな叱咤激励《しったげきれい》をこの場で受けると思っていなかったので、真記は内心ムッとした。ただし、自分の心がまえに隙があったのもたしかだ。

「いい息抜きになるとおもうわよ」といったことを中川さんから何度も言われていたせいで、いまも看護服を着てはいても、病棟にいるときの緊張感とは程遠い。鋭敏なキャプテンは、きのうの昼間に会ったときから、こちらの気のゆるみをかんじとっていたにちがいない。穴があったら入りたいとは、このことだ。

それでも真記が背筋を伸ばしていると、節賀あや子医師が進みでて、キャプテンにマイクを求めた。

「わたくしは、ご覧のとおりの若輩者ですので、みなさまにご心配をおかけして、まことに申しわけありません。わたくしども、あすからの勤務時間は午前九時から正午、午後二時から午後六時とのことですが、それ以外の時間に緊急の医療を求められても適切に対処できるように、ナースと共に努めてまいりますので、よろしくお願い致します」

　声は毅然《きぜん》としているが、節賀あや子医師の足はふるえていた。

（こうしちゃいられん）

　真記があわててとなりに並ぶと、クルーから笑い声があがった。ドクターに左腕を引かれて、わけもわからず左に動きながら、真記は自分がキャプテンのまん前に立ってしまったことに気づいた。ナースキャップで、キャプテンの顔まですっかり隠してしまったにちがいない。

「ドクターとナースは、これまで面識がなかったそうですが、チームワークは抜群ですね」

　ふたたびマイクを握ったキャプテンが言って、一同からさらに大きな笑いが起きたのだった。

　キャプテンによるハッパの効果はてきめんで、真記は朝食を口にはこびながら気合いがみなぎってきた。腹が減っては戦はできぬで、牛乳とコーヒーとオレンジジュースをごくごく飲み、イチゴジャムやピーナツバターをたっぷり塗ったパンを三つも食べた。人一倍はたらくために、ふだんからよく食べてはいるが、グランドオーロラ号の食事は病院で出されるものよりはるかにおいしくて、旅の楽しみがひとつ増えた。

出発式は四十分ほどで散会となり、ふたりは白衣と看護服のままキャプテンに案内されて船内をめぐった。

「今回の乗客の平均年齢は七十三歳、七十歳以上の方が六十五パーセント。最高齢はともに八十二歳のご夫婦です。車椅子の方も三名おられるので、それぞれの部屋への往診をお願いすることがたびたびあるかもしれません」

下から順に各階を案内するキャプテンは、乗客のことがすっかり頭に入っているようだった。それもそのはずで、五階と六階のハイグレードな部屋のお客様はグランドオーロラ号の常連ばかりだという。

「三十年前の処女航海のときに乗船されたお客様もふた組おられます。当時、わたしはセカンド・オフィサーでした。それ以来、ずっとこの船に乗務しています。クイーンエリザベス二世号をはじめ、外国のいろいろな客船に乗ったけれど、グランドオーロラ号が一番だとおっしゃってくださるお客様も少なくありません。この船の建造が始まった一九七〇年には、江戸時代からの伝統技能を受け継ぐ大工の棟梁《とうりょう》がわずかながら健在で、この床板や壁板も、手練《てだ》れの技で、じつに見事に張ってくれたのです。ヨーロッパの港に碇泊していると、各国の船乗りが見学に来て、感心していきます。これほど見事に造られた客船は世界に何隻もないと言って」

六階の前部にある操舵室＝パイロットハウスで、キャプテンは感慨深げに語った。飴《あめ》色に輝く木製の床や壁はたしかに美しいが、さらにすばらしいのが見晴らしだ。視線と同じ位置に水平線があり、四階や五階から見たときよりも、いっそう視界が開ける。船が太平洋に出てからここにあがったら、さぞかし爽快だろう。

七階にはプール、ラウンジ、テラス、バーがあり、客室はない。金網のフェンスで囲われた八階は前方にレーダー、後方に煙突が突きだしていて、そのあいだにサンデッキとランニング用のトラックがある。今回は全行程三十日のツアーだが、かつては半年から一年におよぶ航海もあったわけで、乗客も乗務員も運動不足におちいらないように各種の施設が設置されているのだという。

八階まであがった三人は階段で七階までおりて、エレベーターに乗った。

「先ほどの出発式では失礼なことを申しあげました。クルーを引きしめるためとはいえ、杉岡家のお嬢様をダシに使ってしまい、申しわけなく思っております」

ドアのほうをむいたまま謝罪を口にしたとおもうと、キャプテンは操舵室のある六階で降りてしまった。節賀あや子医師にはなにか特別な事情があるようだが、こちらから聞くわけにもいかず、真記は身を固くしていた。

腕時計に目をやると八時半で、あと三十分で乗客の乗船が始まる。きょうだけは、船内クリニックの診療時間は午後二時から六時までだ。

「わたしはこのあと、一階のクリニックでアンケートをチェックします」

自分の部屋がある二階でエレベーターを停《と》めたドクターが言った。

「お手伝いします」ととっさに応じて、真記も二階で降りた。室内に入るのは悪いので、廊下でアンケートの束を受けとり、真記は先に一階にむかった。

　グランドオーロラ号の建造にまつわるキャプテンの説明を聞いたうえであらためて見ると、この船内クリニックもとてもよくできている。上野の池之端《いけのはた》にある岩崎邸など、由緒ある洋館の一室のようで、棚のガラスや取っ手にも味がある。三十日間だけだが、ここではたらける幸せに感謝しよう。

　真記が満ち足りた気持ちでいると、五分ほどして白衣のままクリニックにあらわれた節賀あや子医師は、真記の顔を見ずに一方的に告げた。

「わたしは午前十一時の出航までに、乗客と乗務員、あわせて六百名のアンケートをすべてチェックします。そのうえで心配な持病や既往症のあるひとのリストを作成して、一両日中に船内クリニックをおとずれてほしいと伝えるつもりです。車椅子の方や、それ以外の希望者にも往診をして、健康状態を把握します。そうでないと、万一の場合に、適切な治療が施せませんから」

　真記はドクターのやる気に感心しながらも、乗客へのはたらきかけはキャプテンと相談してからにしたほうがいいのではないかと意見を述べた。

「みなさん、何ヵ月もまえから今回の船旅を楽しみにしていて、満を持してハワイにむかわれるわけですよね。持病についても、それぞれかかりつけの医師に旅行中の対処を指示されているはずです。薬も十分に持参していることでしょう。ご高齢ではあっても、自分は健康だとおもっていらっしゃるでしょうから、出航早々のドクターからのアプローチを、お節介だとかんじる方もおられるかもしれません。いずれにしてもアンケートのチェックが先で、それがすんでからアプローチのしかたを考えましょう。それに時間はたっぷりあるのですから、午前十一時というリミットもうけなくていいのではないでしょうか」

真記はそう言ったあと、「ですぎたことを申しあげてすみません」と頭をさげた。

「いいえ、あなたの言うとおりだわ。ごめんなさい、わたし、出発式のときから頭に血がのぼってしまって」

そうあやまりながらも、節賀あや子医師は午前十一時の出航までにすべてのアンケートをチェックしようとおもう、そうでないと、とてもこの船に乗っていられないと決意を述べた。

「すぐムキになるのは、了見がせまいからで、おまえの一番よくないところだって、父にしょっちゅう注意されているんです。自分でもわかっているのですが、これればかりはどうにも直しようがなくて」

そうまで言うなら、真記もこれ以上反対するつもりはなかった。ただ、おとうさんの話が出たついでに聞いてみたいことがある。

「ドクターは形成外科が専門だと昨晩おっしゃいましたが、おとうさまは、おもに何科を診《み》られているのですか」

本当は、キャプテンの言った「杉岡家のお嬢様」とはいかなる意味なのかを聞きたたかったが、それではあまりに直接すぎる。ただ、キャプテンが真記もいる三人だけの場であえて言ったのは、ナースには事情を話しておいたほうがいいのではありませんか、というドクターへの暗示だととれないこともない。

いずれにしても、キャプテンは節賀あや子医師がどのような来歴の人物なのかをよく知っているわけだ。そして、そのことをドクターのほうでもわかっている。

(へんじゃなあ。うちは他人のプライベートには首を突っこまんタチじゃのに)

自分の態度をいぶかしみながら、真記はドクターからの返答を待った。

「いま父が診ているのは、おもに内科と小児科です。でも、以前は心臓外科で、心臓のバイパス手術を専門にしていました」

そう答えた節賀医師がそっとため息をついた。聞くべきでないことを聞いてしまったのではと心配になっていると、「わたしは父と反りが合わないんです。母とも、そんなに気が合うわけではなくて」とつづけたので、真記はよけいに返事に困った。

「おかあさまも、お医者様でしょうか」

ひとまず聞くと、「ええ、そうです」と応じたドクターが、「少し長い話になりますが、先ほどキャプテンもああおっしゃっていましたから」と前置きして、自分の家族について話しだした。

杉岡は父方の本家の氏だ。江戸時代のなかごろから神戸で漢方医をしていたが、父から数えて五代前の先祖が時代の流れを敏感にとらえて、かの緒方洪庵《おがたこうあん》が開いた適塾《てきじゆく》で蘭学《らんがく》を学び、さらに長崎で西洋医学を修めた旗本の子弟を養子にむかえて、明治維新後の医学の近代化に見事に適応した。本家のひとたちは、いまも神戸を中心に大学病院や総合病院の運営にかかわり、医師会の要職についている。

節賀あや子医師の祖父は三男で、東京の医師の養子になり、その家のひとり娘と結婚して、江藤姓となった。その祖父の次男が節賀あや子医師の父親で、こちらも医師のひとり娘と結婚して、節賀といううめずらしい名字になった。埼玉の県立病院で心臓外科の医師をしていたが、義父の引退後に南浦和にある内科小児科医院を継いだ。母親は都内の医科大学の教授で産婦人科を専門にしている。節賀あや子医師は、母親と同じくひとり娘で、父親が長年勤めていた県立病院で形成外科の勤務医としてはたらいている。

真記は話をきちんと聞きとれたが、複雑多岐な家系について正確に理解するのは早々にあきらめた。わかったのは、節賀あや子医師が杉岡という医術を生業《なりわい》とする名門の一員だということだ。スキーで脚を骨折した、父親のいとこだという医師が杉岡姓なのかもしれない。

節賀医師もノートに系図を書いてみせたりはせず、それどころか爪をいじったり、机に目をやりながら、独り言のように話していた。真記は三原《みはら》のおじさんとおばさんの養子となった誠一のことをおもったが、弟については、いずれまたちゃんと考えようと頭をきりかえた。

「母方の先祖は薩摩《さつま》藩、いまの鹿児島県の出で、やっぱり医師が多い一族だから、良くも悪くも医師を特別な仕事だとはおもっていないの。父はとくにそうで、一定の使命感は持っているけれど、よく言えば達観、悪く言えば投げやりなのよね、ひとの生死について。医師として全力は尽くすけれど、治るひともいれば、治らないひともいる。それは運命なんだ、とかって、平気で言うの。心臓のバイパス手術にかけては右に出る者のいないほどの名医で、何人の命を救ったかわからないのに、そういう口をきくの。あと、あわてるな。すぐに治そうとするな。完治を目ざすな。患者が多少の心身の不調と折り合いながらどうにか日常生活を送れればいいんだとかって言うの。そのくせ、おまえのむやみにプライドの高い性格は医者にむいていない。患者とその家族に迷惑だって決めつけるから、このあいだも大喧嘩《おおげんか》になって、それで売りことばに買いことばで」

そこまでを話すと、節賀あや子医師は夢から覚めたように真記を見た。

「ごめんなさい。わたし、おかしいわよね。あなたとわたしは友だちじゃないのに、なれなれしくしてしまって。わたし、家族のことなんて、これまで誰にも話したことがないのに」

「いいえ、ドクター。とても興味深いお話でした。いつかまた、つづきを聞かせてください。でも、いまは」

真記が机の紙の束に目をむけると、節賀あや子医師が恥ずかしそうな笑顔になった。

「そうよね。出航までに全員のアンケートに目を通すと宣言しておきながら、おしゃべりに夢中になっちゃって」

反省を口にして椅子にかけ直したドクターは、今度は真記の目をしっかり見て言った。

「申しわけないけれど、わたしはいったん仕事にのめりこむと、まわりが見えなくなってしまうの。とくに手術ではそう。そして、これでいい、絶対にだいじょうぶと確信できるまで処置をつづける。だから、『ひと息つきませんか』とか、『お茶をいれました』といったたぐいのことは言わないでください。納得がいったら、もしくは体力の限界がきたら、自分で手をとめますから」

そして、それはそのとおりだった。節賀あや子医師は倦《う》むことなく二時間近くもアンケートのチェックをつづけて、ついに出航の時刻となったのである。

真記は三十分ほど前、一度クリニックの外に出た。右舷側のメインデッキは乗客でいっぱいで、埠頭の送迎デッキに集まった見送りのひとたちと手を振り合っている。見あげると、上の階のデッキで手を振る乗客たちの姿が見えた。早くも紙テープを投げているひとたちもいる。

そうしたようすを見ているうちに、尾道港で両親に見送られて、4tトラックの助手席に乗って東京にむかった十八歳の日がおもいだされた。

あのとき十歳だった誠一はおととしの三月に大学を卒業して、さらに大学院で学んでいる。年賀状を含めて、年に二、三度やりとりをしていて、電話で話すこともある。三原のおじさんとおばさんは、一度顔を見せにくればいいと言っているそうだが、真記はとてもそんな気持ちになれなかった。

父と母も生きてはいて、いまも日本のどこかで、ふたりでトラックを走らせているはずだ。数年前、母の体調がすぐれなかったとき、父は路線バスの運転手をしていたという。

年に二度、元日とお盆の中日に、父が公衆電話から三原の家に電話をかけてくる。ただし、どこにいるのかは絶対に言わないので困ると、誠一はこぼしていた。

真記の高崎での連絡先は、誠一から父に伝えてもらっていたが、よほど負い目をかんじているらしく、一度も電話をくれない。おかげで、もう十年以上、真記は両親の声を聞いていなかった。

(ハワイに着いたら、誠一にエアメールをだそう。広島の山本ミサさんにも。それから、この航海を無事に終えて日本に帰ったら、これまで一度も連絡をとってこなかったモンガ亭の大将とママさん、それに木本昭子さんと和子《かずこ》さんの姉妹にあやまりに行こう)

そう誓いながら真記は左舷側の船内クリニックにもどり、見送りのようすを伝えたが、ドクターから返事はなかった。

「船が進みだしましたね」

二度目の汽笛が鳴ってから十五分ほどして、節賀あや子医師がほぼ二時間ぶりに口をきいた。

「あと三十人分くらいですから、東京湾を出るまでには見終わることができそうです」

メドが立ったのがよほどうれしいらしく、白衣のドクターは笑顔を見せた。

「ただ、ちょっと心配なひともいます。膠原病《こうげん》で、いまは小康状態だけれど、体調が悪くなったら点滴をしてほしいから、早めに一度クリニックにうかがいますと、自分から書いてくれています。四十六歳の女性、おひとりで参加、部屋は四階。グランドオーロラ号に乗るのは三回目。おそらくキャプテンはこの方のことをよくわかっているのでしょう。クリニックには点滴用のスタンドが三本あるから、そのうちの一本を、この方の部屋におくようにしましょう。もちろん、ご本人に相談したうえで」

まじめにつとめを果たすことで気持ちをおちつかせた三歳下の医師を、真記は頼もしくおもった。クリニックの窓からも景色は見えるが、アンケートのチェックがすんだら、ドクターをさそって甲板＝デッキに出よう。そして潮風を浴びながら、太平洋を一緒に眺めよう。

ところが、タグボートに曳かれた船の速度はなかなかあがらなかった。いつの間にかタグボートの姿はなかったが、午後になってもグランドオーロラ号は東京湾のなかにいた。

（来た。いよいよ太平洋じゃ）

晴海埠頭で錨をあげたときと同じく、真記には船が外洋に出たことがわかった。午後五時を回ったところで、太陽はかなり傾いている。

一時間ほど前、横須賀《よこすか》港と富津《ふっつ》岬を結ぶラインを越えて、東京湾から浦賀水道に抜けたときは、キャプテンがみずから船内にアナウンスをした。手持ち無沙汰にしていた真記はそれを機に船内クリニックの窓辺に立ち、かのペリー提督が黒船艦隊を率いてあらわれた海域を眺めた。その前後でも波の強さが変わったが、やはりまだ閉じられた水域のなかにいたのだ。

やがて左舷に見えていた館山《たてやま》港の灯台が遠ざかり、グランドオーロラ号はついに太平洋に漕ぎだした。錯覚かもしれないが、この船にかかわっている海水の総量が、さっきまでとは桁違いだという気がする。

（日本と、日本列島と、しばしのお別れじゃ）

一度も外国に行ったことがない真記は胸がはずんだ。しかも初の海外が豪華客船でというのがいかしている。

上州総合病院の医師たちは、じつによく海外旅行に出かけていた。おみやげはたいてい空港の免税店で買ったマカダミアナッツチョコレートだが、行先はハワイ、北米、ヨーロッパ、東南アジア、中国などさまざまだ。

看護師のなかにも、二、三年に一度、海外旅行をするのを励みにはたらいているひとが何人もいた。きっと、節賀あや子医師はおさないころから何度となく海外旅行を経験しているにちがいない。ひょっとして、一族の別荘がワイキキにあったりするかもしれない。

でも、他人《ひと》のことはどうでもいい。奨学金を完済することだけを目標にはたらきつづけてきたのに、こうして仕事でハワイに行けるなんて、まさに夢のようだ。

そういえば、階段道の途中から尾道の海を眺めていて、いつか船に乗って外国に行きたいとおもったことがあった。

やがて空があざやかなオレンジ色に染まり、同じ色の波がゆれた。太平洋上で見るダイナミックな夕焼けに魅入られて、真記はしばし時間を忘れた。

ふと髪にやった手がナースキャップに当たり、われにかえって腕時計に目をやると、五時四十五分だった。あと十五分で診察時間は終了だ。

「初日は、ひとりもクリニックにみえませんでしたね。でも、それは、とてもいいことですよ」

そう言って真記は窓辺を離れたが、節賀あや子医師からの返事はなかった。

一瞬、机にむかったまま寝ているのかとおもったが、そうではないらしい。それなら、なにか考えごとをしているわけで、こういうとき看護師は医師の邪魔をしないのがならいだ。

真記はふたたび窓辺に立ち、じょじょに暮れてゆく海を眺めた。

やがて海は藍色に変わった。一日の終わりにふさわしいおだやかな色合いに、真記はかんじいった。伊豆《いず》諸島の近くを航行しているはずだが、左舷の窓からでは島影は見えなかった。

そのとき、船がガクンとゆれた。船首が下がり、のけぞるように船首が上がる。さらに、ねじれまで加わって、真記は窓枠に手をついた。嵐になったら、どれほどゆさぶられるのだろう。

ロビンソン・クルーソーの時代とは造船技術がちがうのだから、これほどの大きさの船が沈むことはまずありえない。太平洋のまんなかで嵐に遭遇しそうになったら、大きく迂回《うかい》して、直撃を避けるそうだ。そのぶん遠回りになるが、船の食料が不足することはない。

〈かりに十日以上も航海が長引いた場合は、ヘリコプターで水や食料が届けられます。乗客を動揺させないためにも、とりみださないようにしてください。〉

中川さんによる『シップナースの心得』には、そうした注意もあった。

(なにがあっても、あわてんことじゃ。おとうちゃんが破産しても、うちはどうにかなったんじゃ。キャプテンも、海は敵じゃないと言うとった)

自分をおちつかせてからドクターに目をむけると、両手で医学書を押さえている。ゆれは一時的だったようで、真記は窓辺を離れた。

「六時になりましたね。戸締りをしたら、デッキに出てみませんか」

リラックスして、そう声をかけたとたん、ドクターが両手で口を押さえた。椅子から立ちあがり、診察室の奥にある洗面所にかけこむ。トイレのドアを閉められなかったらしく、吐きもどす激しい音が診察室に響いた。

(黙っているとおもったら、船酔いだったんじゃ。きのうの夜、いやに緊張していたのも、船酔いすることが心配だったんじゃ)

合点がいくと共に、真記は看護師モードにもどった。

「だいじょうぶですか？　背中をさすりましょうか」

つい、患者に対するような口ぶりで聞いてしまい、真記は反省した。

しかし、ドクターからの返事はなく、かわりにトイレのドアが閉まる音と、錠をおろす音がした。

「節賀先生、あや子先生。どうか心配なさらないでください。もう診察時間は終わっています。白衣が汚れてしまったなら、わたしが洗います。便座や床も、わたしが拭きますから」

そこでまた吐きもどす激しい音がした。真記は入り口の札を「ＣＬＯＳＥ」にして、レースのカーテンを引いた。そして吐きもどす音がやんだのをたしかめてから、トイレのドアをノックした。

「お願いです。そばに来ないでください。全部、わたしが自分でしますから。あなたは外からクリニックのドアに鍵《かぎ》をかけて、自分の部屋に帰ってください」

息も絶え絶えの声で拒絶されて、「わかりました」と真記は答えた。そして戸締りをして看護服のまま階段をおりたが、クリニックのトイレに残してきた年下の医師のことが心配でならなかった。

出航から四日目になっても、節賀あや子医師の船酔いは治らなかった。ただし空は晴れて、風もなく、波もおだやかで、グランドオーロラ号は太平洋を悠々と航行していた。船酔いを訴える乗客もいなかった。

ドクターはよほど船に弱いようで、軽食をとってもすぐにもどしてしまう。それでも勤務時間内は欠かさずクリニックにいて、スポーツドリンクやお茶を少しずつ飲んでは、カステラやビスケットをかじっている。

そうしていても二、三時間に一度は青い顔でクリニック内のトイレにかけこむのだから、もともと小柄なドクターは、さらに小さくなったように見えた。

残念なことに、二十一世紀になっても、船酔いの特効薬は開発されていなかった。ドクター自身も心配していたようで、車酔いに効く市販薬を持参していたが、効果はなかった。

もしかしたら、多少の効果はあったのかもしれないが、それはドクターの吐き気をとめるほどのものではなかった。

「船室に閉じこもらず、デッキに出て、潮風を浴びながら、水平線を気長に眺める。気分が悪くなったらそばのバケツに吐いて、ロープのついたバケツを海に放れば、波が勝手にきれいにしてくれる。引きあげたバケツの海水を手のひらですくって口をゆすぎ、また水平線を眺めるというのが、古来より唯一の船酔い対策です」

法政大学の講義で鈴木賢三《けんぞう》教授が得意げに話したのを、真記はなつかしくおもいだした。しかし、そんな人目をはばからない原始的な方法をドクターにすすめられるはずがない。バカにされたとおもって、二度と口をきいてもらえなくなったらたいへんだ。

真記だって、中川さんからシップナースをすすめられたとき、まっさきに心配したのは船酔いだった。尾道生まれなので、瀬戸内海を行き来するフェリーにはちょくちょく乗っていて、これまで船に酔ったことはなかったが、だいじょうぶだという保証もない。

シップナースが船酔いで使いものにならないなんて、悪い冗談だ。気性の荒い船員たちに、「この役立たず」とか、「給料泥棒」と罵られたくはない。

上州の人里離れた喫茶店で不安を訴える真記に、「あなたはもうテストに合格しているわ」と看護師長の中川さんは平然と答えた。

「はあ？」と口からもれた声があまりに失礼だったので、「すみません」と真記は頭をさげた。

「いいのよ、わたしもさっき、あなたを車に乗せるときに、これが船酔いのテストだって言わなかったから」

「ええっ」

素っ頓狂な声をあげたが、真記はすぐに事情を察した。

「周子のドリフトは過激だからね。この店までたどり着けなかった女の子が何人もいたみたいだよ。どうにか店に入ってきても、トイレにこもりきりって子もいてさ。かわいそうに」

マスターは昔のレース仲間だそうで、うしろの壁にかかっていたパネルを外して、真記に見せた。

革の白いツナギを着た茶髪の女性が、水色のレーシングカーのボンネットに右手をついている。車体の中央にはオレンジ色の帯、ボンネットに描かれたゼッケン⑳がカッコいい。

「『栄光のル・マン』って昔の映画で、スティーブ・マックイーンが乗っていたポルシェのカラーリングだよ。そっくりの色に塗ってくれって、周子がうるさくてさ」

マスターの文句を聞き流して、中川さんが言った。

「このときはもう看護婦になっていたけれど、レースの日だけ、こんな色に髪を染めて走っていたの。看護婦になろうって決めたのは小学五年生の夏休みで、理由はその二年前に父を病気で亡くしたから。全日制の高校を出たあとに看護大学に入って、初めの二年間はひたすらまじめに授業を受けていたんだけど、これからの長い人生、弱ったひとを助けるばっかりなのかって、看護婦にはよくある袋小路《ふくろこうじ》にハマっちゃってね。それでまずはバイクに乗って、でもバイクは転びやすいから車にして、我流で峠を攻めているうちに仲間ができて、レースに出るようになって」

帰りの下り坂でも中川さんは飛ばしに飛ばしたので、助手席の真記は足を踏ん張りどおしだった。カーブのたびに後輪が大きく滑り、窓を閉めていてもタイヤの焦げた匂いがする。それでも真記は車に酔わなかった。

「医者や看護師は聖職だって言われるわよね。でもね、いくらなれたって、病人やケガ人とばかり接しているのはつらいわ。少なくとも、晴れ晴れとした気持ちや、愉快な気持ちには、めったになれない。わたしはね、危険と隣り合わせの自動車レースをやっていたから、末期がん患者のケアができたの。理屈になっていないけど、わたしとしてはそうだったの。あなたも、なにか解決しようのない問題を抱えているんでしょ。詳しく話してほしいんじゃないの。そんな気がしたから、うちの病棟でもやっていけるはずだっておもったのよ」

自分が船酔いをしない体質であることをおもいだしているうちに、真記は中川さんの告白までおもいだした。

（節賀先生は、どうしてこの船に乗ったんじゃろう。そもそもは親戚のお医者の骨折が原因で、そこにおとうさんとの喧嘩がからんでいるらしいけれど、これじゃあ自分と一族の面目を丸潰しにしとるだけじゃ。名医なのに投げやりだというおとうさんより、よっぽどタチが悪い）

この四日間、真記は同じようなことを何度も考えた。そして、ドクターは、少なくとも往きのあいだはずっと船酔いだろうと覚悟を決めた。

しかしながら、そんな体調でも、節賀あや子医師は最低限のつとめは果たしていた。車椅子の方々は三名ともお尻や太ももに軽い床ずれがあり、できれば毎日処置をしてほしいというので、午前九時すぎに五階と六階まで往診をする。ナースである真記がガーゼをとりかえて、患部の消毒もするのだが、ドクターは患者の容体を診て、カルテに記入する。

エレベーターでの往復も含めた診察のあいだ、節賀医師は船が多少ゆれてもこらえていたが、明らかに顔色が悪いし、口数も少ない。そして往診を終えてクリニックにもどるなり、トイレにかけこんだ。

ほとんど食べていないので、吐くものはないはずなのに、五分十分とトイレから出られない。ようやく出てきたとおもうと、診察用のベッドに横になる。もしくは椅子にかけて、机に突っ伏してしまう。

四階の膠原病の方に点滴をするときも、まずはドクターが診察をする。じっさいに針を刺して、点滴が落下する速度と量を調節するのは真記の役目だが、節賀医師は欠かさず診察に赴いた。努力は立派だが、まさかそれをほめるわけにもいかない。

「どうだい、ドクターの船酔いは」

キャプテンは毎晩九時に内線電話で真記に聞いてきた。

「きのうまでと同じです」と今夜も真記は答えたが、キャプテンはめずらしく話をつづけた。

「往診をしてもらっているお客様たちが恐縮していてね。ドクターに来てもらうのは気の毒だから、ナースだけ寄こしてほしいって、毎日のように言われているんだ。きみの処置は、ちっとも痛くない、それに気立てもいいって評判でね。でも、そうなったら、ドクターの立場がますますないだろう」

「そのとおりだとおもいます」

真記はことば短く答えて、キャプテンもそれ以上は言わなかった。あすも、ドクターは這《は》ってでも往診に行こうとするにちがいない。

ところが、出航から五日目の朝、節賀あや子医師の体力はついに尽き果てて、自室のベッドから起きあがれなくなってしまった。

午前七時にかかってきた本人からの内線電話でそう告げられた真記はすぐ看護服に着替えて一階の船内クリニックにむかい、スタンドと点滴バッグ、それに血圧計を二階まで運んだ。錠は外しておくと言っていたので、真記はノックをして部屋に入った。

あまり見ないようにしていても、かなり上等な部屋だとわかる。真記がいる個室の五、六倍の広さがあり、バスとトイレもついている。大きな窓がとくにうらやましい。

「ごめんなさい。勤務時間外に」

力ない声であやまると、上体を起こしたドクターは聴診器で自分の心音を聴き、真記が測った血圧の値をノートに書きしるした。ふだんから低血圧なのかもしれないが、上も下も値が低い。

「心音や脈拍に異常はないけれど、この患者さんはだいぶ衰弱しているから、点滴をしたほうがいいようですね」

パジャマ姿の節賀あや子医師は笑顔をつくったが、両手で顔をおおうと嗚咽《おえつ》した。一分ほどで泣きやんだものの、気持ちは静まらないようで、真記がそえた右手を両手で握った。小さな手だが、力は意外なほど強かった。

「ドクター。どうか、目をつむって、ゆっくりお休みください。そして、きょうだけは、車椅子の方々への往診をわたしにまかせてください。先方に事情を伝えて、ドクターが目を覚まされてから、わたしがひとりで訪問し、もしも患部に異状が見られた場合は、かならず内線電話でドクターにお伝えして、治療の指示をあおぎます」

ベッドに横たわった節賀あや子医師は天井を見つめたまま、すぐには返事をしなかった。治療に責任を負う医師としては、簡単には納得できないのだろう。真記は返事を催促せず、かたわらにじっと立っていた。

「まずは、わたしに点滴をお願いします。利き腕は右なので、左腕にしてください。そして、九時になったら、車椅子の方々に床ずれの処置をしてあげてください」

「わかりました。通常の処置は施しますが、けっして看護師の職分を逸脱して、医療行為をおこなうことはしません」

真記が力強くうけあうと、節賀あや子医師はようやく納得したようだった。

「本当にごめんなさい。今回のことは、いつか、かならず償います」

そう言ったドクターの両目から、また涙が流れた。しかし、もう嗚咽することはなく、点滴の針が左腕に刺されてから数分後には静かな寝息を立てた。

　そっと部屋を出ると、真記は一階のクリニックから六階のパイロットハウスに内線電話をかけた。


　いつもと同じ午前九時から、真記は六階、五階の順でスイートルームのお客様に床ずれの処置をした。三人とも、患部に異状はなく、真記の手ぎわのよさをほめてくれた。

「あなた、本当にかんじがいいわねえ。ハワイに着いたら、ワイキキのホテルで一緒に食事をしましょうよ。ねえ、おじいさん」と八十二歳のおばあさんがさそってくれた。

　豪華な部屋での処置を終えた真記は階段で七階にあがった。きょうもよく晴れて、白い波を曳いた船は一路ハワイ諸島を目ざしている。はるかに広がる青い太平洋のどこにも陸地は見えない。

　こどものころ、「三百六十度地平線」というキャッチコピーのテレビコマーシャルがあった。アルゼンチンのパンパで撮影した映像が使われていて、あまりの広さに呆気《あっけ》にとられたのをおぼえている。

　いま目にしている「三百六十度水平線」も、ものすごい迫力だ。昼間の海を、窓越しでなく、デッキに出て、ゆっくり眺めるのは、出航から五日目にして初めてだった。ドクターが船酔いで苦しんでいるのに、自分だけ陽光を浴びて、潮風を吸いこむわけにはいかないからだ。もっと長くデッキにいたかったが、真記は五分ほどでエレベーターに乗り、二階で降りた。

ノックをすると、少ししてから返事があった。真記はドクターへの報告をすませて一階のクリニックにもどり、午後六時まで勤務した。

悪い噂ほど速く広まるのは世の常だ。ドクターが重度の船酔いだということは、グランドオーロラ号の全乗客と全乗務員に知られているようだった。そのせいもあってか、来院するひとはいなかったが、診療時間内にクリニックを無人にするわけにはいかず、真記はナースキャップも欠かさずつけて勤務した。

クルーも真記に同情してくれていて、船内ですれちがうと、「やあ、ナース。きょうも一日いい天気だったね」と声をかけたり、「さっきトビウオの大群が飛んでたよ」と教えたりしてくれる。

午後六時以降、真記は自由だが、五百名の乗客に夕食を提供するシェフやウエイター、ウエイトレスは大いそがしだ。清掃員たちもショーの裏方をつとめたりと、夜おそくまでかりだされる。当番ではないクルーはひたすら眠る。

そんなわけで話し相手もおらず、真記は今夜も地下一階にある乗務員用の食堂でひとりの夕食をとった。いろいろなおかずが大皿に盛られていて、そこから好きなだけとって食べる。献立は毎日かわり、とてもおいしいのだが、ひとりというのは、やはりつまらない。タンポポ色のコットンパンツをほめてくれるひともいない。しかたなく、食べ終わると個室にもどり、窓から夜の海を眺めるというのが、お決まりのすごし方だった。

月の光に照らされた海はこのうえなく美しい。波の音も旅情をさそうが、どうしても節賀あや子医師のことが頭を離れない。

「まさか、こんな辛気臭い旅になるとは、おもってもみんかった。杉岡家のお嬢さん、どうしてこの船に乗ったかねえ」

そうぼやいた真記は、「いけん、いけん。こういう小姑《こじゆうと》根性が一番いけん」と自戒した。

「おとうちゃん、おかあちゃん、どこでどうしよる。いいなあ、家がなくても、夫婦でおれて。うちがついとるドクターも、きっとまだ独り者よ。それにしても、どうしてあまで依怙地《いこじ》なんじゃろう。あれじゃあきっと、勤めとる病院でも、まわりに気をつかわせてばっかりじゃ。どうすりゃいいかねえ。せっかくハワイに行けるっていうのに、とんだ災難じゃあ」

窓辺にもたれて、いつの間にかうとうとしていた真記は内線電話で起こされた。

「ナースですか？　大至急、二階のメインダイニングに来てください」

誰とも知れない男性が叫んで、真記はいっぺんに目が覚めた。

「どうしました？」

「コックが包丁で手のひらを切りました。かなり深く、大きく切っていて、出血が止まりません」

「すぐ行きます。あの、ドクターには」

「別の者が伝えています」

その返答を聞いて、真記は胸をなでおろした。もしも船酔いを理由に、ドクターより先にナースに報《しら》せてきたのだとしたら、あとが厄介だ。

真記は大いそぎで看護服に着替えた。つけかけたナースキャップは放り投げ、その勢いで部屋を出て、階段をかけあがる。一階のクリニックに飛びこみ、救急箱をつかんで二階にむかう。

「ナース、こっちです」

メインダイニングの入り口にいた若いウエイターが手を振って、真記を奥に案内した。キッチンのなかでは、椅子に腰かけた若いコックが左手を血まみれにしていた。そばに立つ同僚のコックが言うには、牛の骨についた肉を包丁でこそげ落としていたときに、あやまって手のひらを切った。出血をおさえようと、こうして手首を強く握っているのだが、ちっとも止まらない。

真記はケガをしたコックのそばにかがみ、事情を説明してくれたコックにむかって言った。

「心臓から腕にむかう動脈は、脇の下で、皮膚に最も近くなります。ですから、ここをこういうふうに押してください」

真記は指を伸ばした右手でケガ人の左脇を突くように押した。

「わかりましたか？」

「わかりました」と答えて、同僚のコックが右手でケガ人の脇の下を圧迫した。

「そうです。では、これから消毒をして、左手に包帯を巻きます。そのあとクリニックに移動しましょう」

真記はケガをしたコックの顔に視線をむけた。誰かに拭いてもらったようで、顔には血がついていない。しかし、コックコートには飛び散った血がついているし、相当なショックを受けているようで、こっちを見られない。

「だいじょうぶですよ。出血はだんだんおさまりますから」

（ドクターが使いものになるかどうか。傷口を縫っている最中に吐いたら、それこそ一大事じゃ）

内心の不安を押し隠して、あらためて患部を見ると、左手の人差し指と中指のあいだがぱっくり割れている。もしかすると腱《けん》が切れているか、腱に傷がついているかもしれない。しかし、その確認よりも、まずは応急処置だ。腱のことを言えば、ケガ人がさらに動揺してしまう。

真記は傷口を消毒すると、包帯をきつめに巻いていった。

「ドクター！」

誰かが声をあげて、その場にいた全員が出入り口のほうを見た。真記はちょうど包帯を巻き終えたところだった。

「おそくなりました。ナース、ケガ人は動かせますか」

白衣を着た節賀あや子医師はこれまで見せたことのない毅然とした表情で聞いてきた。

小柄なからだが大きく見える。

「それは、だいじょうぶだとおもいます」

真記が答えるや、「あなた、自分で立って歩けそうですか」とドクターがケガをしたコックに聞いた。

「立てるとおもいます」

「では、行きましょう。手のひらや指の切り傷で、輸血が必要になるほど大量に出血することは、まずありません」

ドクターは確信に満ちた声で言った。ケガ人はまだ心配そうにしているが、同僚に支えられて立ちあがり、ゆっくり足を進めている。

「みなさんは、どうぞ仕事を再開してください。クリニックまでつれて来ていただければ、あとはわたしとナースで処置をしますので」

ドクターはケガ人に寄りそって歩き、救急箱をさげた真記はそのすぐうしろを歩いた。

エレベーターの手前に軽装のキャプテンがいて、「よろしくお願いします」とドクターに頭をさげた。

エレベーターに乗ってふりかえると、キャプテンやシェフをはじめとする大勢の乗務員が心配そうにこちらを見ていた。

「まず、傷口をもう一度しっかり消毒して、そのあと麻酔注射をします。これほどの切り傷ですので、一時的に痛覚が麻痺《まひ》しているとおもわれますが、痛かったら遠慮なく言ってください。がまんできないようでしたら、からだと腕をベッドに固定します」

節賀あや子医師が言うと、ケガをした若いコックは不安げにうなずき、クリニックのベッドに横たわった。つきそってきた同僚はドアのところで帰ってもらった。

「ナース。手のひらが上をむくように、手首のところを軽く押さえてください。コックさん、あなたは目をつむってください」

真記はドクターの指示どおりにした。ケガ人もきつく目をつむっている。節賀あや子医師は包帯をするするとほどき、傷があらわになった。

かなり深く切っていて、手のひらがまっぷたつに裂けたようだ。ドクターがオキシフルで患部を消毒しても、ケガ人は痛がらなかった。

「腱は切れていませんね。傷もついていません」

切断面にペンライトを当てて詳しく診ていたドクターが言い、「よかったですね」と声をかけた。

「ありがとうございます。牛刀の先がそれて、手のひらに入ってしまって、一瞬、指が飛んだかと思いました」

ひとまず安堵したケガ人が目をつむったまま呼吸をととのえている。そのあいだに真記は麻酔注射の用意をした。

「腱は、麻酔薬を打つと、急速に収縮する性質があります。ですから、もしも腱にわずかでも傷がついていたら、もちろん完全に切れていた場合も、最初に麻酔なしで腱を縫う手術をしなければならないところでした」

衝撃的な説明に、若いコックがふるえた。一方、ドクターはなれた手つきで注射器に麻酔液を吸いあげ、大きく裂けた傷口のまわり六ヵ所に針を刺した。

「くりかえしになりますが、腱は一本も切れていません。それに、いま診たかぎり、どの腱にも傷はついていません。ただ、筋肉を相当深く、長く切り裂いてしまっているので、三段階で縫合をしていきます。一番深い場所を最初に縫い、その少し上を縫い、最後に皮膚の近くを縫います。トータルで一時間から一時間半ほどかかりますが、そうしておいたほうが、もとに近い感覚で指を動かせるようになるはずです」

そこで船がガクンとゆれたが、ドクターは微塵《みじん》も動揺を見せなかった。

(このひと、プロじゃ。マジですごい。自分の専門分野になったら、気合いが入って、船酔いなんて、どっかに飛んでいったんじゃ。あんなに苦しんどったのに)

「ナース、あなたの頭やからだでライトをさえぎらないように気をつけてください。相当細かい作業になりますから」

ドクターはバッグを開き、針を選んでいる。縫合用の針は釣り針のように湾曲していて、お尻に縫い糸がついている。大きさや太さの異なる針が二十種類以上も並んでいて、真記は目をみはった。小さい針ほど細く、ピンセットでつまんで縫っていくのだが、産毛のように細い針もある。

「こどもの顔を縫うこともありますから。この一番小さな針と糸、二番目に小さな針と糸は、メーカーと研究を重ねて特注でつくってもらったものです。糸は、抜糸をしなくていいように、月日がたつと自然に溶けて、からだに吸収されてゆく特殊な素材です」

とくに誇るでもなくドクターは説明をして、こちらも特注品らしい拡大鏡をかけると、三番目に小さな針をピンセットでつまんだ。そして、そこからはいっさい口をきかずに、全神経を指先に集中させて傷口を縫合してゆく。

最初のうち、ドクターはわずかに船がゆれるだけでも手をとめていたが、やがてコツをつかんだらしく、多少のゆれでは手をとめなくなった。

ケガ人の左腕を押さえながら、真記は目をこらして針の動きを追った。裸眼で左右とも1・5あるのだが、あまりに細かく縫うので、一本一本の糸を識別できない。

ドクターも一針縫うのに二度三度と針を持ちかえて、そのたびにピンセットでつまんだ感触をたしかめて、慎重に縫っていく。技術の精度も高いが、気迫がすごい。十五分、二十分と縫いつづけても、微塵も乱れがない。

これまで真記は、脳出血での開頭手術や、心臓のバイパス手術でもナースをつとめてきたが、節賀あや子医師は「エース」と呼ばれる手練れの執刀医たちに共通する自信と風格をみなぎらせていた。けさ、ベッドから起きあがれずにべそをかいていたのがうそのようだ。

「一番深い場所は縫い終わりました。針をかえるので、少し休みます。コックさんも、いったん起きていいですよ。それから、ナース、すみませんが、タオルスチーマーのおしぼりと、冷蔵庫のポカリスエットをとってください」

「はい」と答えて、真記はとりだした熱々のおしぼりをさっと広げて粗熱をとり、すばやくたたんでドクターに手渡した。腕時計に目をやると午後九時になるところで、三十分ほど縫いつづけていたことになる。

「コックさんにも、なにか飲み物をさしあげてください」と言ったドクターは椅子にもたれて、おしぼりを目に当てている。

「では、ドクターと同じものをください。それから、ぼくは藤田洋一といいます。見習いのコックですし、油断して大ケガをしてしまう未熟者ですが、名前があります」

「それは失礼致しました」

ドクターはてらいなくあやまり、真記は蓋を開けたペットボトルを藤田さんに渡した。

「ところで、藤田さんは、厨房《ちゆうぼう》ではどのポジションを担当されているんですか」

のどをうるおしたドクターが聞くと、「ソースをつくるコックをソーシエといいますが、ぼくはソーシエのアシスタントで、フォンの担当です。さっきは仔牛《こうし》の骨の下処理をしていて、しくじりました」との答えがかえってきた。

「あらすごい。グランドオーロラ号のキッチンでフォンをとっているなら、世界中のどこのレストランでも雇ってもらえるわ」

ひっこみじあんがうそのように、節賀あや子医師がはしゃいだ声をあげて感心している。しかも少々上から目線だ。

真記も話に加わりたかったが、高級料理に縁のない暮らしをしてきたので、残念ながら藤田さんのすごさがわからなかった。

「それじゃあ、未来の、いいえ、近い将来の名シェフの腕がますますあがるように、よっぽどきちんと縫わないといけないわね」

とびきり愉快そうに言って拡大鏡をかけると、節賀あや子医師はふたたびピンセットを手にとり、今度は小さいほうから五番目の針をつまんだ。この針についている糸も自然に溶けるが、最後に皮膚を縫う糸は太いので一週間後に抜糸をしなければならないという。

ドクターの自信が診察室に満ちて、藤田さんもすっかり安心している。まるでもう治療がすんで、手のひらの傷がくっついたようだ。

この安心感が、船内クリニックからグランドオーロラ号のすみずみにまで広がり、節賀あや子医師に対する悪いイメージが一掃されてほしいと、真記はせつに願った。

「拡大鏡って曲者《くせもの》なんです。あんなに細くて軽い針と糸でも、ふつうの縫い針と木綿の糸くらいの大きさに見えて。でも、指先に伝わる感触は、ほんのわずかなわけですよね。その差が、頭ではわかっていても、うまく埋まらないときがあるんです。ですから、自分が接している世界をとらえるときに、視覚をメインに据えるのではなくて、指先が受けるかすかな感触のほうを基準にして、そちらの細かな目盛りに視覚を合わせていくんです」

前夜の手術について、ドクターはていねいなことばづかいで雄弁に語り、真記もおもしろい話だとはおもったが、すっかりわかったかといえば、はなはだあやしかった。

ふたりは船内クリニックのすぐ外、左舷側のメインデッキで昼食をとっていた。

オフィサーであるドクターは三食ともメインダイニングで食事が提供される。ただしメニューから選ぶのではなく、オフィサー用の定食だ。そして真記も、この航海のあいだ、昼食は同じものを食べさせてもらえることになった。シェフの厚意によるもので、コックの藤田さんを治療したことへのお礼であるのは言うまでもない。キャプテンも、シェフの申し出をふたつ返事で了承してくれたという。

「コックで、左手に傷のないやつは、ひとりもいません。みっともないのでお見せしませんが、わたしの左手も縫い傷や、やけどのあとだらけです。でも、昨夜の藤田の切り方はあんまり酷《ひど》かったから、腱をやっちまって、後遺症というか、指が満足に動かなくなったらどうしようって、本気で心配したんです。それを、こんなにきれいに縫ってくださいまして。わたしの古傷もドクターに縫い直してもらいたいくらいですよ。それに、ナースのおちついていたこと。これっぽっちもひるまずに応急処置をしてくださって。本当にありがとうございました」

きょうの午前十時すぎ、シェフは藤田さんにつきそって船内クリニックにあらわれた。

節賀あや子医師の指示にしたがい、真記は藤田さんの左手に巻かれた包帯をといた。長さが五センチはある切り傷はものすごい細かさで縫い合わされていて、真記はあらためて目をみはった。シェフも食い入るように見ていて、そのあと感謝を述べた。

藤田さんには、一日の休みが与えられている。食品にたずさわる仕事では、縫い傷を負った者は、翌日の仕事につかせないのだという。

そんな話をしたあと、シェフはあらたまって、きょうからナースにも昼食をメインダイニングでとっていただきたい。オフィサーにだしているものを提供すると言ったのだ。

「おふたりとも、華がありますから、ダイニングがにぎやかになります。相席を希望されるお客様がおられましたら、どうかお受けください。みなさま、ご年配で、お若い方と話すのを楽しみにされています。わたしも大いに腕をふるわせていただきます」

真記は誰と相席になってもかまわなかったが、シェフが先に帰ったあとに、節賀あや子医師は本気でいやがっていた。ひっこみじあんという、真記が見立てた性格はまさに図星で、藤田さんの治療中に軽口を叩いたのは、手術中にだけなる一種の躁《そう》状態のようなものだという。一、二時間しかつづかず、しかもひとりになったあとに落ちこんでしまう。

それにシェフは忘れていたのだろうが、白衣や看護服ではメインダイニングに入れないはずだ。出発式のあと、まだ一度もメインダイニングで食事をとっていないので、定かではないけれど、おそらくまちがいないと、節賀あや子医師は硬い表情で言った。

白衣の下はブラウスとスラックスのドクターとちがい、ナースは看護服だ。しかも真記は普段着として、よれよれのジージャンとジーパン、それにエスニック風の服しか持ってきていない。

そこで藤田さんも含めた三人で相談した結果、きのうの夜半に牛カツサンドをいただいたときのように、船内クリニックの外側のメインデッキにテーブルと椅子を置いて、そこで昼食をしたい。メインデッキの幅は広く、それに反対の右舷側が表になっているので、乗客やクルーの通行の邪魔にもならないのではないかという話におちついた。

藤田さんがシェフにじょうずに話してくれたようで、それにテーブルを日陰にするパラソルについても、仲のいいスタッフに頼んでくれたという。

おかげで真記と節賀あや子医師は毎日ふたりだけでおいしいランチを食べられることになった。

「あや子さんは、もっとずぼらになればいいんですよ。几帳面《きちょうめん》でいるのは、手術のときだけにして。まあ、じっさいには無理でしょうけど。几帳面で、自意識過剰で、それでいて、そういう自分が本当には嫌いでないんです」

船内クリニックのすぐ外側に置いたテーブルで、おいしいオムライスを食べながら、真記はドクターの欠点を遠慮なく指摘した。節賀あや子医師も肚を立てたりせず、平然と言いかえしてくる。

「真記さんのような叩きあげにはわからない悩みもあるんですよ。もっとも、あなたは病院の食事にもどれなくなってしまうと、真記は心配になった。

昨夜の午後十時すぎ、藤田さんの治療をすっかり終えたあと、ドクターが空腹を訴えた。正しくは、空っぽの胃袋が食べ物を求めて大きな音を立てたのだ。

「ごめんなさい、なんてはしたない」

一種の躁状態にあった節賀あや子医師は、恥ずかしがりながらも、はしゃいだ声で言った。

「あの、メインダイニングのキッチンに内線電話をかけて、笠井《かさい》というコックをここに呼んでもらえませんか。さっき、ぼくに肩を貸してくれたやつです」

三角巾で左腕を吊《つ》った藤田さんに頼まれて、真記は受話器をとった。そして、すぐにあらわれた仲間のコックに、藤田さんは牛カツサンドを二人前注文したのだ。

「お待たせ致しました」

シェフ自らがクリニックに届けてくれて、真記たちは恐縮した。シェフのうしろには銀のお盆を持った笠井さんが控えている。牛カツサンドは聞くのも見るのも初めてだが、食欲をそそる、すばらしい匂いがした。

「持ち場を離れられなかったとはいえ、気が利かず、まことに申しわけありませんでした。よろしければ、二階のメインダイニングに席をご用意します。このサンドイッチにすばらしく合うドイツの黒ビールもございます。もう、お客様もおられませんので」

シェフの申し出はうれしかったが、真記は疲れきっていた。ドクターはもっと疲れているはずだ。

「わたしはずっと食べていませんので、ビールまでいただいては、からだがビックリしてしまいます。それに、できれば、そのあたりのデッキにテーブルと椅子をだして、気軽にいただきたいと」

ドクターの願いを容《い》れて、シェフは笠井さんにテーブルと椅子を用意させた。

藤田さんがシェフと笠井さんにともなわれて帰ったあと、夜のメインデッキで、節賀あや子医師とふたりで食べた牛カツサンドは、とてつもないおいしさだった。がぶりと嚙《か》みつけるのに、高級感があって、栄養も満点で、とにかく最高だった。

「あなたにならば話せそうなことがたくさんあるのですが、今夜は休みます。おなかがいっぱいになったら、眠たくて」

「そうですね、ゆっくりお休みください。でも、もしかすると、あすの朝もベッドから起きあがれないかもしれませんよ」

真記がからかっても、節賀あや子医師はおだやかな笑顔を崩さなかった。

「出航の前夜から、ご迷惑ばかりかけて、本当に申しわけありませんでした。でも、真記さん、あなたが今回のシップナースで本当によかった」

真記を名前で呼んだドクターが右手を差しだした。

「あや子さん。先ほどはすばらしい技を見せてもらい、看護師冥利に尽きるおもいをしました」

真記が右手を重ねると、ふたりはたがいの手をしっかり握り合った。

「ありがとうございます。おやすみなさい」

小柄なドクターの目はうるんでいた。

「おやすみなさい」

真記は自分の声音のあまりのやさしさにビックリした。


きのうの夜、そうして別れたふたりは、きょうの午前九時、親友どうしのように一階の船内クリニックで顔を合わせた。そして六階と五階に往診にむかい、ていねいに床ずれの治療をした。

そのあと、ふたりは六階のパイロットハウスをおとずれた。キャプテンをはじめとするクルーは、船酔いを克服したドクターを笑顔でむかえてくれた。

そして一階の船内クリニックにもどると、藤田さんから内線電話があり、これからシェフとともにうかがうと言われたのだ。ランチはオムライスで、つけ合わせのシーザーサラダもとてもおいしかった。

晴海埠頭を出航してから七日目になり、あすの午後には日付変更線を越えるという。緯度も下がり、グランドオーロラ号は北回帰線付近を航行していた。それだけ赤道に近い場所を航行しているわけで、暑いのは当然だ。

けさから、真記は半袖の看護服にしていた。一方、節賀あや子医師は長袖の白衣を羽織ったままだ。日焼けが嫌いで、夏の日中はめったに外に出ないという。スポーツはするのも観《み》るのも好きではない。そんなところも両親と合わなくて、おとうさんもおかあさんも大のゴルフ好き。親戚や医師仲間と全国各地のコースをラウンドするのをなによりの楽しみとしているという。

きのうのオムライスにつづき、きょうのシーフードグラタンもおいしくて、食べ終わるころにそんな話題となり、ふたりはそのまままつづきを話すことにした。そのまえに一緒に一階の売店に行き、コーヒーとチーズケーキを買って、おしゃべりの準備はととのった。

あや子さんがグランドオーロラ号の船医を志願したのは、おとうさんとの喧嘩が原因だという。それ以前からお見合いをしつこくすすめてきていたが、その日はとくにしつこかった。

相手は医師でなくてもいいが、とにかく三十歳のうちに結婚してもらわなくては困る。節賀の名字も継がなくていいが、とにかく三十一歳になるまえに婚約はしてもらう。そうでないと、とてもおちつかない。こどもができるか、できないかも運だから、それにもこだわらないが、とにかく身をかためてくれないと困る。

三月初めの土曜日の晩で、夕食のあと、おとうさんにリビングに来ないかとさそわれたときから、いやな予感がしていた。医師仲間の娘さんが、それぞれ二十八歳と二十九歳で結婚したそうで、あや子さんが今度の四月で三十歳になるため、おとうさんは大いにあせったらしい。

以前は女性の婚期は二十五歳がぎりぎりで、二十六歳になると、もらい手がグッと減る。それを例えて「クリスマスケーキ」という。二十四、二十五日には競って買うが、二十六日だと誰も見向きもしないのだと、夕食のときからビールをかなり飲んでいたおとうさんはよく聞く話をしたり顔で語り、世のなかは変わったが、それでも女性の婚期は三十歳が限度だと言いきった。

「おかしな理屈よね。好きなひとと、いつどこで出会うかは、それこそ運命でしょ。それなのに、勝手に年齢制限を持ちだして」

あや子さんがそうした主張をしたところ、おとうさんが反論した。

「それはふつうの女性の話だ。おまえのような、皮膚の縫合が三度の飯より好きという変わった女が、まともな男の目にとまるとはおもえない。なにより病院では出会いが少なすぎる。だから、とにかくたくさん見合いをして、へたな鉄砲も数撃ちゃ当たるの作戦でいくべきだ。この一年間は仕事を多少怠けてもいいから、お見合いに精をだしなさい。そうでないと、本当に売れ残る」

一方的な物言いに、あや子さんは本気で頭にきた。そして、自分の仕事に熟達しようとして努力を積み重ねることのどこがおかしいのか言ってほしいと求めたところ、おとうさんはグラスのブランデーをぐいっと飲みほした。

それを見て、ずっと黙っていたおかあさんが娘をいさめた。

「あや子、もうやめなさい。どうなっても知りませんよ」

おかあさんの注意にも耳を貸さず、あや子さんはおとうさんに迫った。おかあさんはあきらめて、リビングから引きあげた。

おとうさんの言いぶんはこうだ。ほかの形成外科医はともかく、おまえは自分がかかわる医療を皮膚の縫合という小さな領域に限定して満足している。漢方では、古来より、人間のからだを分割できない一体のものとして扱ってきた。その考え方は、最近の西洋医学にもとりいれられているが、おまえの姿勢はそれに逆行するものだ。

そうしたせまい考え方で医療にたずさわっていては、人間のからだ、そのからだと共にあるそれぞれの人生、やがておとずれる死、そして現在の人間のからだを形づくってきた人類のはるかな営みといったものに対する認識が深まっていくはずもない。

「要するに、おまえは人生から逃げているんだ。その若さで、当代一の縫合師とほめそやされて、さいわい天狗《てんぐ》にはなっていないようだが、自分がかかわる領域を皮膚に限定することで、広く深い人生にますます背をむけようとしているんだ」

そう決めつけたおとうさんは、おまえには皮膚の縫合以外はつとまらない。高度な技術を求められはしても、ほとんどの患者とほんの数時間しかかかわらない医者など、医者とはいえないと畳みかけた。

「そりゃあ、とんでもない偏見じゃ。まともな医者が言うことじゃない」

おもわず広島弁が口をつき、ドクターが目を丸くしている。

「ええと、わたしは広島県尾道市の出身なんです。あの、初めてお会いしたときに言ったように、わたしのことは、これからの旅のまにまに追って話しますので」

あわてて標準語で弁解する真記にうながされて、あや子さんはつづきを話した。

父親のあまりの暴言にあきれ果てていると、母親がリビングにもどってきた。

「あなた、ちょっと」

神戸の杉岡の本家から電話があって、グランドオーロラ号の船医をつとめるはずだった類縁の医師が脚を骨折した。先代の当主をはじめ、ずいぶんお世話になった客船なので、代役を探しているのだが、出航が三週間後と差し迫っている。旅程は三十日と短いが、年度末と年度初めをまたぐので、どうにも代役が見つからない。そちらの知り合いで適当な医師がいたら、ぜひ教えてほしいという。

「グランドオーロラ号か。ぼくらもお世話になったし、おまえにも、あのすばらしい船のことは話したはずだ」

おとうさんは感慨にひたり、さらにつづけた。

「なあ、あや子、ああした豪華客船の船医こそ、まさに人生を知り尽くした者でなければつとまらない役目だよ。乗客はリタイヤした成功者がほとんどだが、みなさん、山あり谷ありの人生をくぐり抜けてきた強者《つわもの》ばかりさ。成功者を、金づかいの荒い厚顔無恥な人間のように蔑む風潮があるが、バカバカしいにもほどがある。かのリンカーンの名言に、本当にひとを試したかったら、権力を与えてみることだ、というのがあるが、至言だね。権力に加えて、富と名声も与えてみよとつけたしたいが、意味は同じさ。そこそこの成功をおさめるのは、じつはそれほど難しくない。本当に難しいのは、成功に踊らされないことなのさ。そうした人生の達人たちは、じつによくひとを見抜く。生半可な医者には、自分のからだを診させやしないよ」

おとうさんは酔いにまかせて自分の信念を語ったが、あや子さんの怒りはおさまらなかった。

「それなら、わたしが行きます。グランドオーロラ号の船医がつとまったら、もう二度と、わたしのやることに口をださないでください。結婚しろとか、見合いをしろとか、いっさい言わないでください。わたしの仕事を蔑むことも絶対に言わないでください」

「バカバカしい、おまえなんかをあの船にやれるか。おまえひとりが大恥をかくだけではすまなくて、杉岡の家名に泥を塗ることになる。それも、ちょっとやそっとでは落ちない泥をべったりと塗ることになる」

たっぷり飲んだおとうさんはそこで寝室に引きあげてしまった。あや子さんは、おかあさんを説得にかかろうとしたところ、意外なことにまるで反対されなかった。

「だって、あなたの人生なんだし、それこそ運命なんじゃない」

あっさり了承されて、あや子さんはあとに引けなくなった。その晩のうちに本家に連絡をとり、自分が行くことで話をつけた。

翌日、昼まで寝ていたおとうさんは娘が蛮勇をふるったことを知らされて青ざめたが、本家のほうでは渡りに船と、旅行会社に伝えてしまったという。

やむをえず、おとうさんはグランドオーロラ号のキャプテンを訪ねた。そして、包み隠さずことのしだいを話し、ご迷惑をおかけするが、よろしくお願いしたいと頭をさげた。また、かつて自分が勤めて、現在はあや子さんが勤務する県立病院にも出向き、どうか娘のわがままを聞いてやってほしいと頼んだ。

そこまでを聞くうちに、真記は父親と娘の関係がうらやましくなっていた。おとうさんの発言はまさに言いがかりだが、ひとり娘の今後を心配して、殻を破ってほしいという気持ちから出たものだと解釈すると納得がいく。

親戚の医師が骨折したのは、おかあさんが言い当てたとおり、「それこそ運命なんじゃない」というしかない出来事であり、おとうさんも予想しなかったかたちで、あや子さんは自分の殻を破る旅に出ることになったわけだ。

あや子さん自身、それはわかっているはずで、本当におとうさんを憎んでいるのなら、自分から話すはずがない。そもそも、おとうさんが言ったことを、こんなに詳しく記憶しているはずがない。

そうした気持ちをこめて真記がうなずいてみせると、あや子さんが顔を赤らめた。

「とにかく、そんなだったから、出航初日の夕方に船酔いになったときは、本当に海に身投げをしたいほどだったのよ」

「それはホンマにそうじゃろう、というふうに、広島弁では言うんです」

真記が笑うと、あや子さんも笑った。

航海は順調で、予定どおり、三日後にはハワイのオアフ島に着く。ということは、あさってが節賀あや子医師の三十歳の誕生日だ。真記はすでにキャプテンやシェフにそのことを話していた。もちろん、ドクターには内緒だ。

キャプテンたちは、船内でのショーやレクリエーションを企画するクルーズディレクターに相談して、四階と五階を吹き抜けにした「オーロラホール」でのイベントを企画しているらしい。その内容は、真記にもまだ知らされていなかった。どんなものであっても、いまのあや子さんなら、乗客やクルーたちと一緒に楽しんでくれるにちがいない。

「ドクター、ナース」

ふいに呼ばれて見ると、コックコートを着た藤田さんと笠井さんがメインデッキをこっちに歩いてくる。藤田さんは左手にゴム手袋をしているが、きょうから仕事に復帰すると聞いていた。

「そのシーフードグラタン、ぼくと笠井でつくったんです。おいしかったでしょう」

立ちどまった藤田さんが言って、ふたりが胸を張った。まっ白いコックコートが南洋の陽光を受けて輝いている。身長はどちらも百七十センチくらい。ひきしまった体形もよく似ている。

「とてもおいしかったわ。エビやホタテの下ごしらえがちゃんとしてあって。上出来のシャンパン蒸しみたい」

あや子さんがはっきりした声でほめた。

「さすがに、お目が高い」

藤田さんが言って、笠井さんとハイタッチをかわした。

「ナースも、おいしかったですよね」

笠井さんが照れたような声で聞いてきた。短髪にした丸い頭に、かしこそうな目が印象的だ。

「ええ、もちろん。こんなにおいしいグラタンは初めてです」

真記が言うと、若いコックたちはお皿をさげて、仕事にもどっていった。

（一隻の船に、ドクターとナースがひとりずつっていうのは、あんがいええもんじゃなあ。うちの病院で「ナース」って誰かが呼んだら、五、六人が同時に顔をむけるじゃろう。いやいや、そんなふうにぞんざいに呼ばれたら、みんな肚を立てて、誰も振りむかんか）

真記は自分がなにか考えつこうとしているとおもった。それは、いま考えても、おおよそわかる気がしたが、あわてて結論をだしてしまわなくてもいい気がした。往きがまだ三日、ハワイで十日、さらに帰りが十日あるのだ。

(ホンマに、ひまはだいじじゃなあ)

真記は船での遠出をさせてくれた先輩看護師に、ただただ感謝していた。

第四章　利尻ホーム・カミング

「真記《まき》さん、ぼくと結婚してください」
レストランのテーブルで相手が言った。メインのステーキがはこばれてきて、ウエイターが真記、相手の順でお皿をおき、和牛のフィレ肉をレアに焼いたものだと説明してさがったばかりだ。

正方形のテーブルで、真記は大きなガラス窓を正面に見てすわっている。相手の男性は左側の辺にいる。こういう位置関係で、ふたりで食事をするのは生まれて初めてだ。一辺が一メートルほどで、ひじを接しているわけではないが、なんだか照れくさい。ドレスコードのきびしくないランチの時間帯とはいえ、歴史ある上野精養軒《せいようけん》のグリルなのだ。

そのドキドキが、オードブル、スープと進むうちにしだいに静まり、ようやくワインもおいしいとおもえるようになってきて、会話もはずみ、いよいよメインだというこのタイミングで、ふいにプロポーズを受けたのである。

どう応じるべきかわからず、真記は顔を伏せた。むき合ってすわっているなら、これで顔を隠せる。ところが、この角度だと、笠井《かさい》さんに横顔を見られてしまう。でも、伏せた顔を背けることまではしたくない。

そこで真記は顔をあげたが、お皿に目をむけても、お肉に焦点が合わない。正面に広がる不忍池《しのばずのいけ》に視線をうつしても、やっぱりよく見えない。感動しているのではなく、真記はただただ驚き、とまどっていた。

笠井さんとの結婚がいやなのではない。いまから六ヵ月ほどまえ、四月二十七日の午後三時すぎ、予定どおりの日時にハワイから帰着した晴海埠頭《はるみふとう》の客船ターミナルで、真記は封筒を手渡された。ハワイ感満載のカラフルな封筒はふっくらしていて、五、六枚は便箋が入っていそうだ。

「高崎の病院に帰ってから読んでください」

笠井さんに言われて、そのとおりにすると、万年筆によるしっかりした文字で、熱烈な好意がつづられていた。晴海埠頭から乗った路線バスのなかですぐに読んでいたら、頭がぼうっとなり、東京駅で迷子になっていたかもしれない。

グランドオーロラ号は船体を整備して、食材なども積み直し、二週間後、ふたたびハワイにむかう。同じく三十日間の旅程で、それがこの格調高い豪華客船の最後の航海になる。お返事は、そのあとにいただきたい。宛先として、静岡県浜松市のホテルがしるされており、そこの最上階にあるレストランが笠井さんの新たな仕事場であることはすでに聞いていた。

ひと月半のあいだ、真記は何十回も返事の下書きをした。そのたびに船のデッキやワイキキビーチでの笠井さんの姿が目に浮かぶ。おかげで、ハワイ諸島を周遊しながら考えていた看護師としての将来設計は頭の奥に引っこんでしまった。

【いただいたお手紙を毎日読みかえしています。どのようなおつき合いになってゆくのかわかりませんが、よろしくお願い致します。】

結局、ごく短い返事をしたためて、そこに購入したばかりの携帯電話の電話番号と電子メールのアドレスを書きそえた。

ポストに投函《とうかん》した三日後、笠井さんからの電子メールが携帯電話に届いた。

〈お手紙拝受。うれしく、ありがたいお返事に安堵《あんど》しています。電話をしたいので、都合のよい日時を、電子メールで知らせてください。〉

あいにく夜勤に当たっていたため、前夜の九時半に届いた電子メールを読んだのは翌朝の九時すぎだった。

〈今夜も夜勤なので、いまから午後四時までは、いつでもだいじょうぶです。〉

休憩室のパイプ椅子にかけて、不慣れな手つきで携帯電話を操作して送信すると、すぐに返信が届いた。

〈二十分後にかけます。まずは、ひと息ついてください。〉

（やさしいんじゃなあ）

こちらの事情を察した気配りにそうつぶやき、真記は看護服のまま、上州総合病院の裏手に建つ二階建ての寄宿舎に帰った。

横に長い建物には、女性ばかり八十名ほどが寝起きしている。看護学校の生徒は三人部屋で、准看護師と正看護師は個室。二十歳《はたち》のときからいるので、もう十三年目になる。たいていは同棲《どうせい》や結婚を機に出てゆくのだが、浮いた話のない真記は寮長という肩書で居ついていた。

例によって、同性の後輩たちから慕われて、ありがたい反面、いろいろ相談を持ちかけられる。とくに困るのが恋バナで、一度もステディーな間柄になったことのない真記に男女交際の機微がわかるはずもない。もっとも、後輩たちも的確なアドバイスを期待しているわけではなく、親身に話を聞いてあげれば、それで満足しているようだった。

二階の角部屋だから、笠井さんとの電話を盗み聞きされる心配はない。ただ、倹約家の真記が携帯電話を買ったことは、若い看護師たちのあいだですでに噂《うわさ》になっていた。

「先輩、ついに、できてしまいましたか、彼氏が」

夕方の食堂で、テーブルのむかいにすわった後輩が唐突に聞いてきたのは、笠井さんへの返事を投函した翌日だった。

「えっ、なに？」

一日はたらいて疲れていたので、真記は自然に反応した。

「またまた、とぼけないでくださいよ。先週の火曜日に高崎駅前のお店で携帯電話の契約をしていたところに、たまたま居合わせた子がいるんです。先輩、シップナースでハワイに行ってから、顔が明らかにやさしくなりましたよね。航海中に出会いがあったんだ、いったいどんなひとだろうって話題で、わたしたち持ちきりなんですからね」

図星を指されて、真記は顔がほてった。

「先輩、いくらなんでも、わかりやすすぎます。もう、張り合いがないなあ。ダメですよ、つまんない男にだまされちゃ。困ったら、いつでも相談に乗りますからね。ちなみに、わたしの予想は、船内のステージで演奏していたミュージシャンです。ボーカルやリードギターじゃなくて、ベースを地味に弾いている年上の渋いひとなんですけど、あれっ、こっちはかすりもしなかったみたいですね」

真記より五つ六つ若い看護師はそれ以上しつこく聞いてこなかった。それでもきっと、噂が噂を呼び、さらに広まっていくのだろう。

「潮時で、いいかげん、ここを出たほうがいいってことじゃ」

二日前の出来事をおもいだしてぼやいていると携帯電話が鳴った。〈笠井俊也《しゆんや》〉とディスプレイに表示が出ている。この携帯電話にかけてきたのは、三原《みはら》にいる誠一《せいいち》と広島のミサさん、それに医師の節賀《せつが》あや子さんにつづいて四人目だ。

「真記さんですか。ぼく、笠井です。お手紙、ありがとうございました」

笠井さんはよほど緊張していた。それに電話だと、声が少しちがって聞こえる。

「いいえ、こちらこそ。あの、晴海埠頭で渡されたお手紙、言われたとおりに、こっちに帰ってから読みました」

緊張しているのは、真記も同じだった。でも、いきなりなれなれしく話すよりは、じょじょにうちとけていくほうがいい。

「ありがとうございます。あの、これからも、こんなかんじで電話をさせてください」

以来、おたがいのスケジュールに合わせて電話をしてきた。週に一度、二十分以内と言いだしたのは真記のほうで、いつもむこうからかけてくれる笠井さんの電話代を心配してのことだ。それに制限があるほうが、飽きがこなくていいのではないか。作戦は当たり、真記は次回の電話が待ち遠しくてならなかった。

上州総合病院では、看護師は日勤と夜勤の二交替制だ。シフトは月単位で決まっているが、各々の都合により、しばしば変更される。翌日の日勤が夜勤に変わることもめずらしくない。そのため、笠井さんとの電話も、日時の変更を余儀なくされたことが何度もあった。

そうしたやりとりを電子メールでかわしながら、今度はなにを話そう、笠井さんになにを聞こうと考えるのが、真記は楽しかった。むこうが四つ半も年下なのに、それを意識せずに話せるのが、自分でもふしぎだった。

もちろん会って話したいが、幸か不幸か、群馬県高崎市と静岡県浜松市はかなり離れている。しかも、ホテルのレストランは基本的に年中無休だ。週末や祝祭日には結婚式や歌謡ショーなどもあるという。週に一日は休めているそうだが、チーフに準ずるセカンドとしてむかえられたばかりとあって、勝手は言えない。そうしたしだいなので、きょうの上野公園でのデートを入れて、まだ二回しか、ふたりで会えていなかった。

記念すべき初デートは横浜、お盆がすぎた八月二十日の水曜日だった。関内駅で待ち合わせて、二人で朝陽門《ちょうようもん》をくぐり、中華街を歩いた。穴場だという中華料理店でお昼を食べたあと、残暑の山下公園を、日陰を選んで散歩しながら、真記は電話では言えなかった家族のことを話した。港の見える丘公園では、笠井さんが生い立ちを語り、ふたりの距離はさらに縮まった。

夕飯は、横浜で一番古い、ホテルニューグランドの本館一階で洋食をいただいた。ハウスワインを一杯ずつ飲み、街灯のともった夜道を並んで歩いたのに、笠井さんは手をつないでこなかった。横浜駅のホームで見送ってくれたときも、別れぎわに握手をかわしただけだ。

三十二歳なのだから、高校生のような、はしゃいだデートがしたいわけではない。そもそも高校生のときは、受験勉強に必死で、恋愛に気持ちがむかなかった。短い大学生活は、ひたすらアルバイトに追われていた。

そうした日々は、そういうものとして、大切な思い出だ。だいいち、ずっと手を握られていたら、それはそれで困っただろう。

問題は、手もつないでいないふたりの関係が、この先どんなペースで進行していくのかだ。真記は、ミサさんにも、あや子さんにも、笠井さんとの交際を話していなかった。自他ともに認めるでしゃばりのミサさんに教えたら、家事も子育ても放りだして、初デートに加わっていたかもしれない。あや子さんはただただびっくりして、電話のむこうでうつむく姿が目に浮かぶ。

いずれにしても、こちらから交際のペースを早めることはしたくない。好意をうちあけてきたのは笠井さんなのだから、しばらくは笠井さんにまかせるほうがいい。

初デートのあと、そんな気持ちで毎日をおくっていただけに、二度目のデートは上野精養軒のグリルフクシマでランチだと知らされたときはとてもうれしかった。さっそく庶務課に行き、十月三十日木曜日は終日休み、翌三十一日金曜日も夜勤から入ることにした。

精養軒に電話をして、ドレスコードをたしかめると、ランチの時間帯でもビーチサンダルや下駄《げた》はダメ、ジャージも御遠慮願いたいという。

ジーンズはかまわないとのことだったが、真記は得意のジージャンにジーパンというスタイルはやめにした。笠井さんからラブレターを手渡されたときもその格好だったし、日本武道館での大学の入学式は本当にほかに着ていくものがなかったのだ。

初デートには麻の開襟シャツとチノパンというラフな格好で行ったので、今度はガラリとふんいきを変えたい。

じつは、ハワイでの最終日に、真記はワイキキのアパレルショップで素敵なワンピースを買っていた。青い地に緑で花模様がプリントされていて、袖は七分、丈は膝上。そのままだと脚が見えすぎるので、白いスパッツと合わせるつもりで大枚九十六ドルを奮発した。

レジにおいた百ドル札は、かつて観光ガイドのチップとしてもらったものだ。あのときのアメリカ人一家四人はどうしているだろう。あの日、大手町のパレスホテルまではジョアンがつきそってくれて、帰りもむかえにきてくれたのだ。

真記はお釣りをハワイアンらしい少女にチップとして手渡した。

そのときは誰とデートをする予定もなかったが、いまからおもえば虫が知らせたのかもしれない。

きょうの天気もおあつらえむきの秋晴れで、待ち合わせ場所である西郷さんの銅像には、真記のほうが先に着いた。

ほどなく笠井さんが角度のある傾斜をのぼってくるのが見えた。オリーブ色のジャケットにベージュのチノパン、シャツは空色という出立《いでた》ちに、真記は自分たちの相性を確信した。一緒に服を買いに行ったって、こんなにうまくはそろわない。

「お似合いのおふたりですね」と、グリルの入り口で出迎えた黒服のウエイターにもほめられた。しかも、ランチにしては豪華なコース料理を予約してあって、きょうにかける笠井さんの意気込みが伝わってきた。

つまり場所といい、おたがいの服装といい、プロポーズにうってつけだったが、それでも二度目のデートの途中で結婚してくださいなんて、いくらなんでも早すぎる。

「いくらなんでも早すぎますか？」

真記の心中を読みといたように、笠井さんが言った。ハワイに行ったときと同じく、丸いかたちの頭を短髪にしているので、お坊さんのようだ。それも、ちょっとイタズラが好きな、アニメの一休さんを青年にしたような。

「メインのステーキを食べる前に言おうか、食べてからにしようか、先月半ばにこの席を予約してから、ずっと考えていたんです。料理人のプライドにかけて、コース料理のどこでプロポーズをするのか、タイミングをまちがえるわけにいきませんからね」

（それなら、絶対に食べ終わってからじゃ。せっかくのステーキが冷めてしまう）

反発が顔に出たのか、笠井さんがまたしても真記の心中を言い当てた。

「だいじょうぶです。ここのステーキは、これくらい待ってからのほうが、ソースともなじんでおいしいんです。それに、お皿も温めてあって、ちょっとやそっとでは冷めません。ですから、おなかがいっぱいになって、すっかり満足してしまったら、結婚してくださいと言えないというのが、ぼくのだした結論です。真記さんだって、耳に入らないでしょう。それくらい、このステーキはおいしい。お返事は、食事がすっかりすんでからでけっこうです。では、いただきましょう」

会釈して、胸を張ると、笠井さんはナイフとフォークをじょうずにつかってステーキを口にはこんだ。そして、しっかり噛《か》んで、ゴクンと飲みこむ。こうして食べてこそ、十分に味わえて、栄養にもなるのだという、お手本のような食べ方だ。

最初に感心したのは、ワイキキのお店で、四人でハンバーガーを食べたときだった。もっとも先に食べ方をほめられたのは真記のほうで、ほめたのは左手に包帯を巻いた藤田さんだ。

「ナースほど、おいしそうに食べる女のひとは、そうはいませんね」

真記は口いっぱいにハンバーガーを頬張っていたので、それが本当にほめているのか、大口でかぶりついたことへの皮肉なのかを問いただすまでにしばらくかかった。

「皮肉なんて、とんでもない。心から感心したから、正直にそう言ったまでです。噛むときの顎の動きも完璧です。力強さと気品を兼ね備えています」

「藤田、そこまで言ったら、さすがにイヤミになるよ。たしかに、ハンバーガーにかぶりついたとき、ナースの目はサバンナでシマウマをしとめたライオンのように輝いたけど」

笠井さんも加わり、若いコックたちは年上の女性をうれしそうにからかった。

「そのへんにしないと、抜糸のときがこわいわよ」

そう警告したのは、真記ではなく、あや子さんだ。船酔いを克服したドクターは、ひっこみじあんも克服したらしい。しかし、若者たちも負けてはいない。

「すみませんでした、ドクターあや子」

起立するなり、グリーンとブルーの色違いのアロハシャツを着たふたりが最敬礼をしてみせたので、近くのテーブルのお客さんたちや店員の注目が集まった。

真記も同じ柄のイエローで、あや子さんはピンク。グランドオーロラ号のショップで格安で売っていたもので、せっかく四人で食事に行くのだからと、奮発してそろえたのだ。

"Is she a doctor?"

褐色の肌の大柄なウエイターに聞かれて、"Yes. She is the best doctor in japan." と英語で気さくに応じた藤田さんが、このケガも彼女が God Hand で縫ってくれたのだと説明した。おかげでますます人目がむけられて、ドクターがまっ赤《か》になっている。

ひっこみじあんを克服したといっても、それは見知ったひとたちに対してであって、見ず知らずの外国人たちに注目されたら、誰だって気おくれしてしまう。若いコックたちも、さすがにやりすぎたと思ったようで困っている。

"Hi, I am a cruise ship nurse."

真記は立ちあがり、自分たちは日本の客船グランドオーロラ号で、きょうの未明、オアフ島に着いたばかりなのだと英語で話した。そして、このふたりは少年のように見えるけれど、れっきとしたコックで、ただし日本からの航海中にドクターとわたしを散々煩わせたので、お詫《わ》びにワイキキで一番おいしいハンバーガーをおごる約束をさせた。

そのこととの仕返しに、みなさんのまえでドクターをからかうなんて、本当にひどいとおもいませんか？

身振り手振りを交えて、明るく大きな声で同意を求めたので、三十人ほどいるお客さんたちから、“Booo!”とか、“Wooo!”といった非難があがった。

久しぶりに話した英語が見事に通じて、真記はうれしかった。中学時代に英語部の朗読劇で体育館を埋めた全校生徒を何度も沸かせた興奮がよみがえる。

そこで藤田さんと笠井さんがそろって頭をかいてみせて、笑いがおきた。

（よおし、ここは一番、四人で歌っちゃろう）

「ご賛同いただき、ありがとうございます。それでは、みなさんの楽しい食事の時間を邪魔してしまったお詫びに、日本の歌を一曲歌います。リクエストはありますか？　なければ」

と真記が流暢《りゅうちょう》な英語で言ったところで、「ＳＵＫＩＹＡＫＩ」と声がかかった。

おもいどおりの展開になり、真記は笑顔で応じた。坂本九さんが歌う『ＳＵＫＩＹＡＫＩ』はビルボード一位に輝いた唯一の日本生まれの楽曲で、真記も大好きだ。

「スキヤキ、はい、わかりました。それは英語でのタイトルで、日本では『上を向いて歩こう』と言います。その意味は」と真記が英語で説明しているうちにピアノが鳴りだした。店の奥に顔をむけると、さっきの大柄なウエイターがアップライトピアノでスイング調の前奏をかなでている。

“Wow, fantastic!”

こちらは予想外だったが、真記は指を鳴らし、からだをゆらせてリズムをとった。ところが、藤田さんと笠井さんは棒立ちになっている。口は達者なくせに、歌やダンスは苦手らしい。あや子さんにいたっては椅子にしがみついている。

きのうの夜、オーロラホールではあんなに堂々と得意のピアノを披露してくれたので、ここでも活躍してもらおうとおもったのだが、その役は芸達者なウエイターにとられてしまった。さすがはアメリカ人、機転が利くし、サービス精神も旺盛だ。真記はひとりで歌うしかないと覚悟を決めた。

もっとも、自信はある。中学二年生のとき、新入生歓迎会の朗読劇で『白雪姫』を披露して、ラストに『ハイ・ホー』を英語部の全員で歌った。翌週の音楽の授業で、先生がそのときの真記の歌唱をほめてくれた。

しばらく忘れていたことをおもいだしたのは、高崎の看護学校でだ。入学して一年目のクリスマスパーティーでコーラスをすることになり、四、五年ぶりに人前で歌うと、いい声だとみんなにほめられた。

「それだけじょうずなら、得意な曲をソロで一曲歌ってみない」

寄宿舎の先輩にすすめられて披露したのが、母の十八番《おはこ》でもある『上を向いて歩こう』だった。マイクを握り、耳に残る母の唄声に重ねるように声を張ると、父の破産を知らされたときからつづいていた暗澹《あんたん》たる気持ちがほんの少し晴れた。

それからは、あまりに疲れたときや、気持ちがふさいだときに、真記は歌を口ずさむようになった。一曲を歌いあげるのではなく、歌謡曲のサビや、モモンガ亭のテレビから流れていたJ－POPでおぼえているものを、ひと節ふた節口ずさむ。それだけで、けっこう元気が出た。

そして年に一度、クリスマスパーティーで声を張る。真記の『上を向いて歩こう』は欠かせない出しものになり、看護師仲間の結婚式でも求められて披露したことがある。

軽快なピアノに乗って日本語の歌詞で豪快に歌うと手拍子がおき、立ちあがって踊りだすお客さんもいた。そして歌い終わるなり拍手喝采となった。

「いやあ、御見《おみ》それしました。マジで、英会話も歌もサイコーっすね。度胸も満点だし、どっちの道でも十分にやっていけたでしょう。無礼を承知でおたずねしますが、なんで、看護師なんてきつくて地味な仕事をやっているんですか？」

ハンバーガーショップを出たところで藤田さんが聞いてきた。

「言わないわ。とんでもなくシビアな話だから。あこがれのハワイの、この青く広い空が一瞬でかき曇るような、しんどい目にあってきたのよ。これでも、あたし」

自分が高揚していることを意識しながら、真記は啖呵《たんか》を切った。あや子さんには、オーロラホールでのバースデーパーティーのあとに、法政大学を中退しなければならなくなったいきさつをおおよそ話していた。

「父は、出航の一週間前に、そちらの病院の中川さんという看護師長さんに電話をして、こちらの事情を包み隠さず伝えたうえで、今回の航海でわたしと組む看護師がどういう方なのかをたずねたそうです。『ご心配には及びません。お嬢さんの相棒にうってつけだとおもいますよ』と即答されて、父が、『気合いのみなぎったいい声だったよ。よほど、その看護師を信頼しているんだろう』とかんじいっていました」

真記がこうむった不運について、あや子さんは慰めや励ましをいっさい言わなかった。

そのとき、ふたりはグランドオーロラ号の二階にあるドクターの部屋にいて、キャプテンとシェフがプレゼントしてくれたシャンパンの壜《びん》はすでに空だった。

「真記ちゃん、二十歳になったら、ママがついだ東京で一番うまい生ビールを、四人でグイッとやろうな」

モモンガ亭でアルバイトをしていたとき、大将はなにかにつけて、そう言った。

「お疲れさま。あなたも早く飲めるようになるといいのにね」

木本昭子《あきこ》さんも、外国人観光客のガイドを終えて有楽町駅前の事務所にもどってきた真記をそう言ってむかえてくれた。仕事終わりに、スタッフと近くのガード下で一杯やってから家路につくのが恒例で、二十歳になったらまぜてくれるという。

父と母が毎晩あんまりたくさんビールやウイスキーを飲むので、真記はお酒に対して興味よりも警戒心のほうが強かった。それに二十歳の誕生日が来るまえに東京を去ることになり、その後はひたすら倹約に努めたため、生まれて初めてビールを飲んだとき、真記は二十五歳になっていた。当時配属されていた外科病棟の看護婦長さんが正看護婦になったお祝いをしてくれて、緩和ケア病棟の中川さんもその席に来ていたのだった。

あや子さんはすぐに顔を赤くしたので、上等なシャンパンのほとんどは真記がいただいた。ただし、酔っぱらってしまっては、万一のときにシップナースのつとめを果たせない。そこで、ひと口ごとに気をつけながら、舐《な》めるようにシャンパンを飲んでいたのだが、結局酔っぱらうことはなかったし、二日酔いにもならなかった。

そんなしだいで、あや子さんとの仲は、よりたしかなものになっていた。しかしながら、同じ話を、こんなまっ昼間に、天下のワイキキビーチを歩きながら、自分よりも若い男の子たちにするのはとても無理だ。

「姐《ねえ》さん、そう邪険にしねえでくだせえ。真記姐さんのためなら、この藤田と笠井、火のなか、水のなか、地獄の果てまでもお供しやす」

身をかがめて、右腕をまえにだした藤田さんが仁義を切った。歌やダンスは苦手だが、芝居がかったことは好きらしい。

「おまえは古いなあ。でも、ぼくも、おふたりのおかげで、さらにやる気が湧きました」

丸い頭の笠井さんが、ようやく自分の番がきたというように話しだした。

「ぼくたち、中学卒業後に調理師専門学校で二年間学んだあと、あの船に乗りました。今年でちょうど十年になります。最初の二、三年は、厨房《ちゅうぼう》の掃除と皿洗いと野菜の皮むきで、さんざんしごかれて、でも藤田もぼくも音をあげずにがんばって、ようやく一人前のふたつ手前くらいまできたんです」

それから笠井さんは、将来の夢を語った。

「つぎの航海が終わったら、ぼくは出身地でもある浜松のホテルではたらくことになっていて、けっこう期待されています。でも、夢は街の洋食屋です。うちの船のフルコースは、お金にそうとう余裕のあるひとたちしか食べられない、本物のごちそうです。浜松のホテルもかなりのハイレベルだけれど、ぼくは家族で月に一、二度食べに来ても懐が痛まないいくらいの洋食屋をやりたいんです」

笠井さんは熱く語った。藤田さんは福岡にある老舗《しにせ》レストランのあととりで、グランドオーロラ号を降りたあとは実家を手伝う。婚約者もいて、おそくとも二、三年のうちには結婚するという。

まだまだ話していたかったが、四人は午後三時にホノルルハーバーの桟橋にむかえにきてくれたテンダーボートで、沖合に碇泊《ていはく》するグランドオーロラ号にもどった。

ハワイ諸島を周遊する十日間、乗務員の仕事はいくらか楽になる。日中、乗客は島に上陸して観光にいそしむからだ。船内では朝食と夕食のみが提供されて、希望者には昼食用のお弁当を持たせてくれる。そのため、厨房は深夜から早朝にかけて猛烈にいそがしいが、昼すぎまではひまになる。その時間を利用して、藤田さんと笠井さんはあや子さんと真記をさそい、ワイキキ界隈《かいわい》を散策したのだ。

それはクルーも同様で、オアフ島に滞在する三日間、グランドオーロラ号は午前八時半に錨《いかり》をあげて、沖合からホノルルハーバーにむかう。桟橋に着けて、乗客を降ろし、その後は沖合にもどって待機する。午後六時にふたたび桟橋に着けて、上陸していた乗客をむかえる。

真記たちが頼んだように、テンダーボートによる送迎も随時してくれる。トレッキングやアクティビティのなかには出発の時刻が早いものや、終了がおそいものもあるからだ。いずれにしても、航海中よりは大幅に仕事が減るため、クルーも交替で上陸して、心身をリフレッシュさせるというわけだ。

ハワイ諸島に着いて三日目の夜、グランドオーロラ号はオアフ島からマウイ島にむかう。四日目の朝、乗客が目を覚ましたときにはマウイ島に着いているという仕掛けだ。マウイ島には二日間滞在して、六日目の朝は、ハワイ島の東側にあるヒロ港にいる。七日目の朝は、同じハワイ島の西側にあるコナ港にいる。八日目と九日目はカウアイ島ですごし、十日目の朝はオアフ島にもどっている。そして最後のショッピングをすませて、ハワイ諸島を離れ、一路日本にむかうという旅程だ。

オアフ島での二日目、午前九時にホノルルハーバーの桟橋に降り立ったあや子さんと真記は、グランドオーロラ号の乗客と共に観光バスに乗った。おもいおもいにすごすひとたちもいるが、ほとんどの乗客は旅行会社が用意したプランで観光をする。

ドクターとナースは、修学旅行につきそう保健の先生の役割だ。四百五十名ほどが八台のバスに分乗して、ドクターとナースは別々のバスになる。そのせいか、あや子さんは気が進まないようだったが、真記はうきうきしていた。

もっとも、真記のハワイに関する知識はゼロに等しい。仕事がいそがしくて、ガイドブックを買いに行く時間がなかったせいもあるが、せっかく知らないのだから、知らないままハワイと出会えばいいと開き直ったのだ。

出航の一ヵ月前に届いたパンフレットに記載の地図で、オアフ島をはじめとする八つの島名と位置はおぼえたが、真記のハワイ諸島に関する知識はそこまでだった。

観光バスのなかでも、日本語が堪能なハワイアン女性の案内は聞き流し、大きな窓から南の島の景色を眺める。

バスを降り、列になって遊歩道をゆくときも、真記は一番うしろを歩き、風にゆれるヤシの木や、可憐《かれん》な花々、それに飛びかう小鳥たちに、気ままに視線をむけた。

見たことのない小さな花や、色鮮やかな小鳥には、聞いたことのない名前がついているのだろう。きっと、それぞれの花や鳥を主人公にした神話もあって、ガイドさんがわかりやすく説明しているにちがいない。

木本昭子さんの会社で外国人観光客のガイドをしていたときは、真記も江戸・東京に関する知識をたっぷり仕込み、適宜説明をしていた。ただし、説明がしつこくなっては本末転倒だ。

「誰しも、全身で異郷の空気をかんじるために、旅行をするわけよね。ガイドの説明は、あくまでつけたし。料理で言えばスパイス。スパイスの量が多すぎたら、せっかくの料理が台無しになってしまうでしょ。でも、スパイスがあったほうが、料理が引き立つわ。

もちろん、なにもつけないパンや、白いごはんがおいしいときもあるけれど」

木本昭子さんのじょうずな例えをおもいだしながら、いまはなにもつけないパンがたっぷり食べたいのだと真記はおもった。なにも説明されないまま、ハワイの自然にひたりたい。

ホノルルハーバーの奥に、真珠湾攻撃のあったパールハーバーがあることはもちろん知っている。その奇襲攻撃によって戦端が開かれた太平洋戦争の帰結が広島と長崎に投下された原子爆弾による惨禍であることを、広島県で生まれ育った真記は忘れていなかった。しかし、戦争がもたらした悲劇については、別の機会にあらためてしっかり考えたい。

オアフ島からマウイ島へ、さらにハワイ島へとグランドオーロラ号で周遊しながら、真記はそれぞれの島の空気を胸いっぱいに吸い、海や空や山や川や滝を眺めた。

尾道《おのみち》から東京に出てきたとき、真記は都会のダイナミズムに感動した。対するハワイは自然が本当に生き生きしている。とくに鮮やかなのは、朝焼けと夕焼けだ。空も海も太陽の色に染まり、波の音と海鳥の鳴き声が響く。世界中のひとたちがハワイにあこがれる理由がよくわかる。

看護師としても、真記はこれまでにない経験をしていた。グランドオーロラ号の乗客と乗務員にとって、あや子さんはただひとりの医師であり、真記はただひとりの看護師なのだ。

「ナース」と誰かが呼べば、それは真記のことだ。ハワイ諸島に着いて、観光バスに添乗するようになってから、「ナース」や「看護婦さん」と呼ぶひとは増えていた。

どうしてこんなにうれしいのだろうと考えるうちにおもいだしたのは、湯浅さんのことだ。看護学校での同期だが、むこうは十六歳での入学なので四つ下になる。ともに准看護師から正看護師に進んだので、ほかの看護師たちよりも親しみをかんじていた。

その湯浅さんは昨年の三月末で上州総合病院を辞めて、出身地である群馬県内の山間部にもどっていった。人口三十数名の村には診療所があるが、二週間に一度しか医師が来ない。看護師もいないため、祖父母や両親をはじめとする村のひとたちの役に立ちたいのだという。

壮行会の席で、初めてうちあけられて、真記はわが身をかえりみた。人並み以上に努力し、まじめに勤めてきた自負はあっても、湯浅さんほどの強い動機があるわけではない。真記にとって看護師は、生きのびるためにやむをえずついた仕事だからだ。

さらに真記が現在配属されている緩和ケア病棟は、終末期医療をおこなっている。快復して退院してゆく患者は皆無といってよく、最も多い入院期間は十日から三週間だ。つまり患者のほとんどは、ひと月以内に亡くなってしまうのである。

きっと、その村のひとたちは、湯浅さんを自分たちの看護師さんとして、長い年月にわたり、大切にしてゆくだろう。湯浅さんもまた、村のひとたちひとりひとりのことをよくわかったうえで、看護師としての役割を果たしてゆくのだろう。

壮行会でも、とてもうらやましくかんじたことが、日本から遠く離れたハワイの地で痛切におもいだされた。

（うちは、いまのまま、あの大きな病院に勤めるんじゃろうか。それとも、湯浅さんのように、自分にしかできないかかわりを求めて、別の場所に行くんじゃろうか？）

ハワイ島では噴煙の立ちのぼるキラウエア火山、つづくカウアイ島では深さ一千メートルもの雄大な渓谷にかかる大きな虹を眺めながら、真記は自分の今後におもいをはせた。

そのおもいは太平洋を西にむかってもどってゆくあいだもつづいていたが、帰り着いた晴海埠頭で、笠井さんから手渡された熱烈なラブレターによって、あっけなく吹き飛んでしまった。

（笠井さんと結婚したら、うちは看護師を辞めて、家庭に入るんじゃろうか？　こどもが生まれたら、そうするしかないんじゃろうか。夫婦がふたりともフルタイムではたらいとったら、とてもじゃないが、家のことができん。看護師のいいところは、いつでもどこでも人材が足りんから、こっちが望めば、すぐに復職できるところじゃ。うちもあと四日で三十三歳になる。こどもを産むなら、体力があるうちに産んで、楽しく元気に子育てをしたい。それはそうじゃけど、「家庭に入る」っていうのは、いまいちピンとこんなあ）

これ以上ない、おいしい牛フィレ肉を味わいながら、真記は英語に本気でとりくもうと決意して、発音練習に励んでいた日々をおもいかえした。

三原のおじさんにラジカセをおねだりして、商売上手な電器屋さんのすすめでウォークマンまで買ってもらったのは小学五年生の夏休みだ。中学校では鍋島《なべしま》京子先生の指導で自信をつけて、将来は英語の教師になりたいと強くおもうようになった。その夢は父の破産によって断ち切られてしまい、看護師に転身せざるをえなかったわけだが、真記はきょうまで自分の食い扶持《ぶち》は自分で稼いできた。そうする以外になかったからではあるけれど、いくら子育てのためとはいえ、まるでそうすることが当たりまえであるかのように、はたらくことから離れていいものだろうか。

(自分だけで結論をだそうとせんことじゃ。これからは、なにごとにつけ、笠井さんとよく話し合って、折り合いをつけていけばええ。とにかく、これで結婚については、誠一に先を越されんですむ)

そこで真記はわれにかえった。ナイフとフォークを持つ手をとめて、顔を左にむけると、背筋を伸ばした笠井さんがそえられた椎茸《しいたけ》を口にはこんでいる。

真記のお皿にはフィレ肉が一切れと、蕪《かぶ》とカリフラワーが残っていた。笠井さんは椎茸を食べてしまうと、パンをちぎり、お皿に残ったソースをつけて口に入れた。真記と同じく、こちらも食べることに集中して、自分の世界に入っている。

笠井さんはさらにパンをちぎり、お皿のソースはすっかりなくなった。そして、ひとつうなずくと、グラスの赤ワインを飲みほした。

その余韻を邪魔しないように、真記は頭のなかでゆっくり十数えてから声をかけた。

「笠井さん」

「はい」

真記にむけられた男性の顔はすっかり満たされていた。ほんのり赤くなった目元がかわいらしい。

「結婚しましょう。ただ、どんなふうに暮らしてゆくのかは、おいおい相談させてください」

胸の高鳴りと、一抹の不安をかんじながら言ってしまうと、真記は左手のフォークで蕪を刺した。カリフラワーも食べて、赤ワインをすすってから、最後のお肉を嚙みしめた。ゆっくり飲みこみ、まっすぐ顔をあげた真記の目に不忍池が映った。

「ありがとうございます」

笠井さんが静かに答えて、真記はそちらに顔をむけた。

「ステーキを召しあがっているあいだ、真記さんの表情が何度か険しくなりました。ぼくがあまりにも性急だったので、怒らせてしまったのかと、心配していたんです。でも、お肉も、つけ合わせの野菜もとてもおいしくて、まえむきなお返事をいただけなかったとしても、素敵な席で、ふたりでこのコース料理を食べられてよかったと、自分を慰めていたところでした」

笠井さんの顔はすぐそこにあった。むかい合わせにすわったのでは、ありえない近さだ。顔を寄せ合えば、自然にキスができる。

（たぶん、無理じゃ。うちには笠井さんしか見えんが、笠井さんには、うちのうしろにいるほかのお客さんやウエイターが見えているじゃろう）

せめて手に手をそえてほしいとおもったが、笠井さんの右手が真記のほうに伸ばされることはなかった。

そこでウエイターが来て、お皿とワイングラスをさげた。ハーフサイズのボトルはすでに空になっていて、笠井さんはデザートにうつってくださいと言った。飲みものは、ふたりともホットコーヒーを頼んだ。

「じつは、結婚の申し出に応じていただけたら、シャンパンで盛大に乾杯しようと考えていたんです」

その声もまた静かだった。笠井さんは見つめ合っていた目を心持ち伏せて、なかなか口を開かなかった。

「でも、いざ本当にそうなってみたら、大げさには喜べないものですね。もちろん、とてもうれしいんです。ただ、ぼくが真記さんの相手でいいのか、心配になってしまって。それに……」

気配をかんじた真記が振りむくと、ウエイターがふたり、デザートとコーヒーセットをのせたお盆を持って立っていた。こちらの会話を邪魔してはいけないと、間を計っていたらしい。

真記の会釈を受けて、デザートが盛られたお皿をおいたウエイターが笑顔で言った。

「お誕生日、おめでとうございます」

「えっ」

おどろいてウエイターの視線をたどると、お皿のふちにチョコレートで〝HAPPY BIRTHDAY〟と書かれている。たしかに四日後の十一月三日が誕生日だが、まだ十月のせいか、それをこの席で祝ってもらえるとはおもってもみなかった。

つづいて銀のポットからコーヒーをそそぎ、コーヒーは何杯でもおかわりができることと、アイスクリームとケーキの説明を手短にして、ウエイターたちはさがった。

「こんなふうに誕生日を祝ってもらうのは、生まれて初めてです。ありがとうございます」

明るい声で真記は言い、スプーンでアイスクリームをすくった。甘くて、冷たくて、お肉とワインでほてっていた顔が冷めてゆく。すっかり冷めてしまうのではなくて、ほてりが少しひくといったかんじが心地いい。そこに濃い目のコーヒーを飲むと、口、のど、胃が温まり、酔いがゆっくりおさまってゆく。

ステーキがはこばれてきたときに笠井さんが言ったのは本当だった。こんなに満たされた状態でプロポーズをされても、感激は薄くて、気持ちが動かなかっただろう。

真記は料理人の知恵にすっかり感心していた。そして、きょうも食欲が旺盛でよかったとおもった。唯一の問題は、あまりにも満腹で、すぐには立てそうにないことだ。

溶けだすまえにアイスクリームを食べてしまうと、真記はゆっくりコーヒーを飲み、ケーキとフルーツもゆっくりゆっくり食べていった。

「ごちそうさま」

結婚しても「山本ミサ」で電子メールや年賀状を送ってくるミサさんが言った。入籍して姓は「近藤」になっているのだが、「山本ミサ」の字面と一連の音に愛着があるのだという。

「幸せになれそうね」とも祝福してくれて、電話なのに、一緒の部屋で顔をつきあわせて話している気がするのが不思議だった。

笠井さんと上野で会ってから八日がすぎた土曜日の午後三時すぎで、もう一時間以上話している。真記は夜勤と夜勤のあいだ、ミサさんは旦那さんがこどもたちを近所の公園につれていっている。午前中に電子メールでやりとりをして、電話する時間を決めたのだ。

今回もミサさんのほうからかけてくれて、真記は笠井さんのことで質問攻めにあった。手紙では省略した会話や出来事がいくつもあったので、こうなるのは覚悟していた。ところが、話せば話すほどうれしさが増して、ついにはミサさんが降参した格好だった。

もっとも、真記を祝福したあとは、ミサさんが自分の家族について話しだしてとまらなくなった。真記が高崎の看護学校に入ってからも折々に連絡をとりあってきたが、話さないでいたことが山のようにあったわけだ。

高校三年生の十月、広島市での全国模試のあとに、真記はミサさんの家に招かれて、ひと晩泊めてもらった。左右対称の二世帯住宅で、いまはミサさんが旦那さんと一男一女とで左側に住んでいる。ご両親の家庭内別居は解消されて、右側でおばあさんとともに、それなりに仲良く暮らしている。

仲直りのきっかけは、三年前のおじいさんの急死だ。夕食のときに昏倒《こんとう》し、救急車で緊急搬送された先の病院で亡くなった。死因は動脈瘤《りゅう》の破裂だったが、ミサさんのおとうさんは日ごろの気弱さがうそのように、敢然と対応した。弔いもとどこおりなく執りおこない、おかあさんが見直したのだという。

神戸で暮らす上のお兄さんも、奥さんと三人のこどもたち、それに奥さんのご両親をともない、通夜と葬儀におとずれた。四十九日にも、夫婦とこどもたちで来てくれて、ずっとギクシャクしていた関係がすっかり良くなった。

一方、小樽《おたる》で就職した下のお兄さんは葬儀にあらわれず、弔電さえ送ってこなかった。それ以前から連絡が途絶えがちだったのだが、携帯電話にかけても出ないし、伝言を録音しても梨のつぶてなので困っているという。

「八方がおさまることって、なかなかないみたいね」

電話のむこうでミサさんがため息をついた。

「ごめん、のどが渇いちゃった。いったん切るね」

真記も携帯電話を閉じて、コップの水に口をつけた。三時半になろうとしていたが、ミサさんはまだまだ話したりないらしい。地元テレビ局の花形アナウンサーだったのに、出産を機に専業主婦になったので、力が余っているのだろう。

五分ほどで着信音が鳴り、ミサさんはまだ自分の番だというように話しだした。

「でも、冠婚葬祭って大切よね。ていうか、使いようによっては、とても便利なものじゃない。集まって、みんなで食事をすれば、たいていのわだかまりは消えてしまうわ。お祝いごとなら、なおさらよね。あなたたちも、街の洋食屋さんを開業するという目標のために、ベストなタイミングで披露宴をするといいわ。そうだ、そのときは、わたしが司会をしてあげる。特別に無料で」

一服して、舌が滑らかになったミサさんが得意のでしゃばりを発揮した。真記は会いたくても会えない両親のことをおもい、さらに本家の伯父伯母に対するわだかまりはそう簡単に消えないともおもった。

ミサさんに、笠井さんのことを知らせる手紙を書くのには四、五日かかった。ナースステーションにはパソコンが何台も導入されていて、もちろん真記も使っていたが、まさか深夜にこっそり私信を書くわけにはいかない。

そもそも夜勤は日勤と同じか、それ以上にいそがしい。看護師の数は日勤の四分の一なのに、入院患者は深夜に不調を訴えることが多いからだ。

頻繁にナースコールで呼ばれるのはもちろん、ナースステーションの計器でチェックしている血圧や心拍の数値が急変して、当直の医師と共に病室にかけつけることもある。救急車で重篤な急患が運ばれてきて、応援を頼まれることもある。ひと晩中気が抜けず、とても手紙を書くどころではない。

いずれにしても、長い手紙になるのはまちがいないので、真記は便箋ではなく、原稿用紙にむかった。小中学校では、作文でも感想文でも、先生によくほめられた。

そのせいもあってか、シップナースをしたグランドオーロラ号での出会いに始まる笠井さんとの交際を書いていくのは楽しくて、やたらと詳しくなってしまう。四百字詰め原稿用紙に二枚三枚と書いても、ひとつの場面が終わらない。

「いけん、いけん。こげな調子じゃあ、いつまでたってもミサさんに送れんわ」

広島弁で自戒しながら書きつづるうちに、【このことについては電話で】とか、【このときのふたりの会話も、いずれ電話で】といった省略をするようになった。

うまい手を考えついたと真記は得意だったが、読まされるミサさんはじれったくてならないだろう。いくら気の毒でも、そこまでの文才も、時間もないのだからしかたがない。

それに笠井さんが育った家庭環境や、料理人を志した動機についても知らせておく必要がある。

省略に省略を重ねてもなかなか終わらない手紙を原稿用紙に書きつづりながら、真記は大学を中退したときも、高崎からミサさんに手紙を書いたことをおもいだした。もっとも、そのときに送ったのは官製の郵便ハガキだ。表面の左側に寄宿舎の住所と自分の名前を書き、裏面には、【看護婦を目ざします。どうか、そっと見守ってください。】とだけ書いた。

大学を中退する理由にふれなかったのは、木本昭子さんと和子《かずこ》さんの姉妹経由で、すでに事情が伝わっているはずだからだ。

一九九〇年九月十九日の夜明け前、飯田橋《いいだばし》四丁目のアパートを出た真記は、モモンガ亭と木本昭子さんの事務所に立ち寄り、それぞれの郵便受けに封筒を入れた。ほぼ同じ内容の手紙に書いたのは、父の会社が連鎖倒産に巻きこまれた顚末《てんまつ》と、あいさつもせずに東京を離れる申しわけなさだった。

【身を寄せる場所が決まりましたら、かならずお伝えします。けっして早まったまねはしないので、その点については、くれぐれも心配なさらないでください。】

二通ともそう結んだが、心配するなというのが無理であることは重々わかっていた。その心配は木本昭子さんから妹の和子さんへ、さらに和子さんの友人であるミサさんのおかあさん、そしてミサさんへとうつってゆくことがわかっていても、そのときの真記にはそうとしか書きようがなかった。

都心を離れて北関東にむかう早朝の電車はガラガラだった。徹夜なのに、眠気は微塵《みじん》もかんじない。高校生のときから使っているボストンバッグに入っているのは英語の辞書と何冊かの本とノート、それに元々わずかな衣類だけだ。

身ひとつで転がりこんだ十九歳の真記を、高崎の看護学校は温かく受け入れてくれた。入学は来春まで待たなければならないが、それまでの半年間も、隣接する上州総合病院の清掃員として雇ってくれる。裏手にある寄宿舎にも住まわせてくれるとのことで、真記は胸をなでおろした。

「人生の途上で、とつぜんの進路変更を余儀なくされるひとは、あなたがおもっているよりもたくさんいます。看護婦はとてもきびしい仕事だけれど、やりがいはあるし、収入も安定しているから、その点は心配しないで」

事務長だという五十歳前後の女性は応接室で親身にさとしてくれた。レースのカーテンを通して、初秋の朝日が部屋を照らしている。

高崎駅から乗った路線バスの終点で、一面の田畑のなかに五階建ての病院を中心とする医療施設が建ち並んでいる。さらに新しい建物を建設する予定らしく、フェンスで囲まれた区域もある。

「ところで、広島県出身のあなたが当校を選んだのには、なにか理由があるのかしら」

真記がその場で書いた履歴書を指で追っていた事務長が聞いた。

「中学生のときに、学校紹介のパンフレットを読みました」

そこに載っていた校長先生のことばに感激したのだと真記が話すと、事務長はその校長の姪だと言って喜んだ。前校長は一昨年の三月末で職を退いたが、七十七歳になったいまも実家の畑で野菜をつくりながら元気に暮らしている。

事務長は、奨学金の貸与を受けて看護学校で学び、卒業後に上州総合病院で勤務しながら返済してゆく流れについてもていねいに説明してくれた。真記が普通科の高校を卒業し、四年制大学の教養課程で学んできたことも有利にはたらくし、英語検定準1級という卓越した能力も、看護の現場で発揮することがきっとあるはずだ。

やる気があるなら、看護学校に入学後も、週末や祝祭日、それに夏休みや冬休みに、アルバイトで病院の清掃をすればいいと言われて、「もちろん、やります」と真記は即答した。

「それだけのファイトがあるなら、このくらいのお金はかならず返せます。なにより大切なのは、心身の健康を保つこと。栄養のあるものをしっかり食べて、よく寝て、一日一日を元気におくる。そうすれば、あなたはまちがいなく、すばらしい看護婦になれるわ」

前校長を彷彿《ほうふつ》とさせる励ましは、とてもありがたかった。しかし、だからといって、すっかり気持ちをきりかえられるはずもない。速達で送られてきた母の手になる父の手紙を読んでから、まだ一日もたっていないのだ。

ひとまず、住む場所と仕事を確保した真記は、公衆電話から法政大学の事務に電話をかけた。家庭の事情で中途退学する旨を伝えて、奨学金の返済を猶予してもらう手続きについてたずねると、どちらの件についても書類を送付するので、必要事項を記入して返送してもらいたいという。

つづいて真記は三原のおじさんとおばさんに宛てて手紙を書いた。父がご迷惑をかけて、たいへん申しわけなくおもっていること。自分は大学を中退し、群馬県高崎市にある看護学校に入学しようとしていて、自力で看護婦を目ざすこと。父母にかわる保証人として、後日郵送するいくつかの書類に署名捺印《なついん》して返送してほしいこと。

【最後になりましたが、誠一をくれぐれもよろしくお願い致します。】と結んだ真記の目は涙でくもった。

ミサさんからは、折りかえすように宅配便が届いた。段ボール箱のなかは、カップラーメン、レトルトのカレー、コンビーフの缶詰、それに広島名物もみじ饅頭《まんじゅう》で、封筒には千円のテレホンカードが二枚と、短い手紙が入っていた。

【真記、負けるな。わたしたちは、ずっと友だちだよ。】

なつかしく、たくましい、右肩上がりの文字を見て、真記は沈みかけていた気持ちが奮い立った。そして、包装紙をといてもみじ饅頭にかじりつき、もう泣くまいと自分に言い聞かせたが、食べている途中で涙がとまらなくなった。

【荷物をありがとう。本当にありがとう。来年の四月、看護学校に入学したら電話をします。】

ふたたび郵便ハガキに書いて、真記は遠く離れた友人に心から感謝した。そのハガキの内容もまた、ミサさんのおかあさんから木本和子さんに伝えられて、姉の木本昭子さんを経由してモモンガ亭にも伝わるはずだ。いずれブラジルから日本に帰ってくるジョアンは、それらをまとめて木本昭子さんから告げ知らされることになる。

ジョアンはどうおもうだろう。わがことのように、真記の不幸を嘆くだろうか。それとも真記が自分の帰日を待たずに東京を去ったことに憤慨するだろうか。はたまた、さして気にもとめず、さっさと忘れてしまうだろうか。

万一、ジョアンが高崎を訪ねようとしても、木本昭子さんがとめてくれるにちがいない。東京を離れたあとに連絡したのが、広島に住むミサさんだけであることの意味をわかってほしい。

中途退学に関連した手続きを終えてしまうと、その後は誰からもハガキ一枚届かなかった。ましてやジョアンが訪ねてくることはなく、翌年の四月に看護学校に入学した真記は約束どおり、広島のミサさんに電話をかけた。また、三原に手紙を書いて入学を報告し、おじさんにゆるしを請うたうえで、誠一と電話で話した。

真記は折にふれて、誠一とミサさんと連絡をとりあってきた。寄宿舎の玄関にはテレホンカードが使える緑色の公衆電話が三台あり、着信専用の電話も一台ある。外見は普通のプッシュホンだが、かけることはできない。公衆電話からかけて、その電話にかけ直してもらったり、あらかじめ日時を打ち合わせておいて、電話のまえで待っているのだ。

着信専用電話の利用は、一人一日一回、十五分以内と決まっている。寄宿舎には、女性ばかり八十名ほどが暮らしているのだから、無用な諍《いさか》いを避けるためにはルールが必要だ。

着信専用電話が鳴っているのに、待っているひとがいないときは、通りかかった者が受話器をとる。そして伝言をメモ用紙に書きとり、コルクボードに押しピンで留めることになっていた。

そのため、寄宿舎にもどってきたとき、誰もがまっさきにコルクボードのまえに立つ。常時十枚を下らず、多いときは三十枚を超えるメモのなかに自分宛てのものがないかと、疲れた目をこらすのだ。

〈真記先輩　弟さんから　6 : 23 pm〉

誠一からだと、どうしても心配が先に立つ。試合でホームランをかっ飛ばしたとか、強豪校に勝ったといったうれしい報告が多いのだが、デッドボールを当てられたとか、通学の途中で交通事故にあったといった悪い知らせなのではないかと、つい心配してしまうのだ。また、来るはずはないとおもいながらも、いつか父と母から電話があるのではないかと、真記はひそかに期待していた。

なにはともあれ、不在中に自分宛ての電話があったとわかるのはありがたい。日中は事務員がいて、郵便物の仕分けと、宅配便の受けとりはしてくれるのだが、電話についてはノータッチだからだ。

もっとも、携帯電話の普及にともない、コルクボードに留められるメモの数はじょじょに減っていた。この一、二年は、十枚をめったに超えない。

真記も、誠一から、携帯電話を持つことをしつこくすすめられていた。

「ねえちゃんみたいな、不規則な仕事のひとにこそ、便利なんじゃって」というのが言いぶんで、数年前より、かなり安くなっているという。

一理あるとおもいつつ、真記はなかなか首をたてに振らなかった。たしかに便利だろうが、電話で話すのは誠一とミサさんだけなのだ。

それだけに、六月半ばに、ついに携帯電話を買ったと、その電話から最初にかけて誠一に知らせると、「マジか、ホンマにマジか」と驚き、喜んでいた。

「言ってなかったけど、去年の冬のボーナスで、ついに奨学金を返済し終えたのよ。それにシップナースのあいだ、食事代が一円もかからなかったしね」

誠一は八つ上の姉のことばを素直に受けとっていたが、ミサさんはなにか勘づいたらしい。

「あやしいなあ。中学高校時代なら、あの手この手で問い詰めていたけど、おたがい三十歳をすぎているのに、よけいな詮索は野暮ってものよね。いまはこれ以上聞かないけど、もしも彼氏ができて、そのひとと結婚する気になったなら、詳しく教えてよ。悪い男にだまされるのを、黙って見すごすわけにはいかないんだから」

そうしたやりとりがあったので、真記は笠井さんの生い立ちについて、知っていることのほとんどを、原稿用紙での手紙に書いた。また、笠井さんの無二の親友である藤田さんから届いた手紙も一部抜粋した。

対策を施した効果はあったようで、ミサさんは笠井さんのひととなりに疑いの目をむけることはなかった。それどころか、料理人という実力本位の世界で一人前に評価されていることにとても感心していたし、そうした男性が真記を好きになったことに感動していた。

「きっと、うまくいくわよ。ハワイ行きの船での出会いなんて、サイコーじゃない。絶対に幸せになれるとおもうわ」

ミサさんは長い電話を締めくくるように太鼓判を捺《お》してくれた。しかしながら、そこで終わらないのが、良くも悪くもミサさんだ。でしゃばりの本領発揮で、最後にもう一言、ダメを押さないと、どうにもおさまらないのである。

「でもね、わたしは、あなたたちが豪華客船の乗客どうしじゃなくて、乗務員どうしで出会ったっていうところも、とてもいいなっておもっているの。看護師も、コックさんも、健康で、はたらき者じゃないとつとまらないわけでしょ。だから、あなたたちは、ある意味、最強の組み合わせよね」

賞賛とも、皮肉とも受けとれることばに、真記は一瞬黙った。ミサさんもしまったとおもったらしく、あとがつづかない。

そのとき、ミサさんの背後でチャイムが鳴った。

「おかあ〜さ〜ん、電話、もう〜終わったの〜？」

ドアの開く音につづいて、男の子の元気な声が聞こえた。

「おかえりなさ〜い」と答えるミサさんの声もやさしさにあふれている。てっきり二階にいるのかとおもっていたが、こどもたちと旦那さんが帰ってきたときに備えて、玄関のそばで話していたのだ。

「ごめんね、真記。つづきは、また今度」

こじれるまえに電話が切れて、真記はホッと息をついた。ただし、気持ちがすっかり晴れたわけではない。

「ある意味、最強の組み合わせって、一体全体、どういう意味じゃろう。自分たちが、元アナウンサーと弁護士の夫婦じゃっちゅうことを、鼻にかけとるんじゃろか」

めずらしく親友への文句をつぶやき、真記は携帯電話を閉じた。

ミサさんからは、七年ほど前にも同じような意味のことを言われていた。一九九六年の夏で、前年の一月十七日に阪神淡路大震災、つづく三月二十日にオウム真理教による地下鉄サリン事件がおきていた。

「あのね、怒らないで聞いてね」

近況を報告し合ったあとに遠慮がちな口調で切りだされて、これは長くなりそうだと、真記は腕時計に目をやった。土曜日の午後六時二十分で、着信専用電話をとって五分になろうとしていた。

その年の四月から念願の正看護婦になり、引きつづき外科病棟に勤務していた真記は猛烈にいそがしかった。日曜日をのぞくほぼ毎日手術があり、執刀する医師たちもたいへんだが、医師を支える看護婦たちも神経と体力をすり減らす。寄宿舎に帰るとベッドに倒れて、三十分ほど休んでからでないと、入浴や食事にむかえない日々がつづいていた。

ミサさんの長話につき合うのは、正直しんどかったが、何度も助けてもらっているのだから、邪険にするわけにはいかない。

「怒るなんて、とんでもない。でも、ここのルールで、この電話で話せるのは、あと十分よ」

誰彼となく通りかかるため、真記は標準語で応じた。

「そのルールは、わかっているわ。あと十分ね。それじゃあ、ちょっと早口になるけど、よく聞いて」

中学生のときからアナウンサーを目ざしていたミサさんは、大学生になると広島弁を封印した。そして見事に希望をかなえたのだが、やたらと歯切れがいい標準語が耳障りでないこともない。

「運送会社を経営していたあなたのおとうさんが破産して、大学中退を余儀なくされたのが、いまから六年前、一九九〇年の九月十九日でしょ。そのわずか十二日後の、十月一日に、日経平均株価が大暴落をして、バブル経済が崩壊したの。そのあとも数年間はバブル経済の余韻がつづいていたから、誰も日本経済が後退局面に入ったなんておもっていなかった。経済評論家や証券会社のアナリストたちは、いずれ景気は持ち直して、株価も上昇するって、自信たっぷりに語っていたわ。でも、残念ながら、そうはならなかった。だから、あくまでもあとづけの区切りだけれど、一九九〇年十月一日に、バブル経済は崩壊したの。その後は、大規模な金融政策が度々とられたにもかかわらず、日本経済に再生の兆しは見えていない。そして、去年の阪神淡路大震災と、地下鉄サリン事件によって、とどめを刺されたわけよね。これから何十年も、日本経済は低迷をつづけるのかもしれない。わたしはかろうじて地元の放送局に就職できたけれど、高校や大学の同級生たちは、本当に悲惨もいいところなのよ」

つまり、真記があのまま東京で大学生をしていたら、定職につけていなかったのではないか。おとうさんが破産したのは不運だったし、大学中退に追いこまれたのはたいへんなショックだっただろうけれど、いち早く甘い夢からさめて、看護婦という、きびしくも手堅い職業にきりかえられたのは幸運と捉えていいのではないだろうか。

受話器から聞こえるミサさんの声はとても聞きとりやすかった。しかし、納得できるかどうかは別問題だ。

真記がなにも答えないので、ミサさんはバツが悪くなったらしい。

「機嫌をそこねたなら、あやまるわ。でもね、わたしの友人でも、就職に失敗して、精神状態が不安定になって、アルバイトもできなくなったってひとが何人もいるの。だって、無理もないわよね、大学に入学したときはバブル経済のまっさかりで、男女雇用機会均等法に則《のっと》って女子も総合職につけるって張り切っていたのに、いざ卒業となったら、企業が急に門をせばめて、人生設計が根本から狂ってしまったんだもの」

それは事実なのだろうが、真記はやはり相槌《あいづち》が打てなかった。腕時計を見ると、あと一分しか話せない。

「ミサ、もう時間が……」

「うん。ごめんね。やっぱり、無神経な意見だったよね。おまけに、久しぶりなのに、わたしばっかりしゃべっちゃって」

ミサさんの話は尻切れトンボで終わった。割り切れない気持ちのまま受話器をおいて振りかえると、看護学校の生徒がふたり、自分にかかってくるはずの電話を待っていた。

「長くなって……」

真記がお詫びを言い終わるまえに電話が鳴った。すぐうしろにいた生徒が飛びつき、受話器を耳に当てた。ところが、自分にむけてではなかったらしい。半泣きの顔で、もうひとりの生徒に受話器を手渡すと、床にすわりこんでしまった。よくあることなのに、真記はせつなさがつのった。

ミサさんが言うように、あのまま東京で大学生をしていたら、卒業しても公立学校の教員に採用されず、就職浪人をつづけていたかもしれない。かりにそうだとしても、父の破産を知らされたときの衝撃はあまりにも強烈だった。気を失わなかったのがふしぎなほどだ。

（あれが幸運の入り口なんてことがあるじゃろか）

部屋にもどって考えるうちにおもいだしたのは、市ケ谷《いちがや》駅の地下通路で視覚障害者のカップルを引き合わせたことだ。あのときは、よりにもよって、あんなにいいことをした日に、どうして不幸のどん底に突き落とされなければならないのかと本気で嘆いた。

しかしながら、盲導犬をつれた男女を助けたおかげで、間一髪、時代の不幸に巻きこまれずにすんだというのなら、その運命を受け入れるのにやぶさかではない。


七年前、真記の考えはそこでとまった。そして、その先に考えを進めることがなかったのは、看護師として毎日を送るのに懸命だったからだ。

正看護婦になって三年目の六月、真記は外科病棟から末期がんの患者などをみる緩和ケア病棟にうつった。外科病棟は旧館の三階で、緩和ケア病棟は完成したばかりの新館最上階の八階だから大移動だ。

それに先立ち、中川周子《しゅうこ》看護婦長との面談がもうけられた。外科の看護婦長によれば、終末期医療に従事する者の心がまえをみっちり説いて聞かせるとのことだったので、真記は大いに緊張して新館にむかった。

「あらあら、そのようすだと、だいぶ脅かされてきたみたいね。残念だけど、特別なアドバイスなんてないわ。わたしはそんなにえらくないもの」

ガチガチになっていた真記はキョトンとした。中川さんは目鼻立ちも体形もシャープだが、よく動く大きな口がチャーミングだ。

「拍子抜けしたわね。それでいいのよ。そのときどきの出来事に素直に反応して、うれしいことは、うれしい、かなしいことは、かなしいとおもえばいいの。うちの病棟で、遠からず亡くなっていく患者さんたちに寄りそって毎日を送るのは、たしかにたいへんよ。だって、元気になって退院するひとは、まずいないんだから。しかも、まれに半年近く入院するひともいるけれど、一番多い入院期間は、十日から三週間」

そこで中川さんはじっと黙った。真記に考えさせるというよりも、自分が語った事実にあらためて突き当たっているという顔だ。そして、意を決したように口を開いた。

「でもね、ひとは誰でも、いつかは死ぬわ。わたしもあなたも、生きてあしたをむかえられるかどうかは、厳密にはわからない。そうだとしても、ひとはたらきしたあとのビールは、やっぱりおいしいわ。それと同じように、たとえ一週間でも、お世話をした患者さんが亡くなれば、とてもかなしいわ」

たくましい顔で言いきったとおもうと、中川看護婦長の目から涙がこぼれた。

「けさ、おひとり亡くなったの。お子さんが三人いる、四十一歳の女性。検査で胃に腫瘍が見つかってから、三ヵ月足らずだった。うちの病棟にうつってからは十一日。あなたに会うんで、おもいださないようにしていたのに、自分が言ったことばでおもいだしちゃった」

（このひと、おとうちゃんとよう似ちょる）

父とは性別も顔立ちもちがうが、中川さんは掛け値なしのことばで語っているのが真記にはわかった。とりつくろわず、本当にそうおもっていることを口にだす。だから、自分が語ったことばが、相手よりも自分に突き刺さり、その痛みを糧にして、さらに先に進んでいけるのだ。

（強いひとなんじゃろうな。どげなことでも、正面から受けて立つ、とびきり強いひとなんじゃろう）

その見立ては正しくて、洟《はな》をすすっていた中川さんが背筋を伸ばした。

「あなたに頼みたい患者がいるの。中学一年生の小畑茜《おばたあかね》さん。肺がんが脳にまで転移していて、いつ急変してもおかしくない。その女の子と、英語で話してあげてほしいの」

中川さんは、真記が英検準1級の資格を持っていることを知っていた。それはそれとして、いつかは緩和ケア病棟に引き抜こうと目をつけていたのだが、茜さんの病状がおもわしくないので、なりふりかまわず、外科の看護婦長に頭をさげたのだという。

草津出身の茜さんは、小学五年生の春にせきがとまらなくなった。肩甲骨付近に痛みがあり、かかりつけ医の紹介で、上州総合病院で精密検査を受けたところ、初期の肺がんと診断された。手術による患部の切除も検討されたが、採取した細胞から広範囲に転移している可能性が疑われた。自宅に近い病院では治療が難しいため、茜さんは二年前から上州総合病院に入院し、抗がん剤と放射線による治療を受けてきた。しかしながら、がんの進行をおさえられず、一週間前、緩和ケア病棟にうつることになった。

「わたしが担当しているんだけど、いかんせん英語の力が足りなくてね。あの子、耳がよくて、発音にうるさいし、こっちがスペルを一文字まちがえただけで、あきれられちゃうの」

中川さんがさも悔しそうに言った。茜さんの夢は国際線のキャビンアテンダントになることだ。以前は英会話教室に通っていた。入院後は、英語ばかりを自分で勉強してきたので、とてもよくできる。

欧米では、長期間の入院を余儀なくされている児童生徒のもとに教員が出向き、授業をおこなう制度が確立している。通学ができない者にも教育を受ける権利があるからだ。上州総合病院でも、市や県の教育委員会にはたらきかけているが、教員の不足を理由に実現していないと、中川さんはもろもろの事情を説明した。

「あなた、歌がうまいし、大人数のまえでもあがらないでしょ。勝手な想像だけど、英語の教員を目ざしていたんじゃない」

図星を指されて、真記はうなずいた。

「よし、当たり」と中川さんが右の拳を握りしめた。

「それじゃあ、お願いするわ。午前と午後に十五分ずつでいいの。ていうか、茜さんは、十五分くらいしか体力も集中力もつづかないの」

午後三時すぎで、真記はそのまま中川さんについてエレベーターに乗った。

八階で降りると、フロアの中央にナースステーションがあり、それを囲むように病室が配置されている。全十六室がいずれも個室で、各部屋にトイレとシャワーを完備している。ソファベッドを利用して、家族が寝泊まりすることも可能だという。

茜さんはベッドに腰かけて、足をゆらゆらさせていた。カラフルなニット帽をかぶっているのは、抗がん剤の副作用で頭髪が抜けてしまったからだろう。まつ毛も眉毛もない。肌は白く、血管が透けて見える。シャツからのぞく首も、手足も、びっくりするほど細い。真記は心中をさとられないように気をつけながら、自分をおちつかせた。

“Hello, AKANE. Nice to meet you. My name is MAKI.”

看護服の真記が流暢な巻き舌で自己紹介をすると、茜さんが驚いた顔で中川さんを見た。そして、満面に笑みを浮かべて、手を叩《たた》いた。英語で自己紹介をしただけで、こんなに喜んでもらえたのは初めてだ。

つづいて真記は、わたしは看護婦をしているけれど、茜さんと同じ中学生のころは英語の先生になりたくて、一生懸命に勉強していたと、英語でゆっくり話した。

茜さんはしっかり聞きとり、二度三度うなずいた。棚には英語の辞書や参考書が並び、ビデオデッキ付きテレビの横には、ディズニー映画のＶＨＳビデオが十本ほど積まれている。もちろん『Snow White』もあった。

"Do you like 'Snow White'?"

真記が聞くと、茜さんが口を動かした。ところが、声がかすれていて、ほとんど聞きとれない。がんの進行で肺がおかされて、ふつうに話せないのだ。

「ごめんなさい。言い忘れてた」

中川さんが真記の耳元でささやき、さらにつづけた。

「でもね、茜さんが、さっきみたいな笑顔を見せたのは、うちの病棟にきて初めてよ」

それから真記は中学生のときに英語部で原題『Snow White and the Seven Dwarfs』、邦題『白雪姫』のアニメーション映画を朗読劇にして演じたことを英語で話していったが、途中で茜さんがうとうとしはじめた。

「あらあら、がんばって聞いたから、疲れちゃったのね。さあ、横になりましょう」

中川さんが茜さんに声をかけて、ベッドにそっと寝かせた。肋骨《ろっこつ》にも転移しているので、肩や背中に強い痛みがある。それをモルヒネでおさえているため、すぐに眠くなってしまう。夜中に目を覚ますことはほとんどないので、真記のシフトは当分のあいだ日勤だけにする。

ナースステーションにもどり、真記は緩和ケア病棟のスタッフに紹介された。顔見知りも数人いるが、副看護婦長の筒美《つつみ》さんとは初対面だ。中川さんと好対照のふっくらした体形で、表情もやわらかい。

十六人の入院患者に対し、医師は三人、看護婦は真記を入れて十八人という体制だ。

常時満室で、待機者も多数いるのは、緩和ケアにとりくんでいる病院が国内ではごくわずかだからだという。

「茜さんは、本当に、いつ昏睡状態におちいってもおかしくないの」

スタッフがそれぞれの持ち場にもどったナースステーションで、中川さんが言った。これ以上、痛みが強くなり、点滴に混ぜるモルヒネの量を増やせば、その影響で意識を失ってしまう可能性が高い。また、がんの進行により、意識を保てなくなるおそれもある。余命は一ヵ月あるかどうか。

「あなたに、いきなり、酷な役目を担わせようとしているのはわかっているわ。でも、どうにか耐えてちょうだい。茜さんに楽しい時間をつくってあげて」

真記は鍋島京子先生の指導をおもいだした。中学一年生の秋に着任した妙齢の女性教諭は、英語の発音がうまくなるコツは元気に話すことだと言ったのだ。

翌日の午前九時に病室にむかうと、茜さんは起きていた。きのうと同じく、ベッドに腰かけている。

「モニン、アカネ」

オーバーな抑揚で、両手を振ってあいさつすると、顔をしかめられた。

「グッド　モーニング、ミス　アカネ・オバタ」

一転して、堅苦しいクイーンズイングリッシュをまねてあいさつし、慇懃《いんぎん》にお辞儀をしてみせると、今度は顔の前で手を振られた。

そこで真記はごくふつうに「モーニン」と言い、自然な笑顔で会釈した。すると、茜さんも口を動かした。そのつもりで耳をすませば、かろうじて聞きとれる。

「モーニンね。ちゃんとわかるわよ」

日本語で応じて、英語でも言ってあげると、茜さんが喜んだ。

毎日、そんな登場につづく気さくなやりとりをしてから、真記はソファベッドに腰かける。茜さんはホワイトボードをひざにおき、オレンジ色や黄色のマーカーで英語の文章を書いては、真記に見せる。

ひらがなや漢字だと、ホワイトボードに書くのでも、指や腕が疲れてしまう。ノートに鉛筆では、アルファベットでも力がいる。

茜さん自身が編みだした勉強法で、最初は黒のマーカーで書いていた。でも、すぐに、カラフルなほうが楽しいと思いつき、両親に頼んで買ってきてもらったと英文で教えてくれて、真記はすっかり感心した。細かな文法のまちがいをチェックすると、唇をとがらせて、しぶしぶ直すところがかわいらしい。

茜さんの両親は草津温泉で旅館を営んでいる。旅館に休みはないが、祖父母や叔母さんの一家もいるので、十日に一度くらい、ふたりでお見舞いに来てくれる。この帽子を編んでくれたのはおばあさんで、色は茜さんが指定した。弟がふたりいて、ただし半年近く会っていない。真記は自分が生まれ育った尾道のことを、英語で少しずつ話した。

午後は、ディズニーのアニメ映画を一緒に観《み》る。日本語吹き替えではないうえに字幕も出ないが、くりかえし観ているせいか、茜さんがおおよそ聞きとれているのに驚いた。しかし完璧ではないので、途中で一時停止にして、いまの台詞《せりふ》をホワイトボードに書きだしてとか、いまのシーンに対する感想を英語で言ってといった要求をしてくる。つまりは、たっぷり甘えてくる。

やがて茜さんが眠たげな顔になり、寝息を立てるところまで見守ってから、真記は静かに部屋を出る。ナースステーションにもどり、中川さんか筒美さんに報告をするのだが、真記が話しだすと、ほかの看護婦たちは手をとめて聞き耳を立てる。なかには毎回メモをとるひともいる。

「だって、場合によっては、あなたに手を貸すことだってあるわけでしょ。そのときに、少しでも多く茜さんのことを知っていれば、気持ちの入り方がちがうもの」

中川さんが誇らしげに教えてくれた。外科病棟も悪いふんいきではなかったが、緩和ケア病棟のほうが、患者や同僚への気づかいがさらに濃くて深い。

「それはね、そうじゃないと、身も心も持たないからよ。ひと月もすれば、いやでもわかるわ」

じっさい茜さんのケアはたいへんだった。日中は、目を覚ますたびに、ナースコールで真記を呼ぶ。ベッドに腰かけていることはまれで、たいていは横になったままつらそうにしている。

真記は差しだされた手を握り、“Chim Chim Cher-ee”や“The Ballad of Davy Crockett”

といったディズニー映画の主題歌をメドレーで歌ってあげる。日本の童謡を歌うこともある。三十分でも、一時間でも、茜さんの気持ちが安らぐまで寄りそっている。

新館最上階の緩和ケア病棟ではたらくようになって一週間後、真記は茜さんのご両親に会った。草津温泉から自家用車で来られるため、硫黄の匂いをほのかにまとっている。

両親とのやりとりでは、茜さんはひらがなの表を使い、一音ずつ指さして会話をしていく。茜さんと真記は、ホワイトボードを使った英語でのやりとりをして見せた。

「すごい、すごい。英語のほうが、ずっとスムーズだ。茜、英語のじょうずな看護婦さんが担当になってくれて、本当によかったね」

おとうさんが大感激して、茜さんはさも満足げな笑みを浮かべた。同席していた中川さんは、ご両親のまえで真記の健闘をほめたたえた。

中川さんの提案で、つぎにご両親がみえる日に、『白雪姫』の朗読劇をすることになった。場所はエレベーター前のスペース。茜さんの強い希望により、英語で演じる。

台本は、真記がナースステーションのパソコンで作成した。日勤を終えたあとに、いまでも暗記している英語の台詞を口ずさみながらキーボードで打っていくと、中学生だったときのういういしい気持ちがよみがえった。

パソコンの機能のおかげで、レイアウトや活字にもこだわったおしゃれな台本が一夜にしてできあがった。ただし、練習は各自でする。通し稽古はなしの、ぶっつけ本番だ。

白雪姫は茜さん。車椅子にすわり、マイクが口元にくるようにスタンドを調節する。

王子様は中川さん、護衛兵は筒美さん。魔女は、真記の十八番だ。七人のこびとたちは、ベテラン看護婦のみなさんが演じる。

オーディオマニアの医師がマイクとアンプを巧みに調節したので、茜さんの小さな声がきれいに拡張されて、地上八階のフロアに響いた。

看護婦たちはみんな肺活量があり、滑舌もよくて、マイクは無しにして正解だった。ほかの病棟からも医師や看護婦たちが見物にきて、英語での朗読劇に拍手をおくった。ラストの『ハイ・ホー』では、茜さんが両腕と両脚を振り、口をいっぱいに開けて歌った。ビデオカメラで撮影しながら観ていたご両親は娘の力強さに感激し、うれし涙を流した。

茜さんが亡くなり、ひと月がすぎたころ、草津のご両親からＶＨＳビデオが届いた。ビデオカメラで撮影したものをダビングしたという。

【すばらしい機会をつくっていただいたことに、あらためて深く感謝しております。茜も天国で喜んでいることとおもいます。】

「ありがたいけれど、これはおいそれとは見られないわね」

中川さんが言って、ナースステーションにいた看護婦たちがそれぞれうなずいた。真記の脳裏には、臨終のまぎわ、茜さんにすがりついていたご両親の姿がよみがえった。

「それから、全員には伝えていませんでしたが、小畑茜さんのご両親からは、すでに商品券をいただいています」

　真記はそのことを初めて知った。日勤が三週間ほどつづいたぶん、集中的に夜勤をしていたときにおとずれたらしい。

「こちらは、これまでどおり、共有物の購入にあてます。かねてより、自転車がほしい、それもママチャリではなく、少し遠くまで速く行けるマウンテンバイクがほしいという声があがっていましたので、そちらを購入するつもりです」

　拍手が起きて、真記もそれはすばらしい考えだとおもった。その自転車なら、自分の脚力でも八キロメートルほど離れた高崎駅まで買い物に行けるはずで、往復のバス代が浮く。

「では、賛成多数ということで、ご承認いただきました」

　そこで中川さんが咳《せき》ばらいをした。

「じつは、わたしの一存で、すでにマウンテンバイクを発注し、納車されております。そして、まずは」と言って、中川さんは真記に自転車の鍵《かぎ》を手渡した。

「あなた、自動車の運転免許を持っていないでしょ。だからね、この自転車でサイクリングをしなさい。気分転換になるから」

　事情がよく呑《の》みこめないまま、真記は小さな鈴がついた鍵を受けとった。

「ありがとうございます。でも、みなさんだって、新品の自転車に乗りたいんじゃないですか」

とりあえずお礼を言うと、ナースステーションのあちらこちらで笑い声が起きた。

「あのねえ、真記ちゃん」

さもあきれた声で言ったのは、副看護婦長の筒美さんだ。

「群馬県育ちはさあ、中学高校とたいてい自転車通学で、ペダルをこぐのが、つくづくいやになっているのよ。夏の猛烈な日差しに、冬は名物の赤城《あかぎ》おろし。日本海側の雪が山を越えて飛んでくることだってあるわけ。だからさあ、十八歳が近づいたら、猫も杓子《しゃくし》も自動車教習所に通って運転免許をとるの。そうして、女子は軽自動車に乗るの。とっぽい男子は、安っすい中古車を改造して、暴走族の仲間入り。うちの病院にだって、みんな車で来てるでしょ。だから駐車場があんなに広いんじゃない」

つまり、新品のマウンテンバイクは、自分に対するご褒美なのだと知って、真記はみなさんに頭をさげた。

翌日の土曜日は休みに当たっていたので、寄宿舎の食堂で早めに朝食をすませた真記は銀色のマウンテンバイクに跨《また》がった。タイヤは想像していたよりも細くて、全体に軽快なデザインだ。

梅雨明けの発表はまだだが、午前中の降水確率はゼロパーセント。背負ったデイパックには、ペットボトルとタオルとお財布が入っている。

正直に言えば、自転車は得意でない。小学三年生のとき、父に特訓してもらって、ママチャリには乗れるようになったが、尾道は坂の町だ。毎日のように自転車に乗っていたのは高校の三年間だけで、東京ではもっぱら歩きだった。

そうしたしだいで、変速ギアがついたスポーツタイプの自転車に乗るのは生まれて初めてだ。ただ、長身で脚が長いため、地面にぺたりと足が着く。

おそるおそるこぎだしてみると、自転車はスイスイ進んだ。前のギアが三段、うしろのギアは六段もあるから、3×6＝18通りの組み合わせで走れるわけだ。

手探りで、こぎやすいギアに合わせて、まずは上州総合病院の広大な駐車場を一周してみる。ざっと見で、三百台は停《と》められるだろう。午前八時になるところで、外来を受診するひとたちや、スタッフの車がつぎつぎに入ってくる。

邪魔になってはいけないので、病院を離れて、アスファルトの道路を山にむかって進んでいく。

真記が初めて高崎に来たとき、上州総合病院の周囲は一面の田畑だったが、その後に宅地開発が進んで住宅がずいぶん増えた。信号機もあちこちに設置されて、道路の両側にガードレールもついた。学校も企業も週休二日がふつうになってきたので、土曜日の午前中にいそがしいのは病院くらいだ。

そんなことをおもいながら真記はペダルをこいだ。ふつうにこいでいるつもりなのに、スピードがグングンあがってゆく。いつの間にか住宅地を抜けて、ガードレールもなくなった。

紺碧《こんぺき》の夏空に、まっ白な雲が浮かんでいる。朝から気温も湿度も高いが、顔に当たる風が心地よい。

（茜ちゃん、茜ちゃん。自転車に乗るのは、とっても楽しいよ。でも、茜ちゃんがこの世にいないのは、とってもとってもかなしいよ。かなしいよお）

胸のうちで叫ぶと、ずっとおさえていたかなしみがあふれた。

茜さんが亡くなったあと、真記は七十五歳の女性の担当になった。膵臓《すいぞう》がんの末期で、緩和ケア病棟にうつってきたときには、すでに意識が途絶えがちだった。つきそう息子さんも覚悟はできているようだった。

三日後の深夜、ナースステーションのモニターが異変を報《しら》せた。心拍数と血圧が急激に低下していて、当直の医師と筒美さんがいそぎ病室にむかった。真記は息子さんの携帯電話にかけたが、留守番電話になっていた。患者はそのまま午前四時十二分に亡くなり、そのことも留守番電話に録音した。

午前六時に、葬儀会社から電話があった。息子さんからの依頼により、できるだけ早くご遺体を引きとりにうかがう。ご遺族は同行できないので、荷物も葬儀会社がまとめて持っていく。

真記は筒美さんとふたりでご遺体につきそい、エレベーターに乗った。そしてご遺体を乗せて走り去る葬儀会社の黒い車に深々と礼をした。

つぎに担当になったのは六十一歳の男性だった。二週間前、脳幹出血を起こし、開頭手術を受けたものの、予断をゆるさない。二十歳以上も年下に見える奥さんがつきっきりで看病に当たっていて、三食とも病室でとり、看護婦が点滴のバッグやオムツを交換するときも病室から出ようとしない。お子さんはいないのか、見舞いにくるひともいない。

「ダメよ、妙な詮索をしちゃ」

中川さんに忠告されるまでもなく、真記は患者のプライベートに関心はなかった。ただ、奥さんの異様に思いつめた表情が気になってはいた。もしも父が同様の状況におちいったら、母もまた後追いをしかねないほど心配して、片時もかたわらを離れないだろう。

奥さんによる献身的な看病の甲斐《かい》なく、ご主人は緩和ケア病棟にうつって五日目の昼間に亡くなった。前夜が夜勤だった真記は臨終のさいのお世話ができず、とりみだした奥さんをおちつかせるのがたいへんだったと聞いて、いたたまれなかった。

その後も、真記はたくさんの方のケアをした。茜さんほど濃密につき合える患者はいなかったが、それでも担当した患者の死には感情をゆさぶられた。ご遺族に感謝されても、達成感をおぼえられるはずもなく、かなしみが積もってゆく。

休日が本降りの雨でなければ、真記はマウンテンバイクに乗った。一心にペダルをこいでいると、沈んでいた気持ちがいくらか晴れる。

そのうち、夜半にもサイクリングをするようになった。満月の夜がこんなにも明るいことや、流れ星がじつにたくさん落ちることを発見しては、天国の茜さんに話しかけた。

一方、真記は、夜の道路をゆきかう大型のトラックやダンプカーにもこころを惹《ひ》かれていた。排気ガスをまき散らし、往々にして運転も荒っぽいが、真記にとっては父につながるなつかしい乗り物だ。

（運転手さん、安全運転で頼みますよ。うちのおとうちゃんとおかあちゃんが乗ったトラックと、どこかですれちがうかもしれんのじゃから）

轟音《ごうおん》を響かせてマウンテンバイクを追い抜き、やがて見えなくなってゆくトラックやダンプカーにむけて、真記は胸のうちで呼びかけた。


そうした日々をおくりながら、真記は着々と奨学金を返していった。体調を崩すことなく、お盆も年末年始もすすんで出勤したので、同僚からの信頼は厚かった。三十歳が近づいていたが、真記に奨学金を返済する以上の目標はなかった。

「わかったわ、もう言わない。でもね、晴れて完済したら、合コンに参加したり、看護婦仲間が紹介してくれるひとと食事ぐらいはするのよ。十年も会っていないけれど、あなたの魅力は十人並み以上ではあるんだから」

ミサさんはしつこかったが、真記は耳を貸さなかった。たいへんな苦労の末に入学した法政大学文学部を中退したのも、奨学金が山積みになり、返済不能におちいるのを恐れたからだ。その先のことは、完済してから考えたい。というよりも、奨学金を完済してからでなければ、とても考えられない。

そして、去年の十二月半ば、ついに歓喜の瞬間はおとずれた。病院のむかいにある郵便局に看護服で振り込みに行ったため、その場で大喜びはできなかったが、真記はまさに感無量だった。

驚いたのは、その感慨が薄らぐまえに、中川さんからハワイ行きのシップナースをすすめられたことだ。もっと驚いたのは、出航の前日に、晴海埠頭で泣き崩れてしまったことだ。

真記としては、十年来の重荷から解放された身として、ハワイ諸島への船旅をぞんぶんに楽しむつもりでいた。ところが、東京湾を望む埠頭に立った真記の胸の底から湧きあがったのは、大学生だったときにもどりたいという、かなうはずのない願いだった。

あのころにもどれないまでも、可能なら、いったん看護師を辞めて、文学部英文学科で学び直し、卒業論文を提出して大学を卒業したい。

通りかかるひともなく、埠頭でのむせび泣きはなかなかおさまらなかった。

もっとも、おちついて考えれば、築きつつある看護師としてのキャリアを中断するのはバカげている。これからは貯金もしていけるのだし、まずは時機を見て三原に行き、誠一に会おう。そして、どうにかして、両親と再会したい。

シップナースとして乗りこんだグランドオーロラ号が外洋に出た日の夜おそく、真記はずっと読み返さずにいた手紙を広げた。

【十年後か、二十年後か、おたがいどうにかこうにか生きのびて、ひと息つくときが来たら、みんなで会おう。】

母の手になる父からの手紙は、そう結ばれていた。読むのは二度目で、便箋を封筒にしまうと、真記は部屋を出て階段をのぼり、一階のメインデッキに出た。夜空は星で埋め尽くされている。

「おとうちゃん、おかあちゃん、うちはこれから、この船でハワイに行くんよ。旅行じゃなくて、看護師としてじゃけどな。それはそれで、たいしたことなんじゃ」

真記は日本のどこかにいる両親に呼びかけた。誠一には、ホノルルからエアメールを送った。帰国後に携帯電話を購入したので、弟と連絡をとる回数はぐっと増えた。

今年も、お盆の中日に、父は公衆電話から三原の本家に電話をかけてきたという。誠一はまず、090から始まる姉の携帯電話の番号をメモしてもらった。

「ねえちゃんは、去年の十二月に奨学金を完済したそうじゃ」と誠一が父に話すと、

「おう、そいつはたいしたもんじゃ」と応じた。

誠一が引きつづき大学院でコンピューターについて学んでいることに対しても、「おう、おまえもたいしたもんじゃ」と言ったという。

「いま、どこにおるん？　西か東か、北か南かだけでも教えてよ」と誠一が頼んだが、今年もまた、そこで母にかわってしまった。

母は声が少しかすれていたと誠一から聞いて、真記は心配になった。しかし真記の携

帯電話に父と母から電話がかかってくることはなく、きょうに至るまで、ふたりがどこでどんなふうに暮らしているのかはわからないままだった。

こうした、ふつうとは言いがたい家族関係を、真記は笠井さんに話していた。むしろ笠井さんのほうが詳しく知りたがったので、おもいきって父の浮気を含めた一切合切を包み隠さず話した。ただし、平和記念公園での一件だけは内緒のままにした。

笠井さんは十歳のときに交通事故で両親とふたつちがいの妹を亡くしている。そのため家族や家庭にあこがれがあるのだとは、初めてデートをした横浜の、港の見える丘公園で聞いていた。

スピード違反の容疑で覆面パトカーに追走されたスポーツカーが暴走して起こした事故で、青信号で交差点を通過していた笠井さんのおとうさんに過失は一切ない。真横から激突されて、はじき飛ばされた4WDの乗用車は横転しながら電信柱にぶつかった。事故が発生した土曜日の夕方、笠井さんは静岡駅近くの学習塾で勉強をしていた。教室に入ってきた塾長に呼ばれてからのことは、記憶がさだかでないという。

小学五年生だった笠井さんは、浜松市内にある母方の叔母の家に引きとられた。よく行き来していたこともあり、叔母夫婦からは大切にあつかわれた。両親が加入していた生命保険の支払いや、加害者からの慰謝料を含むたいへんな額の遺産についても、きちんと教えてくれた。

笠井さんは浜松でも学習塾に通い、いとこたちとも仲良くしていたが、みずから希望して九州の福岡県にある私立の中高一貫校に進学した。

「理由は、叔母の容姿や声が母とよく似ていたからです。でも、どう言えばいいのかがわからなくて、いまだに伝えていません。叔母と叔父は、思い出が詰まった静岡県を離れたいんだろうとおもっていたみたいです」

そして福岡市の中学校で藤田さんと同級生になるのだが、浜松を発《た》つときには、すでに料理人になろうと決意していた。

「ぼくは、いまでも母が大好きです。母がつくってくれるごはんがおいしくて、その味をはっきりおぼえています。だから料理人になって、母の味をかんじさせる料理をつくって、たくさんのひとたちのおなかをいっぱいにしたい。その目標にならなら、本気でとりくめるっておもったんです」

系列の高校に進まず、調理師専門学校に入学したのは自分の意思だが、グランドオーロラ号の見習いコックになろうと言いだしたのは藤田さんだ。今回の、浜松のホテルへの就職をすすめたのも藤田さんだという。

「あいつ、ああ見えて、かなりのお節介なんです。ぼくはべつに浜松に帰りたくないのに、二年でも三年でもいいから、浜松で一番のホテルではたらけ。そうすれば叔母さんと叔父さんも、親戚への面目が立つんだから。そのうえで都内の一流レストランにうつるなり、自分の店を開くなり、好きにすればいいって言って」

色とりどりのバラが咲く高台の公園で聞いたのは、そこまでだった。真記は、自分にもでしゃばりな親友がいると話し、ふたりで笑い合った。

藤田さんからの封書が高崎の寄宿舎に届いたのは、初デートの一週間後だった。笠井さんから、真記とのことを聞いたという。

【俊也は早くに家族を亡くしていますが、自暴自棄なところや、刹那的なところの微塵もない、堅実で、やさしい男です。とくに、うそは一度もついたことがありません。料理人として成功をおさめるのはまちがいないと、ぼくの父も太鼓判を捺しています。その成功におごりまどわされないことは、ぼくがうけあいます。】

ところが、精養軒でのランチのあとに上野公園を散歩していたとき、笠井さんは親友の証言をくつがえした。

「ぼく、真記さんにうそをついていました」

「えっ」

(やっぱり、ほかに彼女がおるんじゃ。こげにええ男じゃもん)

ひそかに抱いていた疑念を、真記は懸命におさえた。しかし、表情と態度にはあらわれたらしい。

「いま、ぼくに対して、よからぬ想像をしましたね」

問いつめる笠井さんは笑顔で、真記は安堵しながらうなずいた。

「マドロスは七つの港に女あり、なんていうのは、はるか昔のことですよ。それに、ぼくたちの素行のよさを知っているから、キャプテンとシェフはワイキキでのランチを、特別に許可してくれたんですからね」

　客船という閉ざされた空間での風紀の乱れは、ひいては運航にも悪影響を及ぼしかねない。

「でも、ぼくの言い方も、誤解を招くものでした」

　じょうずにあやまった笠井さんがふいにかけだした。見れば、カップルがベンチから立ったところで、ほかにも気づいたひとたちがいたが、笠井さんが一歩も二歩も早かった。真記は自分に求婚した男性の俊敏さを頼もしくおもった。

「うそをついていたというのはオーバーで、ちょっと見栄《みえ》を張っていたんです」

　ベンチにすわったあとに笠井さんがうちあけたのは、自分の本当の夢についてだった。ワイキキでは、街の洋食屋さんを開くのが夢だと語ったが、じつはほかにつくりたい料理がある。これをひとに言うのは初めてで、藤田さんにも内緒にしていたと前置きされて、真記は気が気でなかった。

(見栄を張って言った夢が、街の洋食屋さんじゃゆうことは、一体全体なにをつくりたいんじゃろう。つまり、もっと庶民的な料理なんじゃから、ラーメン、立ち食いそば、牛丼、おでん、ハンバーガー、焼き鳥、たこ焼き、お好み焼き、綿あめ。綿あめゆうことは、いくらなんでもないじゃろう)

　真記の頭にさまざまな食べものが浮かんでは消えた。

「ぼくは給食をつくりたいんです」

「えっ」

またしても声をあげてしまい、真記は両手で口を押さえた。左側にすわる笠井さんがこっちを見ている。

「いまの反応は、どういう意味でしょう」

わざとらしく眉間にしわを寄せているので、本気で怒っているのではないらしい。真記は前方の大噴水に顔をむけ、鼻から息を吸って、気持ちをおちつかせた。

「すみませんでした、素っ頓狂な声をだして。まるで予想外の答えだったものですから」

立ちのぼる噴水にむけて頭をさげたあとに、真記はつづけた。

「グランドオーロラ号のメイングリルは、先ほどランチをいただいた上野精養軒のグリルフクシマや、横浜ホテルニューグランドのル・ノルマンディと肩を並べる、日本屈指のレストランなんですよね。いずれは給食をつくるつもりでいながら、あえて一流レストランで修業することを選んだのか。それとも、それは藤田さんが望んだ修業のコースであって、それにつき合ったということなのか」

真記は推察をそのまま口にだした。笠井さんはさえぎらずに聞いている。

「たぶん、後者ですよね。藤田さんは老舗レストランのあととりなんだから、おそらくおとうさんの意思も入っている。私立の中高一貫校に入学した笠井さんが、高校にあがらずに調理師専門学校に進むにあたっても、藤田さんのおとうさんが浜松の叔母さん夫妻や、学校の先生たちを説得されたのではないでしょうか。そのなかで、調理師専門学校で学んだあとに、グランドオーロラ号のグリルで修業するというコースをあらかじめ提示した」

「ご名答です」

笠井さんが感心して、真記は顔を左にむけた。短髪の丸い頭に、クリクリッとした目の男性がうれしくてしかたがないという顔をしている。

（このひと、ホンマにうちのことが好きなんじゃ）

真記は抱きつきたいのをぐっとこらえた。

「でも、ただ藤田の言いなりになったわけではないんです」

一転して、笠井さんが表情を引きしめた。料理人を長くつづけていくうえで大切なのは、基本を叩きこむことと、場数を踏むことだ。その点で、グランドオーロラ号のグリルは申し分ない環境だと判断したからこそ、藤田さんと行動をともにした。また、下船後に浜松に帰ったことで、叔母さんをはじめとする親戚たちはとても喜び、夏から秋にかけて何度も食べにきてくれた。お客さんの評判も上々で、ホテルの支配人やシェフも笠井さんの仕事ぶりに満足している。

「おかげで、真記さんにプロポーズする勇気も湧いたんです」

笠井さんは堂々と語った。街の洋食屋さんを開業したいという気持ちも、まるきりのうそではない。ただ、賛同してもらえるなら、給食をつくっていきたいとおもっている。たくさんのひとたちに安価でおいしい料理を提供するのが自分の目標なので、その基準に照らしたとき、給食の調理員は、街の洋食屋よりも上に来る。ずっと船に乗っていたので貯金はかなりあるけれど、給食の調理員の給料では、優雅に暮らすというわけにはいかない。

「そんなわけで、本当の夢を言いだせずにいたんです」

「それじゃったら、うちも言わずにいたことがあります」

笠井さんにむけて、真記は初めて広島弁をつかった。

「さっきは、どんなふうに暮らしてゆくのかは、おいおい相談させてくださいと言うたけど、冷静になって考えてみると、看護師長の中川さんは、うちを簡単には手放さんじゃろうとおもいます。産休・育休はとれても、退職は難しいかもしれません。ごめんなさい」

真記はひざに手をつき、頭をさげた。

（これでプロポーズを取り消されたら、一生独身が確定じゃ）

心配する真記の肩を笠井さんが叩いた。

「それなら、ぼくが高崎に行きます。そして病院の食堂で料理をつくりますよ。そうすれば、真記さんにも毎日、ぼくの母の味を食べてもらえますからね」

「それ、ホンマですか」

顔をあげた真記の目のまえで、「ホンマです」と笠井さんが言った。真記が抱きつくと、笠井さんが抱きしめてくれた。

ミサさんに宛てた原稿用紙の手紙に、真記は笠井さんの夢は街の洋食屋さんだと書いた。給食の調理員だと書かなかった理由は、ベンチでのやりとりを書くのはさすがに照れくさかったのと、ミサさんが笠井さんの本当の夢をわかってくれないかもしれないとおもったからだ。

「給食なんて、誰だってつくれるじゃない。ミシュランガイドで星をもらうシェフに出世させるべく、内助の功を尽くしなさいよ」といったアドバイスは、どうか御免《ごめん》被《こうむ》りたい。それなら笠井さんが高崎に来てしまってから知らせるほうがいい。

ミサさんに長い手紙を書き、その数日後に長電話をした翌日の晩、真記は誠一に電話をかけた。とてもだいじな話なので、そのつもりで時間をつくってほしいと電子メールで伝えてからかけた電話で、真記は弟に初めて笠井さんのことを話した。

「ねえちゃん、おめでとう。いいひとと出会えて、ホンマによかったなあ」

誠一によると、三原のおじさんとおばさんは毎晩のように、「真記ちゃんは結婚せんのかなあ」と心配しているという。しかし、もろもろのいきさつがあるため、お見合いを世話するわけにもいかない。誠一にも、自分たちがそうした心配をしていることは言わないように釘《くぎ》を刺しているとのことだった。

「ふたりとも、マジで喜ぶわ。それにきっと、そのひとに会いたがるわ」と言ったところで、誠一が声をあげた。

「そうじゃ、ねえちゃんが結婚するとなったら、おとうちゃんとおかあちゃんはかならずあらわれる。なあ、そうじゃろ」

「あんた、気づくのがおそいわよ」

真記はエラそうに言ったが、自分でもそれに気づいたときには、「やった」と声を発して跳びあがった。

「ど、どうしました」

手をつないでいた笠井さんが驚いたが、真記は湧きあがる喜びをおさえかねた。つまり真記自身も、自分が結婚するなら、両親が会いに来るとあとからわかったのだ。

精養軒でのランチのあと、大噴水前のベンチでも話したふたりは、お昼前に待ち合わせた西郷さんの銅像の下までもどってきたところだった。

「なるほど、それはそうですね。そうなってくれたら、ぼくも本当にうれしいです」

真記の説明を聞いて、笠井さんも喜んでくれた。

「じつは、真記さんからいろいろ聞いて、飯田橋のモモンガ亭にもいずれ食べに行ってみようとおもっていたんです。でも、ご両親に会えるなら、モモンガ亭はそのあとにしましょう」

「ありがとうございます。でも、大将とママさんは、わたしのことなんて、とっくに忘れているかもしれませんよ。あんな不義理をしたわけですから」

自分をさとすように、真記は言った。

「それは絶対にありません。まっとうな料理人は、一緒にはたらいた仲間のことは決して忘れないものです」

笠井さんの熱いことばがうれしくて、真記はまた抱きつきそうになった。ところが笠井さんにはそのふんいきがないことに気づき、広げかけた腕を背中に回した。

「ぜいたくをして、タクシーで、上野の山をひと回りしましょう」

そう言って広小路《ひろこうじ》口まで歩いた笠井さんは何台かをやりすごしてから右手をあげた。真記を先に乗せて目的を告げると、お財布から抜きだした千円札を三つ折りにして運転手さんに渡した。

「ちょっと、聞かれたくない話をするので、ラジオをつけてください」

白い帽子をかぶった年配の運転手さんは無言でうなずき、ラジオをつけてから車を発進させた。

「真記さんの耳元で話すのは、車のなかだとあぶないし、だいいち、みっともないでしょ」

シートにすわり直した笠井さんは少し落とした声で話しだした。

「ぼく、プロポーズを受け入れてもらえたら、あすの始発の新幹線で浜松に帰ればいいとおもっていたんです」

それが一夜を共にする意味だとは、奥手の真記にもわかった。そうなってもおかしくない流れではあったし、真記もなにがあってもいいように、あすの夜勤から入るシフトにしてあった。

「でも、きょうはこれで引きあげます。このあと、浜松で叔母たちに会って、結婚することを伝えます」

(うちも一緒に行ったほうがええじゃろうか)

そう考えながらも、真記は笠井さんにまかせようとおもった。

「まずは、ぼくひとりで話してきます。そして、真記さんのご両親から結婚のおゆるしを得たあとに、ぼくの叔母や叔父たちに会ってください」

「わかりました」と真記は応じた。

「ぼくは、ぼくなりの筋道を通したいんです。古くさいとおもわれるかもしれませんが」

タクシーが赤信号で停まっているあいだ、笠井さんは口をつぐんだ。そして、青信号になると、また話しだした。

「誤解しないでいただきたいのは、ぼくはかけおちをした真記さんのご両親のむこうを張りたいわけではないんです。ただ、かけおちって、しっかりした家があるから、そこから逃げだす行為として成り立つわけですよね。でも、ぼくには、親戚や友人はいても、両親がいません」

それきり笠井さんは黙ってしまった。

「あの、父たちとつぎに連絡がとれるのは、来年、つまり二〇〇四年の元日です。あと、二ヵ月くらい先」

上野の広小路口が近づいてきたところで真記は言った。

「わかっています。じつはさっきから、いつごろ、どこで、どんなふうにご両親にお会いすることになるんだろうって想像していたんです。でも、とにかく、ぼくがご両親にむかって言うことは決まっています。そのときにひるまないように、それまでのあいだ、しっかりはたらくだけです」

自分に言い聞かせて、笠井さんは上野駅のホームで真記を見送ったのだった。


フェアプレーの精神で、真記は誠一に、自分もすぐには両親に会えると気づかなかったと話した。そして、あわせて笠井さんの覚悟を伝えた。

「それで、あんたは、おとうちゃんたちが、いつごろあらわれるとおもうのよ」

照れ隠しもあって、真記はぞんざいに聞いた。

「それはさあ、おとうちゃんたちが、どのあたりをメインに走っているのかによるんとちがうん。おれとしては、ねえちゃんのために飛んできてほしいけど、仕事の都合だってあるじゃろう」

八つ下の弟に冷静にかえされて、真記は携帯電話を耳に当てたまますなずいた。

誠一は母のおなかにいるときからからだが大きくて、気はやさしくて力持ちを地で行くこどもだった。それが、このところ、さらにおちつきを増してきた気がする。さっきからのやりとりでも、興奮したのはいっときで、すぐに平静をとりもどしている。

十四年も会っていないが、真記は弟の成長ぶりを写真で見てきた。最初に高崎の寄宿舎に郵送されてきた写真は、小学校の卒業式で撮った一枚だ。

グレーのブレザーに紺色のズボン、赤いネクタイをした誠一が校庭に咲くサクラの木を背景に目を細めている。母をふっくらさせた、色白のやさしい顔だ。おじさんとおばさんは写っていないが、三人一緒の写真もたくさん撮ったにちがいない。

【真記ねえちゃんへ　小学校を卒業しました。中学校でも野球をやります。】

便箋にしるされた文章はおさないが、撥《は》ねや払いのしっかりした筆づかいにびっくりしたのをおぼえている。あらためて封筒を見れば、表の宛名も、裏の氏名も、万年筆でしっかりしるされていた。

こちらからかけた電話で聞くと、三原のおばさんにペン習字を教わっているという。いずれ鋳物工場を継ぐ者としては、それなりにととのった文字を書く必要があるわけだ。

翌年の元日には、年賀切手の貼られた封筒が届いた。なかには、三原のおじさんが差出人の年賀ハガキと、誠一の写真が三枚入っていた。いずれも試合中の勇姿を撮影したもので、バッターボックスでかまえている姿と、スイングした姿、それに防具とマスクを着けて投球を受けている姿だ。一年生ながら、ひときわ大きいのはわかるが、弟の顔を見たい真記はイライラした。

「しょうがねえじゃろ、一眼レフに凝ってて、ながい望遠レンズをつけて、一生懸命に撮ってくれとるんじゃけん」

それでも真記がムッとしていると、「ここにおるけん、かわるから、自分で文句を言うて」と突き放されて、「ごめん、もう言わない」と真記はあわててあやまった。

中学校の卒業式と、高校の入学式で撮った写真も、誠一は律儀に送ってきた。いつもひとりでの写真なので、身長と体重は電話で聞いた。高校一年生の二学期に百八十センチに達したところで身長はとまったが、筋トレの成果で高校二年生の冬に体重は七十二キロになった。

強肩強打、洞察力にも秀でた大型捕手として関西六大学からのさそいが引きも切らないが、野球は高校までと決めている。真記とちがい理系で、おじさんのすすめもあり、大学ではコンピューターについて学ぶつもりだという。

一番驚いたのは、誠一が高校三年生の夏に送ってきたツーショット写真だ。泥だらけのユニフォームを着た誠一は晴れやかな顔をしているが、同封の手紙によれば、広島県予選の準決勝でサヨナラ負けを喫して、これで野球ともお別れになったときの一枚だという。

問題は、となりに立つセーラー服の女子だ。見るからにしっかり者の美人さんで、手はつないでいないが、相思相愛であることは一目瞭然だ。

（こりゃ、やられた）

当時二十五歳だった真記は、高校生の弟に一歩も二歩も先んじられて、愕然《がくぜん》としながら電話をかけた。誠一はすでに携帯電話を持っていて、こちらからかけるとテレホンカードの減りが速くて困るのだが、おじさんたちを気にせず話せるのはありがたかった。

「よさそうな子じゃない」

姉として精一杯の虚勢を張って言うと、「美佳《みか》っていうんよ。同じ年で、中学からのつき合いじゃ」との返事があった。美佳さんは軟式テニス部のキャプテンで、中国大会で準優勝したこともある。

父の会社の倒産により、本家の養子になったとき、誠一は小学六年生だった。名字は変わらなくても、住む家と学校はかわった。中学校で美佳さんと出会ったから、環境の激変をどうにかしのげたのだろう。

美佳さんはこの試合も家族そろって応援に来てくれて、三原のおじさんとおばさんにも紹介ずみだという。

「その写真は、美佳の姉さんが撮ってくれたんじゃ。美晴《みはる》さんていうて、ふたつ上で、大阪にある芸術大学で写真を勉強しとる」

「あ〜そ〜。だからか〜」

被写体である誠一と美佳さんがほどよくリラックスしているのは、おたがいの関係が良好であるのと同時に、撮影者をよほど信頼しているからだ。三原のおじさんが撮ったのではこうはならないだろうとおもったが、さすがにそれは言わなかった。

お姉さんは、誠一たちが中一のとき中三だった。いまも三原に帰ってきたときは三人で話すという。

「美佳と美晴さんだけには、おとうちゃんとおかあちゃん、それに真記ねえちゃんのことを話してあるんよ」

ようやく美佳さんのことをうちあけられて、誠一はよほど気が楽になったようだった。真記は弟を支えてくれている姉妹に深く感謝した。

その後も、ふたりの関係は順調で、美佳さんはすでに保育士として勤務している。誠一が大学院を卒業し、鋳物工場ではたらくようになったら入籍しようとおもっていて、そのまえに一度会ってほしいと言われたのは、今年のお盆だった。

真記は自分にもつき合っている男性がいると、のどまで出かかったが、初デートのままだったこともあり、笠井さんのことを言うのはがまんした。

「披露宴には、おとうちゃんとおかあちゃんにも出てほしいんじゃけど、じっさいには難しいとおもっとるんよ。こっちが平気じゃゆうても、おとうちゃんは面目ないじゃろうし、おじさんとおばさんも、いい気持ちはせんじゃろうからな」

誠一はそれ以上言わなかったし、真記もあれこれ注文をつけるつもりはなかった。

そうしたやりとりがあっただけに、「ねえちゃんが結婚するとなったら、おとうちゃんとおかあちゃんはかならずあらわれる」と素直に喜べる誠一の心の広さに、真記は感心するばかりだった。

「おれもその場に居たいけど、いつになるかは、おとうちゃんたちしだいじゃもんな。どっちにしても、ねえちゃんが結婚することを元日に伝えたら、すぐにそっちの携帯に電話があるとおもうわ。そうじゃ、おとうちゃんたちがどこにいるのかを、どうにかして聞きだしてな」


誠一とのやりとりを、真記はそのまま笠井さんに伝えた。

上野公園でのデートのあと、電話は週に一度、二十分以内という制限はふたつともなしにしたが、おたがいにいそがしくて、話すのはやはり一週間ぶりだった。

「それは、本当によくできた弟さんですね。お会いするのが楽しみだし、末永くおつき合い願いたい。なにより幸せになってほしいと、心から願っています」

笠井さんの返答はいつものようにていねいで、温かかった。それに、きょうも電話をかけてきたのは笠井さんだった。

ただし前回、十一月三日の電話は初めて真記がかけた。

小春日和の一日で、祝日かつ誕生日の日勤を終えたあとに、夕焼けを眺めながら悠々と歩いていると、寄宿舎の出入り口にひとだかりがしている。

「あ〜、来た来た〜。真記せんぱ〜い、彼氏さんから、プレゼントですよ〜。はやく、はやく〜」

数人の後輩が花屋さんを囲んでいて、真記を見つけるなり大声で呼んだ。

「え〜、いいな〜。わたしもこんなことをしてもらいたい〜」

当人よりも興奮した後輩たちにも冷やかされて、真記は豪華なアレンジメントを受けとった。赤、ピンク、黄、オレンジ、深紅と、色とりどりのバラが全部で三十三本、両手に抱えて持ち帰ると、部屋のなかが芳しい香りでいっぱいになった。

ホテルのレストランはラストオーダーが午後八時半、九時に閉店なので、九時半を待ってかけると、笠井さんがすぐに出た。

「お花、ありがとうございます。ちゃんと受けとりました」

「届きましたか」

「もう、すばらしいバラが全部で三十三本も」

「それはよかった」

「後輩たちがうらやましがって、もうたいへん。上野で誕生日を祝ってもらったばかりなのに、こんなに素敵なプレゼントまでいただいて」

その晩からミサさんに宛てて書きだした原稿用紙の手紙には、笠井さんが贈ってくれたバラの香りに包まれてペンをとっていることを臆面もなくしるした。誠一との電話では、幸せな気持ちがあふれ出ていたにちがいない。

真記は毎日でも笠井さんと電話で話したかった。それどころか、すぐにでも一緒に暮らしたいとおもっていたが、おたがいに仕事を持つ身では、そう簡単でないこともわかっていた。

ところが笠井さんは真記よりもよほど性急だった。

「浜松のホテルのレストランを退職する件について、お話ししてもよろしいでしょうか」

十一月半ばの夜九時すぎにかけてきた電話で、笠井さんは言った。

「はい。どうぞ」と応じたものの、真記は心配になった。

上野精養軒でのランチから、二週間ほどしかたっていない。こんなに性急に退職話を進めて大丈夫なのだろうか。高崎に来てくれるのはうれしいが、藤田さんのすすめもあって勤めた職場なのだし、叔母さんたちも喜んでいるという。お世話になった方々の顰《ひん》蹙《しゅく》を買うような辞め方をしては、まずいのではないだろうか。

疲れた頭によからぬ想像が浮かんだが、それはとりこし苦労だった。

グランドオーロラ号のメイングリルで同じくセカンドをしていた井上さんという男性がいる。笠井さんや藤田さんより三歳上で、シェフの口利きにより、下船後は都内のレストランではたらくことが決まっていた。ところがシェフが懇意にしていたオーナーが昨年急死し、あとを継いだ息子は金儲《かねもう》け一辺倒で、井上さんはすっかり嫌気が差してしまった。シェフも、自分が紹介した手前、弱っている。どこかいい職場がないかとの相談が一斉メールで元同僚たちに持ちかけられたのが十月の半ばだという。

「ですから、先日の精養軒でのランチのときにも、井上さんをぼくの後釜にと考えていたんです。ただし、当てが外れてはたいへんなので、真記さんにお話しするのは、井上さんが応じてくれてからにしようとおもいまして」

真記は安堵したが、そうなるとこっちのお尻に火がつく。上州総合病院の調理部門が人材不足で困っていることは、関係者なら知らぬ者のない事実だが、笠井さんが就職を希望していることは、まだ中川さんにも話していなかった。

「じつは、きのう、そちらの病院に電話をしました。真記さんの知人だとは言いませんでしたが、ぼくの都合がつきしだい、高崎にうかがって、面接を受けることになっています。そのとき、住む場所も探せればとおもっています」

真記が返事をできずにいると、例によって笠井さんがこちらの心中を言い当てた。

「段取りが良すぎるとおもっていますね。でも、料理人にとって、味覚のつぎにだいじなのは段取りです。いや、段取りが一番だいじなのかもしれません。段取りが悪いと、料理に集中できませんからね。整理整頓も段取りのうちですし、整理整頓ができなければ、厨房を清潔に保てない。つまり料理人失格です」

「たしかに、それは看護師にとっても同じです」

真記がかろうじて応じたところで、笠井さんも自分があまりに先走っていることに気づいたらしい。

「すみませんでした。ものごとがあまりに順調に進むものですから、この機を逃してなるものかと、躍起になってしまいました」

そのあと短いやりとりをして長い電話は終わった。ベッドに腰かけて話していた真記はそのまま横に倒れた。そして、うつらうつらしたあと、ふいに起きあがった。

「こんど笠井さんと会《お》うたら、おもいっきりイチャイチャしよう。そうでもせんことには、結婚にむけてのあれこれは、とても乗りきれん。『笠井さん』に『真記さん』ちゅうのが、そもそも行儀が良すぎるんじゃ。『俊ちゃん』に『真記』、『マッキー』はジョアンが使っとったから、『マキりん』とかなんとか。あ〜、も〜、うちら、まだキスもしとらんのじゃぞ」

真記は枕を抱きしめて、足をジタバタさせた。


ところが、この電話を境に、結婚にむけたものごとは先に進まなくなった。

浜松のホテルでは、笠井さんの退職には応じられないという。グランドオーロラ号でのポジションが同じだからといって、コックどうしが勝手に相談をしてもらっては困る。

「きみには、いずれ、ここのシェフになってもらおうとおもっているんだ」

ホテルの支配人から直々に告げられて、福岡の藤田さんからもしばらくは動くなときびしく忠告された。

笠井さんの親戚でも、来年再来年と祝いごとの予定があり、できればこのまま浜松にいてほしいと、叔母さんから頼まれた。

「それだけ必要とされているということじゃありませんか」

電話で真記がなだめても、笠井さんは納得しきれないようだった。ただし、仕事へのモチベーションはさがっていないという。

「その点は、ご心配なく。ひとりのときはむかっ肚《ぱら》を立てていても、ひとたびコックコートを着れば、気力は充実、料理をする喜びに胸をおどらせながらはたらいていますから」

うそではないのだろうが、真記はやはり心配だった。ミサさんに相談したくても、給食のことがどうしてもひっかかる。

そんなとき、おもわぬひとから連絡があった。夜勤のあいだに携帯電話に留守電が入っていて、節賀あや子さんからだった。

「お久しぶりです。ご機嫌いかがですか？　先日、お話ししたように、父が真記さんを食事に招きたいと申しております。こちらが高崎にうかがうのでもかまいません。年末にむかう、いそがしいときではありますが、ご都合をお聞かせください。母も、ぜひお目にかかりたいと申しております」

「両親と娘、三人ともが、それぞれに腕の立つ医者じゃからな。かえって肩がこりそうじゃ」

広島弁でボヤきながらも、真記はうれしかった。ハワイからもどった直後にもさそいを受けていたが、都合がつかずにおことわりしていた。今回はまさにグッドタイミングで、自分たちの結婚について、世知に通じた年配の方に、的確なアドバイスをしてもらいたい。

すぐに電話をして、真記は笠井さんとのことをざっと話した。

「あら、素敵。それは、おめでとうございます」

あや子さんは祝福してくれたが、的確なアドバイスについては保証しかねるという。

「父はお節介だし、無類のおしゃべりだけれど、ご存じのとおり、医者って、わたしも含めて、本当に世間知らずでしょ。三人寄っても、文殊の知恵というわけにはいかないとおもうわ」

あや子さんは謙遜しながら朗らかにうけあってくれた。

翌週の土曜日、真記は浦和駅にむかった。高崎駅からは、乗り換え無しで、一時間半ほどで着く。午後三時すぎの電車に乗り、先頭車両のボックスシートで居眠りをしているうちに浦和駅に着いた。

キョロキョロしながら歩いていくと、小柄なあや子さんが改札口のむこうで大きく手を振っている。ざっくり編みのセーターに黒い革のスカート、足元のブーツもかわいらしい。

対する真記は、高崎の古着屋で見つけたツイードのコートだ。男性用の丈がぴったりで、女性店員さんにすすめられるまま、同じ茶系のダブルのスーツと合わせて購入した。先の尖《とが》った革靴は店員さんがサービスしてくれた。冬に笠井さんと会うときのためにそろえた一式が、おもいがけず役に立った。

「店員さん曰《いわ》く、テーマは宝塚の男役ですって。でも、ご両親に失礼じゃないかしら」

「いいえ、とっても素敵。古着というより、ビンテージものよね。彼氏ですって、父と母に言ってみようかしら」

あや子さんは快活で、真記はお招きに応じてよかったとおもった。

初めて降り立った浦和の街は、道幅もビルディングの高さもほどよくて、案内されたのは中村家という古い木造の鰻屋《うなぎや》だった。

一階奥の個室にはご両親が待っておられて、真記はひたすら感謝された。

「グランドオーロラ号で、娘があなたに、かなりの迷惑をかけることはわかっていましたが、まさか、船酔いがあれほど酷《ひど》かったとは。本当に申しわけありませんでした」

洒落者《しゃれもの》らしく、上等なシャツとジャケットを着た節賀医師が椅子から腰を浮かせて頭をさげた。となりにすわる奥さんは細面で、藤色のタートルネックに同じ色のカーディガンがよく似合っている。

そこで店員さんがあらわれて、あや子さんと真記にもお茶をだした。

「そうとう、いけるんだってね」

節賀医師に聞かれて、真記は小さくなった。

「それじゃあ、まずは瓶ビールを一本とコップを四つ。それから、ぬる燗《かん》を一本とお猪《ちょ》口《こ》も四つにしておきますか」

注文を受けて、すぐにビールとお通しがはこばれた。

「動中《どうちゅう》の工夫《くふう》というのは、江戸中期に活躍した稀代《きたい》の禅僧白隠《はくいん》が好んだことばで、静《じょう》中《ちゅう》に勝ること百千億倍なりとつづくわけですが、まあ、下手の考え休むに似たりという意味だとおもってください。おふたりが、常夏の島ハワイへの船旅でシップドクターとナースをつとめるという大きな経験のなかでなにをつかんだのか、それは当人にしかわからないわけですが、それぞれの職場でますます活躍されることを願っています」

節賀医師の機知と含蓄に富んだ発声で乾杯したあとは、あや子さんと真記が近況報告をし合った。

節賀医師はお通しをつつきながらおとなしく聞いていたが、「ところで、真記ちゃん、われわれになにか相談したいことがあるとか」と口をはさんでからは、無類のおしゃべりの本領を発揮した。

まずは、あいさつがわりとばかりに、あや子さんがハワイに行っているあいだに自分たち夫婦がいかにおちつきを失っていたかを語り、真記を笑わせた。

グランドオーロラ号で、あや子さんに話したもろもろの事情はすべて伝わっていて、真記は新たに笠井さんのことを話せばよかった。

「要するに、その笠井というコックは、早くに家族を亡くしたせいで、父親という存在に対して、ロマンチックな幻想を抱いているんだね。しかも、真記ちゃんの父親が、かなり特殊な男なものだから、その幻想に輪がかかっちまったわけだ」

鰻重《うなじゅう》でしめるコース料理で、テーブルには鰻をつかった前菜がいくつも並んだ。節賀医師は、小鉢の酢の物や玉子焼きをつついては、薄手の小ぶりなグラスでビールを飲み、自分の見解を語った。

奥さんはぬる燗を手酌でやっている。あや子さんは、真記の左隣でお茶やお水を飲んでいる。真記は節賀医師と同じくグラスでビールを飲んでいた。

「こどもにとって、親は重要なファクターではあるけれど、父親であれ、母親であれ、親を自分にとって唯一至高の存在に祭りあげるのは、うまい手ではないんだよな。真記ちゃんだって、ご両親のことを片時も忘れたことはないだろうけれど、モモンガ亭のご夫妻だとか、木本姉妹だとか、上州の中川看護師長だとか、これまでにいろいろな親がわりがいたわけだ。弟の誠一くんだって、きっとそうだよな。だから、そのコックも、真記ちゃんの両親と対面して、結婚のゆるしをもらうまでは手を出さないとかって堅苦しく考えないで、昼も夜もなく抱き合っちまえばいいんだよ。そして、自分の親戚たちにどんどん紹介する。かわいらしいうえに、がんばり屋さんで、しかも気の利く子なんだから、そいつの株も上がるに決まっているのに、なにをもったいつけているんだか」

節賀医師は言いにくいこともズバズバ言うと、真記にむけてグラスをあげた。そしてウインクまでしてみせた。

笠井さんの話題はそこで区切りとなり、四人はしばし黙して舌鼓を打った。ビールとお銚子《ちょうし》が一本ずつ追加されて、真記は節賀医師と奥さんにお酌をした。

「さっきの話のつづきだがね、親にとって一番うれしいのは、わが子が、自分たちの目が届かないところでも、しっかりふるまっていると知ることさ。その点、真記ちゃんのご両親は、とくに父親は、わが子に絶対の自信があったんだとおもうよ。なにがあっても、どうにかして生きのびるだろうって。そして、自分たち夫婦も、なんとしても生きのびてみせるんだって。それに比べて、われわれ医者という種族は、とくに男どもは、過保護に育てられた連中ばかりでさあ」

「あの、ちょっといいでしょうか」

あや子さんが父親をさえぎった。

「うん、いや、どうした」

常にないことらしく、節賀医師がとまどっている。

「おかあさん、そのお酒」

娘が手にしたお猪口に、母親はお銚子を傾けた。あや子さんはひと息に飲んでしまうと、さらにコップのお水も飲みほした。

「あの、おとうさん、ハワイに行くまえにした約束を守ってくれて、本当にありがとうございます」

緊張しきって話されたのは、お見合いをすすめなくなった父親への感謝だった。

「うん、それは約束したことだからな」

節賀医師は鷹揚《おうよう》に受けたが、ひとり娘のただならぬようすに不安をおぼえているようだ。奥さんも目をぱちくりさせている。

「わたし、家を出ます」

あや子さんは、そう言うなり、右手で真記の左手を握った。精一杯の力で握るその手はふるえていた。

「家を出る。なるほど、ひょっとして、おまえにも結婚したいとおもうような彼氏ができたのかい」

椅子にかけ直した節賀医師が聞いた。さっきまでの、くだけたようすは欠けらもない。さんざんお見合いをすすめたうえに、内気な性格を責めておきながら、いざ娘の決断に直面すると心配でならないのだろう。

「ええ、そうね。でも、おつき合いしたのは、ほんの短いあいだで、もうお別れしてしまったけれど」

あや子さんが少しさみしそうに言った。

「あらあら、それは残念だったわね。その方はお医者さんだったの？」

母親が遠慮なく聞いた。

「いいえ、音楽をしているひとです。クラシックではなくて、ロックのミュージシャン」

「えっ」

おもわず声が出て、真記は小さくなった。

「真記ちゃん、心当たりがあるのかい」

節賀医師の声はこわかった。

「ちがいます。心当たりはありません」

「真記さんは知らないはずです」

とりなしてくれたあや子さんが深呼吸をした。

「でも、グランドオーロラ号に乗っていたひとではあるんです」

(え〜、ホンマに〜)

真記は頭のなかで悲鳴をあげた。

「わたしの予想は、船内のステージで演奏していたミュージシャンです。ボーカルやリードギターじゃなくて、ベースを地味に弾いている年上の渋いひとなんですけど」

寄宿舎の食堂で後輩の看護師が口走った当てずっぽうが頭をよぎる。ただし、本当に心当たりはなかった。

グランドオーロラ号の四階と五階を吹き抜けにしたオーロラホールに入ったのは一度だけで、ステージで演奏していたバンドが何人組だったかもおぼえていない。

「楽器はなにを弾いている方だったの？　それとも、ボーカル？」

屈託のない母親の問いかけに、あや子さんの手がゆるんだ。

「ドラムスです。年は、わたしと同じで、三十歳です。バンドの正式メンバーではなくて、おもにスタジオミュージシャンをしています。小学三年生の夏休みにドラムスのセットを買ってもらって、すぐに夢中になって、大学生のときにはレコーディングやコンサートのスケジュールがいっぱいで、おかげで卒業するのに六年かかったそうです」

「まあ、それは、なかなかたいしたものじゃない。お別れしたにしても、そんな男性に好意を持たれるなんて、素敵なことだわ」

うれしそうに話す母親とは対照的に、節賀医師はじっと黙っていた。そして、ひとつ息をついたあと、真記と目を合わせた。

「真記ちゃん、さっき、『えっ』って声をだしたのは、どうしてだい？」

そこで、六月半ばの出来事を話すと、節賀医師が声を立てて笑った。

「高崎には、センスのいい看護師がたくさんいるね。ハワイに行く真記ちゃんに『どくとるマンボウ航海記』を持たせた看護師長といい、じつに愉快だ」

そう言うと、節賀医師は両手で自分の顔をごしごしこすった。

「あや子、つまり、さっきおまえが言った、家を出るというのは、交際している男性と一緒に暮らすためではないんだね」

「そうです。女性の医師どうし三人で、マンションで暮らしているひとたちがいて、そのうちのひとりがドイツに研修に行くので、そのあとに入れてもらうことにしたんです」

JR川口駅からほど近いマンションの二十階で、眺望がとてもいい。勤務医には夜勤の当番があるため、夜間に家を空けることも少なくない。なにより、いきなりのひとり暮らしはあまりに無謀だと冷静に考えて、お仲間に入れてもらうことにしたのだという。

「グランドオーロラ号で、真記さんとたくさんお話をして、わたしは自分がいかにせまい世界で安全に生きてきたのかが身に染みてわかったんです。そのドラマーの方とも、仲違《なかたが》いをしたわけではなくて、わたしのほうから、申しわけないけれど、いまはおつき合いに集中できないとおことわりしたんです。まずは家を出て、可能ならわたしも海外の病院ではたらいてみて、自分の身ひとつで広い世のなかを渡ってみたいとおもってい

ると話しました。千載一遇のチャンスを棒に振った気もしているけれど、真記さんが尾道から上京するまえにおとうさんに言われたという、『誰にとっても、一度きりの人生じゃ。男も女もない。自分の気がすむように、おもいきってやってみい』ということばに強く背中を押されたんです」

あや子さんはそう言って真記の手をぎゅっと握り、その手を放した。

「よくわかった。うん、よく決心した」

節賀医師は涙声だった。

「見合いをさんざんすすめておきながら、そのじつ、ぼくは子離れの覚悟ができていなかったようだ。そんなぼくのことばだから、あや子も反発したんだろう。真記ちゃん、本当にありがとう。きみと笠井くんの結婚式には、われわれ三人をかならず招待してほしい。それから、ご両親と再会できたら、そのことについても、あや子経由でいいから、ぜひ詳しく教えてほしい」

そこで戸がわずかに引きあけられて、仲居さんが顔をのぞかせた。

「鰻重のしたくができましたが、お持ちしてもよろしいでしょうか」

「いや、そのまえに、新しいグラスを四つと、ビールを一本、お願いしたい。ここにいるうら若い女性たちの前途を祝して乾杯をするので」

大きな声で応じる節賀医師は呂律《ろれつ》があやしかった。

「あや子、わたしたちは折りにしてもらって、それをいただいて帰りますから、あなたは真記さんとふたりでゆっくりしていきなさい」

母親は娘にそう言ってから、「それでいいですね、あなた」と夫に念を押した。

「うん、いや、楽しかったんで、つい飲みすぎた。面目ない」

奥さんには頭があがらないらしく、節賀医師は視線を落としたまま立ちあがり、トイレにむかった。

それから十分ほどで、節賀夫妻は店をあとにした。タクシーを見送った真記とあや子さんは個室にもどり、気のおけないおしゃべりを楽しみながら、とびきりおいしい鰻重を堪能した。


「おう、お真記。あけましておめでとう」

公衆電話からなので、「ピー」と音が鳴ったあとに、父の声が聞こえた。

「おとうちゃん」と言ったきり、真記は涙がとまらなくなった。

「どうした？　泣いとるんか」

「そりゃあ、泣くわ」

真記は懸命に涙をこらえた。元日の午前十一時すぎで、夜勤明けの真記は眠らずに電話を待っていた。

「おとうちゃん、いま、どこにおるん」

胸をふるわせながら聞くと、電話のむこうで父が母になにか言っている。

「りしりじゃ」

「りしり？　それ、どこ？」

聞きなれない地名に、漢字が浮かばない。

「利尻島じゃ。北海道の稚内《わっかない》の西側にある、丸っこい形の島じゃ。この六年ばかり、そこで路線バスの運転手をしとるんじゃ。トラックで長距離を走るよりも楽じゃからな。けど、冬が長くて、寒い寒い。いまじゃって、ちょっとした吹雪じゃ」

真記は北海道の地図を思い浮かべた。たしか、利尻島と礼文島《れぶんとう》というふたつの島があったはずだ。でも、そんな北の島に路線バスが走っているのだろうか。

「おとうちゃん、うち、結婚するんよ」

真記は自分が言うべきことをおもいだした。

「おう、誠一からそう聞いたけん、ようやく、おまえに電話することにしたんじゃ」

「ようやくって、なに？　どうして、うちには電話してくれんかったん」

「そりゃあ、おまえ、面目がないじゃろう。まあ、ええ。おかあちゃんにも、結婚のことを言うてやれ」

「真記、よかったねえ。おめでとう」

　母の声は、それほどかすれてはいなかった。

「おかあちゃん、おかあちゃん。会いたいよお、会いたいよお」

　おさないころだって、こんなふうに母を呼んだことはない。

「おい、お真記。悪いが、もうすぐバスの発車時刻なんじゃ。いったん切って、すぐに、おれの携帯電話からかけてやる。今度から、その番号にかけてこい。誠一にも、そう言うてやれ」

　そこで電話が切れた。部屋が静まり、真記は胸が苦しくなった。このまま着信音が鳴らなかったら、気が変になってしまう。父たちと音信不通になるのは、もう耐えられない。

　そのとき、着信音が鳴って、携帯電話のディスプレイに電話番号が映しだされた。

「おう、その番号じゃ。あわてんで、順々に、いろいろ話そうな」

　そう言って、電話は切れた。念のために、０９０で始まる番号をメモ用紙に書き写すと、真記は枕に顔をうずめて嗚咽《おえつ》した。

　十一月下旬に、浦和の中村家であや子さん親子に会ってから、真記は週に一度浜松に行き、俊ちゃんの部屋で一夜をすごすようになった。夜勤のあとに休日を合わせて、また夜勤から入れば、三十二時間を自由に使える。

シフトを変更してもらう都合上、看護師長の中川さんに事情を話すと、「おめでとう」と言って、抱きしめてくれた。

「お子さんは、つくるつもりなんでしょ」

「はい。もちろんです」

俊ちゃんにたしかめてはいなかったが、こどもがほしくないなら、とっくにそう言っているはずだ。

「あなたのことだから、うちの病院に恩義をかんじているかもしれないけれど」

そこで中川さんは息をついだ。真記は息を呑んだ。

「いつでも辞めていいのよ。自分たちが暮らしやすいようにやりなさい。看護師に復帰しようとおもうときがきて、どこの病院であっても、あなたがここでの経験を生かしてくれたら、それで十分なんだから」

温かい励ましを受けて、真記は浜松に通った。けっして近くはないが、東京駅で新幹線に乗り換えればいいだけなので、うとうとしているうちに浜松駅に着いている。渡されている合鍵で入った部屋で、もうひと眠りするのが、真記は好きだった。

十年間も客船に乗っていただけあって、室内はあきれるほどととのっている。八階建ての八階というのは上州総合病院の緩和ケア病棟と同じだが、浜松の部屋からは海が見える。

「家賃は少し高めでも、太平洋を見ていたくてね」

初めて一緒にむかえた朝、俊ちゃんはそう言った。

「わたし、一生懸命にはたらきますから、一生に一度は、旅行でハワイに行きましょうね」

真記が遠慮がちに言うと、俊ちゃんが笑った。

「つつましさは美徳ですが、腕の立つコックって、けっこう高給取りなんですよ。でも、いつなにがあるかわからないから、貯金もちゃんとして、ただし、あまり切り詰めすぎずにやっていきましょう」

朝食をすませた八時半、俊ちゃんは仕事にむかった。真記は洗濯や部屋の掃除をして、ホテルのレストランが開店する十一時半に合わせて部屋を出た。

浜松駅に隣接する街一番のホテルはとても立派で、外観はすでに見ていたが、ロビーはさらに豪華だった。ここの最上階にあるレストランを辞めて、うちの病院で入院患者や職員たちの食事をつくろうと一度は決めた俊ちゃんが、真記にはふしぎにも、頼もしくもおもえた。

「あの、もしかして、笠井俊也の」

声をかけられて顔をむけると、きのう写真で見たひとがいた。

「叔母でございます」と言われても、初めて会う真記には、亡くなったおかあさんだとしかおもえなかった。

さすがにそうは言わなかったが、叔母さまのほうでも自覚はあった。

「おさないころから、よく似ていると言われました。ただ、姉のほうがずっと賢くて、おまけに勝気なものですから、わたしは肩身がせまいというか、身のおきどころがないというか」

そう話す叔母さまも賢く、そしてやさしい方だった。

最上階のレストランでは窓ぎわに席がとってあり、俊ちゃんが得意のシーフードグラタンをふるまってくれた。食後にデザートとコーヒーをいただいているところにふたたびあらわれて、真記はグランドオーロラ号のときよりも帽子が少し高くなった気がすると言った。

「でも、鼻は高くなっていませんよ。いやいや、最高の伴侶を得て、少々鼻高々ではありますか。では、失礼」

颯爽《さっそう》と厨房にもどってゆくうしろ姿を見送り、視線をテーブルにもどすと、叔母さまが目を赤くしている。

「俊くんが、またああいう張り切った冗談を言うようになって。真記さんのおかげです。本当にありがとうございます」

叔母さまに心から感謝されて、真記も涙をさそわれたのだった。

そんなしだいで、元日に父から電話をもらったときには、結婚にむけたものごとがまた順調に進んでいた。

その後に父から聞いたところによると、利尻島では、二台の路線バスが、右回りと左回りで、一日に島を四周している。島の周囲は六十三キロメートルほど。道路の全長はもう少し短いが、一周するのに二時間ほどかかる。朝は早いが、夜は七時には帰宅できるとのことで、真記は午後八時すぎに電話をかけるようにしていた。

利尻島にうつるまでの七、八年、父は苫小牧《とまこまい》を基点にトラックを運転していた。苫小牧は、かけおちをしたときに住んでいた場所だという。

「あのときは、二十一歳の若造じゃし、意気揚々と津軽海峡を渡ったんじゃが、宮地《みやじ》の大バカのせいで破産したときは、マジでガックリきて、まさに都落ちよ」

それでも道内を走っているうちに知り合いも増えて、やがて利尻島の仕事を紹介された。母はバス会社の経理を担当している。

「結局、どこに行っても、かわりばえのしない仕事をしとるんじゃ。そうかといって、つぎの場所はもうないかもしれん。この島じゃあ、ホンマによくしてもらっとってなあ。こっちは車についちゃあ、バスでもトラックでもなんでもござれで、タイヤの交換は朝飯前じゃし、エンジンのオーバーホールだってお手のもの。凍った道じゃって、スリップなんかさせんしね。いまも吹雪《ふぶ》いとるが、この島の冬の風はとんでもなく強うて、乗用車はまだしも、風を受ける面が広い大型のバスは誰にでも運転できるもんじゃないんよ」

電話で島暮らしのようすを聞いているうちに、たとえ数日でも父たちが東京方面に出てくるのは無理だということがわかった。

それなら、こちらから会いに行くまでだと、真記は誠一と相談して、四人で春先に利尻島に行く計画を立てようとした矢先に妊娠が判明したのである。

もちろん俊ちゃんは懐妊を手放しで喜んでくれた。ただし、新たに生じた問題もある。緩和ケア病棟では日勤のみのシフトにしてくれるというが、乗り物の振動は妊娠初期の母体に良くない。つまり、しばらくは浜松に行けなくなる。

しかも真記とちがい、俊ちゃんは丸一日しか休めない。フルに新幹線を使えば、片道三時間で浜松から高崎まで来られるが、一緒にいられるのは、せいぜい三、四時間だ。

それにコックはとても繊細な仕事で、舞台にあがる役者や、コンサートにのぞむミュージシャンのように、万全のコンディションで厨房に入るのだという。週に一度の休日に遠出をさせて、疲れで味が狂ったら、とりかえしがつかない。

出産予定日は九月二十七日。看護師としてはたらきながら、上州総合病院の産婦人科で定期健診をしてもらえるが、まさか寄宿舎で育てるわけにはいかないだろう。どこかのタイミングで浜松にうつり、むこうの病院で分娩《ぶんべん》をすることになるが、いつまでこっちではたらくべきか。

利尻島の母に電話で相談すると、答えは明瞭だった。

「そりゃあ、一日でも早く浜松に行って、一緒に暮らすにかぎるわ。男がうつり気になるのは、女がみごもっているときが一番多いんじゃから」

俊ちゃんに女の影はないし、交際中も無理やり迫ってくることはなかったと、真記は遠回しに主張したが、「あんた、なにを甘いこと言うとるん」と一蹴された。

「つべこべ言わんと、一日でも早く、一緒に暮らし」

真記は黙ってうなずき、電話を切った。母の意見の是非はともかく、もっと長い時間を俊ちゃんと一緒にすごしたい。


「三月末をもって退職させてください」

真記が中川さんに言ったのは、二月半ばだった。新館二階の談話室で、緩和ケア病棟に異動するときに面談を受けた部屋だ。

「あなた、うちの看護学校に来たときも突然だったけど、辞めるときも突然ね」

昨年末、結婚について報告したとき、中川さんはいつでも辞めていいと言ってくれたはずだ。

真記の顔に浮かんだ不満で、中川さんも前言をおもいだしたらしい。

「約束を反故《ほご》にするつもりはないわ。ただ、あなたのことだから、出産を機に退職するにしても、臨月に入る直前まではたらくんじゃないかと勝手におもっていただけよ」

そう言って中川さんはシャープな表情をゆるめた。

「いいわ。したいようにしなさい。恩を着せるわけじゃないけど、わたしが上司でよかったわね」

そのあとに忠告されたのは、モチベーションについてだった。世のなかには、そこそこのモチベーションで、それなりにはたらきつづけられるひとたちがいる。そういうひとたちの努力によって、社会は支えられてもいるが、まれに強烈なモチベーションがないとはたらけないひとがいる。

「そこそこのモチベーションでもはたらけるひとは、大きなミスはしない。でも、強烈なモチベーションによってはたらいてきたひとは、モチベーションが下がったときに、とんでもないミスをしかねないのよね」

そう言われて、なるほどそのとおりだと真記はおもった。

じつは、この数日、患者をとりちがえて点滴をしそうになったり、聞いたばかりの医師の指示をすっかり忘れてしまったりと、これまでしたことのないミスを何度もしかけていた。

「それは、早く辞めてもらったほうが、おたがいのためね」

本気とも冗談ともつかない顔で中川さんが言った。

「これまで、本当にお世話になりました」

真記が頭をさげると、中川さんがやさしく抱きしめてくれた。

「よく、がんばったわね。いつか、また会いましょう」

二〇〇四年三月三十一日をもって、真記は上州総合病院を退職することになった。ただし、未消化の有給休暇が大量にあったため、二月末日をもってシフトを外れ、三月一日の朝、たくさんの後輩たちに見送られて浜松に引っ越したのだった。

浜松にうつってすぐ、ふたりは市役所で婚姻届を提出し、真記は母子手帳をもらった。叔母さまに紹介された産婦人科医院に通い、定期健診を受けるようになった。

マタニティグッズをそろえるさいも叔母さまがつきそってくれた。下着も大切だけれど、靴も安全なものをとアドバイスされて、底がやや厚く、全体がややわらかなものにした。

浜松は高崎よりはるかに暖かくて、日中は暖房が要らない。おなかにあかちゃんがいるせいか、真記はいくらでも眠れた。

八階の部屋に最初にやってきたのは、誠一と美佳さんだ。利尻島にむかうまえに立ち寄り、実姉と十五年ぶりの再会を果たしたうえで、両親に会おうというのである。俊ちゃんも休みをとってくれて、「おお、わが弟よ。その妻となるひとよ」と大げさに喜んでいた。

「ほら、ねえちゃん。これ、おぼえとるじゃろ」

誠一がスーツケースから出してみせたのは、鯉《こい》のぼりだった。国道二号沿いの会社にあがっていた四匹の鯉とふきながしだ。母はあげっぱなしにせず、毎日あげおろしをして、雨風から守ったので、色もあせていないし、生地も傷んでいない。

「誠ちゃんにとって、この鯉のぼりは、お守りなんです。おじさまとおばさまは、これとは別の、ふきながしに家紋の入った立派な鯉のぼりをつくって、毎年それを盛大にあげているんですけれど」

美佳さんが誠一の気持ちを代弁してくれた。誠一は両親と再会するときがきたら、この鯉のぼりを見せようと、ずっと大切にしてきたのだという。

真記は弟の置かれた立場の苦しさが、初めてわかった気がした。きっと、本家のあと継ぎでなければわからない厄介な仕来たりやつき合いが、山のようにあるのだろう。それを知ったうえで、誠一と一緒にいてくれる美佳さんがただただありがたかった。

ゴールデンウィークには、広島からミサさんが家族四人でやってきた。こちらは東京旅行の途中に浜松駅で下車して、ホテルのロビーで一時間ほど話しただけだが、俊ちゃんも顔を出してくれた。おまけに得意の牛カツサンドをおみやげに渡したので、ミサさんは俊ちゃんを手放しでほめた。

ミサさんによれば、木本昭子さんと和子さんの姉妹、モモンガ亭の大将とママさんは四人とも元気にしている。真記の結婚と懐妊をことのほか喜んでおり、いつでも会いに来てほしいと言っているとのことだった。

そう聞いて涙ぐむ真記の肩に俊ちゃんの手がおかれた。

その後も、おなかのあかちゃんの成育は順調で、つわりにもさして苦しまず、安定期に入った六月、真記はいよいよ利尻島にむかうことになったのである。

「おとうちゃん、おかあちゃん」

利尻空港の送迎ラウンジに並んで立つ両親を見つけるなり、真記はその場から動けなくなった。ふたりの姿をこの目で見るのは、十八歳の三月に尾道を発った日以来だ。

まさか、そのまま十五年間も会えなくなるとはおもってもみなかった。その長い年月は、まさに山あり谷ありだったが、こうして父と母に会えるのはうれしいかぎりだ。

「真記、ほら、しっかり」

俊ちゃんに励まされて足を進めようとしたが、真記はまた立ちすくんだ。

高校二年生の秋、広島市の平和記念公園で、父は見知らぬ女性とつれだってあらわれた。そして五メートルほどまで近づいたとき、「そこまでで、ええです。それ以上は、こっちに来んといてください」と声をあげて、真記はその場から走って逃げたのだ。

父はあのときと同じ革ジャンを着ている。

真記は、父が二十八歳、母が三十三歳のときに生まれた。その自分が三十三歳なのだから、ふたりは六十一歳と六十六歳だ。

父は白髪が多少あるが、風貌は変わっていない。母もあいかわらず色白で、やせていて、長い髪を無造作に束ねている。

「ふたりとも、変わっとらんねえ」

そう言った勢いで足を進めようとしたが、胸がわなないて、足がもつれた。俊ちゃんがすかさず支えてくれて、真記は夫の腕にすがりついた。

「気ィつけえよ。ひとりのからだじゃないんじゃけん」

父に言われて、「うん、わかっとる」と真記は答えた。

せりだしたおなかに手を当てていると、父と母がそばまでやってきた。

「あんたが、俊也さんじゃね。真記の父と母です。遠いところまで来させてしまって」

父が差しだした右手を俊ちゃんが握った。

「お会いできて、とてもうれしいです。笠井俊也といいます。コックをしています」

「きりりっとした、いい顔じゃねえ。真記、あんたもやっぱり面食いじゃったね」

母に言われて、真記は照れくさかった。

「ほら、朝早くから飛行機にふたつも乗って、疲れとんじゃ。そこの店で一服しよう」

父にうながされて、四人は空港内の喫茶店に入った。

浜松駅も羽田空港も雨降りだったが、梅雨のない北海道はどこもかしこもよく晴れて、一年で一番いい季節だという。じっさい平日でも飛行機は満席だった。

真記と俊ちゃんはお汁粉を頼み、父はホットコーヒー、母はメロンソーダを頼んだ。

注文を終えてひと息ついていると、あとから入ってきたひとたちが父に声をかけた。

「浩《こう》ちゃん、きょうは非番かい？」とか、「娘さんかね、おとうさんとよく似とる」と言って、母にもあいさつをしている。

「利尻島の人口は五千人くらいだそうですね」

俊ちゃんが言うと、「よそ者で居つくのは、めずらしくてね」と父が答えた。

雪のない季節に、観光客相手の商売をするひとたちはかなりいるが、冬を越さないのでは住民とは認めてもらえない。それに夫婦ものということで、島のひとたちも気をゆるしてくれているのではないか。

「なんもかも、おかあちゃんのおかげじゃ」

父がほめて、母は頰を赤らめている。

「ぼくの両親は三十代半ばで、交通事故で亡くなりました。一緒に乗っていた妹は七歳でした」

俊ちゃんはそう言って、歯を食いしばっている。

「うちらじゃあ、とてもかわりになりませんが、それに北の果ての島ですが、気がむいたら、いつでもおいでください。まあ、こどもが五つ六つにならんと、つれてくるのはたいへんでしょうが」

「でも、ほら、利尻はけっこう人気があって、ホテルも混んでいるの。もしよかったら、そこではたらいたっていいんじゃし」

父と母の話しぶりはおちついていて、真記は年月がすぎたことを実感した。この十五年で、自分は十八歳から三十三歳になったが、それは少女が大人になってゆく、活力にあふれた時期だった。だからこそ、多くの困難を乗り越えられたのだろう。

一方、父と母は四十代後半から六十代という、人生が安定するはずの時期を、故郷から遠く離れた土地で送ってきたのだ。父にとっては母が、母にとっては父が、かけがえのない支えだったにちがいない。

(よかったねえ、おとうちゃん。よかったねえ、おかあちゃん)

胸のうちで呼びかけながら、真記は自分と俊ちゃんも、この先なにがあっても、どこででも生きていけるだろうとおもった。

「ある意味、最強の組み合わせよね」というミサさんのことばが頭をよぎる。

(最強かどうかなんて、どうでもいいんじゃ)

かけがえのない親友の賞賛を振り払いながら、真記は俊ちゃんと一緒に胸を張りたい気持ちだった。

初出（連載時タイトル「あけくれ」）
「すばる」二〇二二年一〇月号～二〇二三年五月号
単行本化にあたり、加筆・修正を行いました。

装画　藤原徹司

装丁　木佐塔一郎

佐川光晴（さがわ・みつはる）

1965年東京都生まれ、茅ヶ崎育ち。北海道大学法学部卒業。
2000年「生活の設計」で第32回新潮新人賞を受賞しデビュー。
02年『縮んだ愛』で第24回野間文芸新人賞、
11年『おれのおばさん』で第26回坪田譲治文学賞、
19年『駒音高く』で第31回将棋ペンクラブ大賞文芸部門優秀賞受賞。
このほかの著作に『牛を屠る』『大きくなる日』『鉄道少年』『日の出』
『昭和40年男～オリンポスの家族～』『満天の花』『猫にならって』などがある。

あけくれの少《しょう》女《じょ》

二〇二三年一二月二〇日　第一刷発行

著者　佐《さ》川《がわ》光《みつ》晴《はる》
発行者　樋口尚也
発行所　株式会社集英社
東京都千代田区一ツ橋二―五―一〇
〒一〇一―八〇五〇
電話〇三（三二三〇）六一〇〇［編集部］
〇三（三二三〇）六〇八〇［読者係］
〇三（三二三〇）六三九三［販売部］書店専用
印刷所　大日本印刷株式会社
製本所　ナショナル製本協同組合

ISBN978-4-08-771852-2 C0093
定価はカバーに表示してあります。

集英社＊佐川光晴の本

昭和40年男
～オリンポスの家族～

金メダルを目指した元体操選手・山田三男が主夫に転身⁉
家計を支える妻・莉乃、新体操選手として活躍する長女・美岬、
美人の姉にコンプレックスを抱く次女・千春。
娘にオリンピックの夢を託す三男だが……。
四六判　ホーム社刊／集英社発売

日の出

明治の終わり、運命から逃れるために日本中を旅しながら
鍛冶職人として懸命に生きる清作と、
彼を曾祖父にもち教員を目指す現代の女子大生・あさひ。
時代をへだてたふたりの希望の光を描く長編小説。　四六判

大きくなる日

四人家族の横山家の歩みを中心に、人の心の成長を描く
九つの物語。子供も、親も、保育士さんも、先生も、
互いに誰かを育てている。子供に関わるすべての人に贈る感動作。
（解説／マイケル・エメリック）　集英社文庫

『おれのおばさん』シリーズ

『おれのおばさん』『おれたちの青空』
『おれたちの約束』『おれたちの故郷』
集英社文庫